아들 셋,
일 년에 한 번
해외 육아

아들 셋, 일 년에 한 번 해외 육아

유쾌하거나 즐겁거나, 그러나 살아남아라!

초 판 1쇄 2024년 10월 17일

지은이 조예령
펴낸이 류종렬

펴낸곳 미다스북스
본부장 임종익
편집장 이다경, 김가영
디자인 윤가희, 임인영
책임진행 이예나, 김요섭, 안채원, 김은진, 장민주

등록 2001년 3월 21일 제2001-000040호
주소 서울시 마포구 양화로 133 서교타워 711호
전화 02) 322-7802~3
팩스 02) 6007-1845
블로그 http://blog.naver.com/midasbooks
전자주소 midasbooks@hanmail.net
페이스북 https://www.facebook.com/midasbooks425
인스타그램 https://www.instagram.com/midasbooks

ⓒ 조예령, 미다스북스 2024, *Printed in Korea*.

ISBN 979-11-6910-844-7 03810

값 17,500원

미다스북스는 다음세대에게 필요한 지혜와 교양을 생각합니다.

아들 셋,
일 년에 한 번
해외 육아

유쾌하거나 즐겁거나,
그러나 살아남아라!

조예령 지음

미다스북스

저는 부모님께 사랑을 듬뿍 받으며 여느 또래와 다름없이 철없이 컸어요. 나에게 딱 맞는 사람을 찾았고 결혼했지요. 얼떨결에 아이를 낳고 세 아이의 엄마가 되었는데 그건 인생의 행복이자 제게는 첫 시련이었어요. 감히 상상치 못했던 어려움의 시작이었고 지루함과의 싸움이었죠. 저처럼 육아를 힘들어하고 투덜거렸던 사람이 있었을까요?

영화나 드라마를 보면, 커피를 마시며 유모차에 아이를 태우고 유유히 산책하는 예쁜 엄마들이 나옵니다. 게다가 아이에게도 어찌나 다정하고 지혜로운지요. 저도 그런 세련되고 멋진 엄마를 꿈꿨지만, 현실은 전혀 달랐습니다. 아이가 그렇게 많이 우는지, 잠을 자지 않는지, 제가 한시도 눈을 뗄 수 없는지 몰랐습니다. 24시간이 그토록 긴지 처음 느꼈어요. 아이가 예쁘지만, 엄마라는 역할을 어떻게 해야 할지 몰라 도망가고 싶을 때도 많았습니다. 그나마 남편이 함께 해줘서 망정이지 남편 없이 혼자 아이를 돌보는 것은 상상할 수 없었지요. 아이들이 예쁘고 소중했지만, 그리고 행복하기도 했지만 저는 어디론가 달아나고 싶었습니다. 엄마로서의 자존감도, 자신감도 없었지요. 왠지 아이들은 영원히 크지 않을 것 같고 아이들 뒤치다꺼리하다가 내 인생은 끝이 날 것만 같았거든요. 아이들 키우는 그 시간이 인생에서 제일 행복한 시절이라는 어른들의 말씀은 그저 어쩔 수 없는 위로라는 생각만 들더라고요.

아이들이 크면 해야지 하고 마음먹었던 일들, 가고 싶은 곳, 만나고 싶은 사람들, 배우고 싶었던 것들을 마음속에 차곡차곡 쌓아가면서 그 높아진 높이만큼 저는 아래로 가라앉았어요. 더 이상 이렇게는 못 살겠다고 폭발할 때쯤 저와 아이들은 하와이로 가게 되었습니다. 지금 생각해 보면, 하와이 한 달 살기는 제게 일종의 도피였어요. 하와이로 가게 되면 뭔가 새로운 일상이 펼쳐지고, 꿈이 생기리라는. 하와이에서 실컷 놀고 싶다는 그런 욕심도 가지고서요. 내일에 대한 기대가 하나도 없이 아침을 맞이하고 세 아이를 돌보는 제 일상에 특별함은 하나도 없었으니까요.

그렇게 지상천국 하와이에 가게 되었지만 슬프게도 하와이가 눈에 하나도 들어오지 않았던 저와 아이들의 이야기가 시작됩니다. 숙소에서 한 발짝도 나서기 힘들어 화가 나기까지 했습니다. 한껏 기대를 안고 떠났던 여행이 후회로 점철되더군요. 꿈만 꾸고 앞뒤 재지 않았던 첫 하와이 해외 육아를 그렇게 마무리하며 저는 다시는 이런 여행, 안 간다고 다짐했었습니다.

하지만 고된 하와이 한 달 살기의 반전은 여행을 끝내고 한국으로 돌아온 후였습니다.

단순히 그때가 좋았다는 말이 아닙니다. 그 한 달 살기를 통해 우리 가족은 조금씩 바뀌었어요. 특히 세 아이를 보는 저, 엄마가 바뀐 것이죠. 그로부터 우리의 한 달 살기, 해외 육아는 매년 지속되고 있어요.

매년 떠나는 이 한 달 살기는 경비가 많이 드는 여행입니다. 제아무리 아끼고 절약한다 해도 쉽게 떠날 수 없을 만큼 큰 비용을 썼어요. 그럼에도 무리해서 떠나는 여행인 만큼 더 중요한 것을 얻어와야겠다고 생각했는데, 다행히 우리 가족은 매년 값진 무언가를 얻어오고 있어요. 저의 역량으로 과연 이것을 여행이 아닌, 반복되는 일상에서 찾을 수 있었을까 싶네요.

매년 떠나는 이유는 명확합니다. 아이들이 자라기 때문이죠. 매년 같은 곳으로 떠나도 그곳을 가는 저희가 다릅니다. 그토록 시간이 멈춰 있는 것 같았던 아기 시절의 아이들이 부쩍부쩍 크고 있더라고요. 서울의 바쁜 일상생활에서 놓치고 살았던 것들을 잠깐 멈추어 서서 바라봅니다. 이게 과연 맞는지, 제대로 된 속도인지. 어른들 말씀대로, 엄마로서 할 수 있는 것들이 무궁한 지금, 이 순간, 제가 그 눈부신 찰나를 깨달을 수 있어 얼마나 감사한지 모릅니다. 훗날 제가 땅을 치고 후회할 뻔했지 뭐예요!

앞으로 펼쳐질 글은 세 아들의 엄마지만 부족하기만 한 제가 해외 육아, 한 달 살기를 통해 조금씩 단단해지고 진짜 엄마로 나아가는 과정을 솔직히 적었습니다. 아직도 좌충우돌하며 매 순간이 도전입니다. 아이들과 요란 법석한 하루를 보내지만, 저는 지금의 일상이 참 좋습니다. 아이들이 학교에 가고 학원에 가고 서로 바삐 지내도 마음이 그리 불안하지 않아요. 우리는 멈추어 서서 서로 지겹도록 또 함께 바라볼 것이니까요. 다음 해의 한 달 살기를 계획하고 그날을 손꼽아 기다리며 일상을 충실히 최선을 다합니다. 돌아올 곳이 있다는 사실이 여행을 더 빛나게 해주는 법이니까요.

처음부터 좋은 엄마, 괜찮은 엄마인 사람이 얼마나 될까요? 꼭 한 달 살기가 아니어도 됩니다. 하지만 저는 고되고 값비싼 일 년에 한 번 해외 육아를 통해 좋은 엄마로 나아가고 있어요. 그런 저의 경험을 함께함으로써 여러분의 육아를 응원하고 싶습니다. 육아가 버겁지만, 좋은 엄마가 되고 싶은 당신을 진심으로 응원합니다.

차 례

제5장 그럼에도 불구하고

제1장

나는 철부지 뽀로로 엄마

1.

나는 전업 엄마

아이가 배고프다고 나를 흔들어 깨운다. 이 깜찍한 알람이 7시를 알려준다.

간밤에 아이의 발길질에 몇 대 차이고 잠을 설쳤다. 개운하고 가뿐하게 일어나는 것이 그렇게 큰 욕심일까? 아침에 일어나 눈 뜨면서 할 이야기는 아니지만 늘 피곤하다는 말을 입에 달고 산다.

주섬주섬 이불 밖으로 나와 거울을 볼 틈도 없이 머리카락을 손으로 대충 쓱쓱 빗고 부엌으로 향한다. 어젯밤에 내일 아침 식사 메뉴를 생각해 보았다면 우왕좌왕하지 않고 호사스러운 아침 식사를 준비할 수 있었을 거다. 하지만 게으름을 피웠다면 '오늘 아침은 무엇을 해줄까' 그 고민으로 시작할 테다. 일어나자마자 하는 생각은 오래 걸리고 마음과는 달리 행동도 느릿느릿해진다. 배고프다는 아이의 재촉에 아무거나 손에 잡히는 대로 아침 식사를 준비한다. 만만한 건 시리얼과 우유이지만 시리얼을 아침으로 내밀 때는 엄마로서 좀 미안한 감도 있다. 내가 어릴 적에 친정엄마는 시리얼을 아침 식사로 준 적은 없었으니. 몸이 무거운 나의 머릿속은 온통 아이를 얼른 유치원 보내고 더 자고 싶다는 생각뿐이다.

그런 내 마음을 아는지 모르는지 시리얼과 우유를 앞에 두고 큰 소리로 "엄마! 잘 먹겠습니다!" 하고 외치는 우리 아들을 보면 미안한 마음은 더 커진다. 몇 숟갈을 먹었을까? 이내 곧 장난감 가지고 놀고, 자리에서 벌떡 일어나 온 집을 뛰어다닌다. 빨리 먹고 치우면 좋으련만 밥 먹는 시간은 한세월을 다 보낸다. 거짓말 조금 보태자면 먹고 놀라는 말을 오억 오천 번 이상 한 것 같다. 물론 점차 내 목소리의 데시벨도 높아져만 간다. 겨우 시리얼에 우유를 식사로 내밀면서 빨리 안 먹는다고 다그치기까지 하는 날 보면 아침부터 나는 왜 이럴까? 자괴감이 든다.

한 번에 두 아이를 보내고 싶은 나의 욕심에 첫째는 첫 기관에서 다른 기관으로 옮겼다. 즉 첫째 아이에게는 두 번째 기관인 셈이다. 게다가 둘째는 앞으로 2개월가량 더 가정 보육을 하면 두 아이를 함께 유치원으로 보낼 수 있었다.

두 아이의 육아는 두 배로 힘든 것이 아니다. 두 배 이상이다. 게다가 나의 정신적 육체적 체력 소모를 더 심화시키는 것은 두 아이가 아니었다. 바로 뱃속의 셋째였다. 둘째가 생겼을 때는 당혹감이 컸지만, 두 아이를 키우다 보니, 어른들이 말씀하시는 아이가 주는 행복에 대해 어렴풋이 알

것 같았다. 게다가 셋째는 철저히 계획에 의해 임신했건만 마음과 몸은 따로 놀았다. 임신 내내 몸은 힘들지, 힘들다고 쉴 수도 없었다. 첫째와 둘째도 여전히 아기인지라 손이 많이 가는 상태였다. 엄마가 임신했건 말건 수시로 안아달라고 떼를 부린다. 최대한 아이들이 해달라는 대로 해주려 하지만 내 몸이 힘들 때는 자연스레 미간이 찌푸려진다. 그럴 때면 조금 이따 안아주겠다고 거절하기 일쑤였다. 몸이 무거워질수록 거절의 횟수는 늘어만 간다. 아이들이 예뻐서 배 속의 아이를 포함하여 세 아이의 엄마가 되었건만 마음처럼 그리 능숙하고 자비로운 엄마는 아니었다.

첫째가 기관에 갔다고 해서 마음 놓고 쉴 수 있는 상황은 아니었지만 그래도 한결 편한 상황이었다. 둘째 아이에게만 집중하면 되니까. 첫째 아이에게 미안하지만, 애프터 수업까지 확실하게 챙겨서 늦은 오후에 집에 왔다. 사실 이렇게 늦게 집으로 돌아오면 방문 선생님 한 분 오시고 저녁 식사 후 샤워시키고 나면 나랑 있는 시간보다 유치원 선생님, 친구들과 함께 있는 시간이 더 길다. 분명 엄마인 나와 살을 비비고 뒹굴 수 있는 시간이 부족하다는 것도 알고 있다. 하지만 아이가 기관에 있는 시간 동안 내가 편하기 위해서 보내는 것도 일부 있다. 그래서 늘 미안한 마음이었고 그 마음으로 집에 돌아온 아이를 좀 더 힘껏 안아주려 했다. 기관에서 별 전화가 없으면 잘 지냈겠거니, 밥도 잘 먹었겠거니 미루어 짐작했고 나는 그렇게 아이의 커가는 모습을 놓치고 있었다.

둘째와 하루 종일 붙어 있다고 해서 아이에게 미안하지 않았을까? 아이와 함께 집에 같이 있다는 마음으로 방치 아닌 방치를 하고 있지 않았던가. 책을 읽어주는 둥 마는 둥, 내가 만드는 이유식, 유아식이 정성이 들어갔지만, 영양상으로 과연 좋은 걸까? 의문은 들었다. 형은 유치원에서 다양한 활동을 하고 오는데 둘째는 집에서 심심하지 않을까 싶어 아이와 이런저런 활동을 하다 보면 첫째 아이가 돌아오기도 전에 내 체력은 바닥이 난다. 둘째 아이가 낮잠 자는 시간에 틈틈이 집안일하고 정리를 해둬야 그나마 사람 사는 집 같으니 편히 쉴 수도 없는 상황이다. 그나마 아이들 숙제는 없으니 얼마나 다행인지.

첫째 아이가 집으로 돌아온 늦은 오후에 식사하고 샤워시키고 책 한두 권 읽어준다. 두 아이와 조금 놀다 보면 어느새 저녁이다. 나는 이 시간만을 기다렸을지도 모른다. 아이들에게 잘 시간이라고 불 끄는 그 순간을 말이다.

아이들의 잠든 모습을 가만히 들여다본다. 두 팔 벌리고 '만세' 하며 쌔근쌔근 자는 모습, 꼬마 악동들이 곤히 잠든 모습을 바라보면 마음이 평온해진다. 아이들에 의해 강제로 기상하고 하루 종일 무얼 하는지 정신없이 보내다 찾아온 고요함. 비로소 오늘 할 일을 다 했다는 안도의 한숨이 나온다. 그때야 정신이 든다.

나는 끊임없이 재잘대는 아이들 말에 혀 짧은 소리로 대답하며 아이들 자는 시간만 기다리는, 때로는 버티는 시간을 보내고 있는 전업 엄마이다.

회사에 다니는 내 친구는 일하느라 아이와 함께 있는 시간이 부족해 아이에게 충분히 사랑을 주지 못한다고 엄마로서 미안하다고 이야기한다. 하지만 전업 엄마인 나는 아이와 함께 있는 시간이 충분한가? 친구가 아쉬워하는 그 사랑을 나는 아이에게 제대로 전하고 있는 걸까? 자신 있게 친구에게 나는 그러지 않다고 말할 수 있을까?

2.

어쩌다 보니 세 아들 엄마

머리를 빗겨주고 묶어준다는 것이 어떤 의미인지 모르는 엄마.

내복은 세 벌씩, 외출복도 세 벌씩, 모자는 하나씩만! 샌들 한 켤레씩, 운동화는 나이키 운동화 한 켤레씩만 해도 벌써 옷장이 그득 차고, 신발장도 꽉 차는 나는 세 아들의 엄마이다.

첫째를 임신했을 때였다. 아이가 건강하기만을 바란다는 그 시절에 솔직히 건강한 아이가 태어나지 않을 거라는 의심을 해본 적은 없다. 남편이 건강하고 내가 건강하니 아이의 건강은 그리 걱정하지 않았다. 그보다 남편은 상관없다 하지만 나는 아들일지 딸일지가 매우 궁금했다. 매주 산부인과 검진하면서 얼른 성별을 알 수 있기만을 기다렸다. 아들이기를, 딸이기를 기대한 건 아니었다. 그저 성별이 궁금했다. 첫아이 임신했을 때, 과일을 입에 달고 살던 나에게 어른들은 이야기하셨다.

"과일을 좋아하는 걸 보니 딸인가 봐!"

"딸이라고 하기엔 배가 펑퍼짐한걸? 아들일 거야."

내가 궁금한 것만큼 어른들도 꽤 궁금하셨나 보다. 첫째는 아들이었다.

둘째를 임신했을 때는 첫째와 정반대의 입덧이었다. 첫째와는 전혀 달라 딸이 아닐지 짐작했다. 배 모양도 예쁘게 봉긋했었으니까. 그런데 둘째도 아들이었다. 뱃속에서 거꾸로 자리를 잡았던 둘째는 제왕절개를 해야 하나 했었지만 뱃속에서 돌려차기하여 자연분만이 가능하게 자리 잡았던 둘째. 안심할 수 있다고 했건만 다시 뒤집어 마지막 38주까지 조마조마하게 만들었던 우리 둘째는 발차기가 남달랐던 아들이었다. 가족계획과 상관없이 첫째와 둘째는 임신이 되었지만 셋째는 달랐다. 셋째 아이는 쉽사리 우리 부부에게 오지 않았다. 그때 나는 오만 가지 생각과 감정 속에 있었다. 두 아들이 이미 있는, 두 아들만으로도 충만하게 행복했었고 더없이 정신없었던 삶이라 셋째는 욕심이었을지도 모른다. 하지만 첫째와 둘째는 비교적 쉽게, 금세 임신이 되었기에 셋째가 생기지 않는 것에 심통이 났었다. 그러면서 난임이 얼마나 사람을 힘들게 하는지 알게 되었다. 얼마나 절망스러웠던지, 내게 무언가 잘못된 것이 있나 싶게 만드는 자책까지 말이다. 만약 셋째가 생긴다면 감사하며 세상에 베풀고 살겠거니 다짐 아닌 다짐도 했었다. 그렇게 임신을 바랐던 12달을 거의 다 채워 갈 때쯤 우리 가족에게 기적처럼 왔었다.

두 아들을 데리고 있는데 엄마의 배가 봉긋 부른 채 길을 걸어 다니면 계속 이야기를 듣는다. 만나는 사람마다 엄마에게는 딸이 있어야 한다며 어쩜 토씨 하나 안 바꾸고 다들 똑같은 말을 하던지.

처음 셋째를 계획할 때만 해도 막연히 막내는 딸이었으면 좋겠다고 생각했었다. 그런데 산부인과에 성별 확인하러 검진 가기 전날, 문득 막내도 아들이면 더 좋겠다는 생각이 들었다. 세 아들이 있는 그림이 그려졌다. 결국 나는 세 아들의 엄마가 되었다.

세 아들과 외출할 때면 셋째가 배 속에 있을 때 들었던 이야기를 또 듣곤 했다. 엄마에게는 딸이 있어야 외롭지 않다는 말. 하지만 지금은 외로울 틈이 없다. 아직 외로울 나이가 되지도 않았다. 요즘은 쉴 없이 엄마를 불러대는 통에 혼자 있는 시간이 간절하기까지 했다.

세 아들을 키우면 얼마나 재미있는지 모른다. 끊임없이 장난을 치고 장난을 넘어 하루 종일 사고를 치는데 그 사고도 생각지도 못한 것인지라 화가 나기보다 피식 웃음이 먼저 나온다. 내가 식사를 준비하는 동안 자기들은 온갖 장난감을 다 꺼내놓고 본인들도 볶음밥을 만들었다며 깔깔거리는 모습, 이불장의 이불과 침대의 이불, 온갖 인형을 다 꺼내서 식탁 의자를 연결하여 야영장을 만들기도 하고 기차를 만들기도 한다. 축구, 농구, 탁구, 야구, 사격, 피구 등 집에서도 온갖 스포츠가 가능하다는 것을 알게 되었다.

엄마 아빠의 역할이 모두 중요하다지만 아들들을 키우고, 세 아이가 커가면서 아빠의 중요성에 대해 더 느낀다. 나의 세 아이는 아빠와 함께하며 아빠의 역할을 보고 남자라는 것을 몸소 익힌다. 아빠가 생각하는 방식,

일 처리 하는 방법, 대화하는 방법, 엄마를 대하는 자세를 배우고 뭐든지 아빠처럼 하려고 한다. 남편은 아이들에게 엄마를 많이 도와줘야 한다는 둥, 엄마에게 해달라고만 하지 말고, 웬만하면 스스로 챙기라는 둥 엄마인 나를 보호해야 할 사람으로 이야기한다. 그런 남편의 사랑이 나를 너무 나약하게 만들기도 하지만 사실인데 어쩌겠냐. 그만큼 나는 흔들리고 부서지기 딱 좋은 어린 엄마였다. 아들에게 있어 아빠의 존재감이 더 주목받는다는 것이 어떻게 보면 나에게는 큰 안심이 되었다. 이리 정신적으로나 체력적으로 약하디약한 내가 아이들에 대한 책임감이 덜 수 있으니까. 만약 아이들이 딸이었다면 내 역할의 중요성이 더 커졌을 테고 엄마의 역할이 더욱 부담스럽게 다가왔을 것 같다. 아주 부족한 철부지 엄마였지만 단순한 욕심만으로 세 아들의 엄마가 되었다.

아이들이 누워 있고 앉아 있고 기어다닐 때는 아들 엄마에 대한 실감이 없었다. '남자'라는 느낌을 주는 시기가 아니었으니까. 그리고 우리 아이들은 남자아이들이었지만 대화가 잘 되는 아이들이었다. 규칙을 알려주면 규칙을 지키려는 아이들이었고 남자아이치고도 섬세한 편이다. 그래서 첫째 아이를 낳고 둘째를 낳고, 셋째까지 가질 생각이 들었던 모양이다. 두 아이가 야단법석이었다면 셋째는 언감생심 생각지도 못했을 거다. 비교적 육아가 쉬웠던 남자아이들이었지만 제 한 몸을 자기 뜻대로 움직이기 시작하자 점차 남자의 모습을 언뜻언뜻 내비치는데 사실 그게 재미있기도 했다. 예전에 즐겨 시청하던 〈무한도전〉이라는 프로그램이 있다. 그 프로그램을 보면서 남자 구성원들끼리 놀고 있는 시간이 부러웠다. 아무것도 아닌 것으로 저렇게까지 신날 수 있을까? 이리 재미있게 놀 수도 있구나, 단순하게 말장난하고 단순한 것을 두고 심각하게 놀 수도 있구나 싶은 생각도 들었다. 남자들의 단순함이 부러웠다. 그런데 그런 것을 우리 아이들에게서 볼 수 있었다. 장난감 하나 가지고도 다양하게 가지고 놀고 깔깔댔으니 말이다.

아이들은 나를 '화산 엄마'라고 부른다. 엄마가 화를 낼 때면 불 뿜는 화산 같다며 내가 부글부글하는 표정을 짓고 그런 행동을 취하면 세 아이가 와서 내 손을 잡고 차가운 물을 가져다주며 한 명은 부채질을 해준다. 아이들이 나에게 폭발하지 말라는 농담을 해주면 나는 또 그게 우스워 피식 웃으며 지나간다. 아이들의 반응이 재미있어서 가끔 폭발할 것 같다며 겁을 주기도 했고 진짜로 아이들 혼을 내도 그때뿐이다. 돌아서면 다시 웃으며 안기는 단순한 우리 아들들을 나는 더욱더 사랑하게 되었다.

처음부터 아이들의 모든 것을, 모든 시간을 진심으로 사랑한 것은 아닐지도 모른다.

처음부터 모성애로 똘똘 뭉친 엄마는 아니었다. 졸릴 때는 다 팽개치고 자고 싶었고, 이렇게 살다가는 죽을지도 모르겠다는 생각에 어떻게 하면 아이들을 빨리 재우고 나도 잘 수 있는지 고민했다.

아이들이 먹는 것만 봐도 배가 부르다는 느낌은 도대체 뭔지 공감 가지 않았다. 아이들을 예뻐했고 같이 노는 시간이 즐거웠지만 그래도 내가 먼저인 엄마였다. 나의 시간을 자꾸 아이들에게 빼앗긴다며 투덜거리기도 했다.

어쩌다 세 아들의 엄마가 되었지만, 아이들을 향한 마음마저 어쩌다 생긴 것은 아니었다. 아이들과 복닥거리며 노는 것이 행복했고, 함께 한 시간 동안 돈독해졌다. 하나둘 낳을수록 이 관계가 소중해졌고, 비로소 나는 세 아이의 엄마가 되었다. 어쩌다 세 아들의 엄마가 되었다고 하지만 세 아들 덕분에 하루하루가 새롭고 하루가 빨리 지나간다. 자전거도 세 개, 축구공도 세 개씩 갖춰야 하는 세 아들의 엄마, 아이들에게 사랑의 햇빛이 골고루 비출 수 있도록 마음 그릇은 커지고 어느새 나의 꿈, 나의 희망은 세 아들의 엄마로 자라나고 있었다.

3.

언제 크니?

　결혼 전 천방지축으로 살다가 27살에 결혼을 했다. 다른 사람처럼 아이를 갖고자 했고, 그렇게 결혼한 지 2년 만에 엄마가 되었다. 엄마가 된 지 자그마치 14년째이다. 시간이 지나고 생각해 보니 엄마가 될 자격을 누가 부여한 것도 아니고 남편과 나의 상의하에, 또는 갑작스럽게 엄마가 되고 아빠가 된 것이다. 나의 경우, 특별한 노력을 해서 엄마가 된 것이 아니고 각별한 준비를 한 끝에 얻은 엄마 호칭이 아니었다. 그래서 장하다고 칭찬받을 일도 아니고, 엄마가 되었다고 갑작스럽게 모성애로 무장한 엄마도 아니었다. 첫째 아이를 낳고 4주 동안 산후조리원에서 지냈다. 주변에서 산후조리가 중요하다고 하니 그래야만 하는 줄 알았다. 하지만 따분했다. 당장에라도 집에 가고 싶었다. 산후조리를 잘 못하면 나이 들어서 고생한다는 어른들의 말을 듣고 꾹 참았다. 아이를 만나 반가운 것도 잠시, 내 몸이 편한 것이 더 먼저였으니 말이다. 4주가 흘러 집에 가는 날, 조그맣던 아이는 신생아 바구니에 머리와 발이 꽉 낄 만큼 훌쩍 컸다. 모성애는 타고나지 않나 보다. 집으로 돌아온 지 일주일도 채 지나지 않았을까. 밤낮이 바뀐 탓인지 아이는 잠을 쉽사리 자지 못했고, 안고 재워야 했다. 덩달아 나도 잠을 못 자 비몽사몽인 상태에 아이가 울면 어찌할 바를 몰라 당황했다. 급기야는 너무 힘든 나머지 퇴근한 남편을 붙잡고 나는 대성통곡하기도 했다. 아이도 세상에 나와 처음 사는 인생이었겠지만 엄마가 처음이었던 나 역시 모든 것이 낯설고 힘들었다. 엄마가 될 준비가 덜 되어서일까? 아니다. 어느 정도 마음의 준비를 했다 하더라도 전혀 겪어보지 않았던 일인 거다. 이제 갓 태어난 아이가 이 정도로 울고, 잠을 안 자고, 옆에 붙어 있어야 할 줄이야 아이 낳기 전에 어찌 상상할 수 있었겠는가.

산후 도우미가 곁에 있었다. 그래도 울고불고 힘들다고 찡찡거리는 나 때문에 남편은 늘 퇴근 후 곧바로 집으로 왔다. 남편은 근무 시간 외 자신의 시간을 모두 아이와 나에게 내주었다. 우리는 그렇게 초보 엄마, 아빠의 티를 팍팍 내고 있었다. 어느 정도의 소음 속에서 자게 해야 좋다는 둥, 저녁 8시 전에는 자야 한다는 둥 오로지 아이의 잠자는 시간이 제일 중요했다. 그래야 나와 남편이 쉴 수 있으니까. 결국 아이가 자면 모든 게 정지이다. 불도 다 끄고 그 어떤 소음도 허용치 않고 살얼음판 걷듯 지냈다. 그러했으니 오로지 아이가 빨리 크기만을 기다렸다. 주객이 전도되었다. 아이의 성장 과정을 함께 하며 기뻐하는 그런 엄마라기보다 오로지 하루하루 무사히 보내는 것에, 아이를 재우고 그 시간에 쉴 수 있기를 기대하는 그런 엄마였던 거다.

　　그런 이야기를 들은 적 있다. 첫째 아이는 예쁜 짓을 해야 예쁘고 둘째 아이는 가만히 있어도 예쁘고 셋째 아이는 울어도 예쁘다는 이야기. 셋째 아이까지 낳고 보니, 명확한 사실은 아이를 낳으면 낳을수록 마냥 귀엽다는 것이다. 그러나 첫째 아이를 키우느라 급급했다. 당시에도 애가 귀엽다고 야단법석을 떨었지만 바르게, 잘, 책에 있는 대로 키우는 게 먼저였었다. 정해진 시간에 재우고 정해진 시간에 정해진 양을 꼭 먹이고 깨끗하게 주변 소독도 확실하게 말이다. 그렇게 정석대로 키우려고 노력했으니, 아이가 소중한 만큼 힘들었다. 둘째 아이를 낳고 보니 아이가 우유를 다 안마셔도 배부른가 보다고 생각할 줄 알게 되었다. 트림할 때까지 초조해하며 등을 두들기지 않아도 괜찮다고 생각하면서 둘째 아이의 눈을 바라보고 웃게 되었다. 막내는 태어날 때부터 이미 귀염을 받을 준비가 되어 있었다. 자기 이름보다 귀엽다는 소리를 더 많이 듣고 자란 막둥이는 사람들에게 먼저 다가가기도 하고 실수하거나 잘못하더라도 솔직하게 사과할 줄도 아는 녀석으로 커갔다. 대개 동생을 시샘한다는 형들조차도 동생을 귀여워했다. 이렇듯 우리 부부도 첫째를 낳고는 키우기에 급급했고 잘 키우고자 고군분투했다. '잘'이 어떤 것인지도 모른 채 말이다. 그런데 둘째 아이를 낳고 보니 아이를 키운다는 것, 첫 아이 키울 때 놓쳤던 것들을 하나씩 알게 되면서 조금은 너그러워졌다. 셋째 아이 때는 아이가 주는 행복이 무엇인지 조금씩 깨달았다. 대신 셋째 출산 후 내 삶, 내 시간을 갖겠다는 것을 포기했었다. 기대조차 하지 않는 것이다. 기대했는데 충족되지 못했을 때 속상함은 이루 말할 수 없다. 하지만 기대하지 않았을 때는 속상함도 없었다. 그냥 아이들이 어느 정도 클 때까지는, 하다못해 잠이라도 통잠을 잘 때까지는 내가 따로 시간을 내서 무언가를 한다는 것이 사치임을 깨달았다. 어딜 가든, 무엇을 하든 아이들 시간에 맞추고 다 함께 움직인다고 생각했다. 그러하면서 내 삶과 내 시간은 아이들로 가득 차기 시작했다. 하지만 사람이 어떻게 그렇게 살겠나. 중간중간 회의감이 들었다. 육아에 끝이 어디 있겠냐마는 나름의 끝은 있고 점차 좋아지리라는 것을 알지만 한 번씩 맥이 탁하고 풀릴 때가 있었다. 그럴 때면 별것도 아닌 것으로 짜증이 나기도 하고 화가 나기도 했다. 아이들에게, 남편에게 주로 화살이 돌아가곤 했는데 그 횟수도 자꾸 늘어나는 것이다.

첫째 아이 6살, 둘째 아이 4살 그리고 막내 1살, 이 1년이 최고로 힘들었던 것 같다. 육아의 매 순간이 도전이었고 시련이었지만 귀여움으로 무장한 세 아들 녀석이 온몸으로 덤벼대는데 그 찰나의 행복 때문에 버티고 있었다고 해도 과언이 아니다. 어떤 날에는 영원히 이렇게 귀여운 아이들로 남았으면 좋겠다고 생각하다가도 어느 순간에는 언제 크냐며 180도 바뀐다. 지킬 박사와 하이드도 아니고 하루에도 열두 번씩 생각이 오락가락하고 있었다. 근 7년간 임신 출산 육아를 세 번 반복하면서 내가 얻은 것은 세 아들이고 그것 빼고는 다 잃은 듯했다. 분명 알고 있었다. 아이들을 바르게 키우고 잘 키우는 게 그 어떤 가치보다 우선하고 중요하다는 것을 말이다. 하지만 그 속에서 내가 빠져 있다는 생각이 머릿속에서 떠나질 않는 거다. 중간중간 끼어드는 무기력감의 원인도 누구보다 잘 알고 있었다. 해결 방법은 단 하나였다. 아이들이 크는 것. 아이들이 커서 제 한 몸 움직이고 먹는 것도 스스로 할 줄 알고 재워주지 않아도 혼자 잠들고 화장실을 혼자 다녀올 수 있으면 비로소 나도 내 시간을 가질 수 있지 않을까 생각했다. 그래서 한사코 기다렸다. 그런 날이 오기를. 막내가 3~4살만 되어도 가능할 것 같았다. 생각해 보면 그리 오래 걸릴 것 같지 않았지만, 하루하루는 비슷한 나날이었고 아이들은 크는지 마는지 늘 그대로인 듯했다.

"얘들아, 도대체 언제 크는 거니?"

4.

변화가 필요해!

"그랬쩌? 저랬쩌?"

어제가 오늘 같고, 오늘이 내일 같은 하루다. 아이들과 온종일 혀 짧은 소리를 하다 보면 유아어를 입에 달고 산다. 그렇게 하루를 보내고 나면 퇴근한 남편과 대화하는 것이 어색하고 어렵다. 무슨 이야기를 해야 할지도 모르겠다. 쓰는 단어가 제한적이다 보니 가끔 적확한 말이 떠오르지 않는다. 어떤 날은 밖에 나가지 않아서 온종일 잠옷 차림으로 세수도 겨우 한 날이 허다하다. 아이들이 기관을 다니면서는 토요일은 왜 그리 빨리 돌아오는지 금요일의 유치원 하원 시간이 달갑지 않은 나날들이었다.

나는 새로운 곳을 가는 것을 좋아한다. 낯선 곳에 대한 호기심도 많고, 새로운 것에 주저함이 없다. 그리고 배우는 것을 반긴다. 즉 바꿔 말하면 나는 육아하는 것에 굉장히 취약한 사람이다. 아이들은 커가면서 매일 바꾼다고 하지만 내가 주체적으로 바뀌는 것이 아니고 내가 새로워지는 것이 아닌 지루한 일상의 반복이었다. 나는 항상 똑같았고, 표정이 없어지고 조용해져만 갔다. 지겹다, 내 시간이 없다, 답답하다는 등 불평, 불만이 가득한 말만 되뇌었다. 순간순간 아이들의 모습에 웃기도 했고 아이들과 함께 노는 시간이 재밌기도 했다. 하지만 그냥 계속 힘들었다. 남편이 바쁘긴 했지만, 아이들 목욕은 도맡아 해줬고, 주말이면 꼭 아이들과 나를 데리고 야외 활동을 하며 햇빛을 쏘이게 해줬다. 남편에게 있어 퇴근 후 친구와의 약속은 사치였다. 남편은 아이를 재우고 나와 시간을 보내며 야식도 먹고 이런저런 내 투정을 받아주었다. 남편은 그렇게 나와 아이에게 최선을 다했다. 그런데 그때의 나는 왜 그리 마냥 힘들어하기만 했던 걸까.

둘째 아이 임신했을 때 부엌에 들어가 밥을 할 때면 쌀 비린내가 나서 도저히 부엌에 있을 수가 없었다. 냉장고에서 그렇게 많은 냄새가 나는지 임신하기 전에는 몰랐다. 임신했을 때 배 속의 아이를 지키기 위해 예민해지는데, 멀리서 나는 냄새를 감지할 수 있도록 후각이 발달한다고 했다. 요즘 같은 시대에는 그렇게까지 예민해질 필요는 없을 것 같은데 코를 부여잡고 시간이 지나기만을 기다렸다. 다행히 첫째 아이 임신 때는 내가 냉장고 문을 열지 않으면 음식 냄새로 속이 매스거리지는 않았다. 남편이 출근하고 내가 소리를 내지 않는 이상 집에서 날 소음도 없었을뿐더러 딱히 정해진 일이 없기에 내가 쉬고자 하면 쉬었고, 졸리면 자도 되는 상황이었다. 하지만 둘째 임신은 다르다. 입덧으로 힘들어, 나는 밥을 먹지 못하지만, 영문을 모르는 어린 첫째는 때가 되면 배고프다며 나를 부엌으로 이끈다. 한창 나의 입덧이 심할 때는 방구석에 코를 막고 있어도 냉장고 문이 열린 것을 알 수 있을 정도였다. 졸리고 피곤하거나 배가 뭉칠 때에도, 첫째 아이는 늘 나와 같이 집에 있고 내 손을 붙잡는다. 나의 의지와 상태와는 아무 상관없이 첫째 아이의 리듬대로 움직일 수밖에 없었다. 둘째 임신은 임신대로 힘들지만, 첫째 아이의 육아와 함께해야 한다는 것이 가장 큰 부담이었다. "나는 도대체 언제 쉴 수 있는 거야?" 퇴근 없는 육아와 집안일에 점점 지쳤다. 반면 셋째 임신기간은 둘째 때보다 버틸만했다. 임신기간 동안 침대에 누워서 쉴 수 있을 것이라는 기대조차 하지 않았기 때문이다. 첫째가 조금 더 컸고 첫째와 둘째가 가끔 자기들끼리 놀기도 하니 잠깐의 짬이 나기도 했다. 얕게 쉬기만 했던 호흡을 잠깐은 긴 숨으로 돌릴 수 있는 시간이 생겼고, 놀고 있는 아이들을 바라볼 때면 육아하며 고생한 보람이 있다고 생각하기도 했다.

첫째를 임신하면서부터 허리, 골반이 뻐근한 증상이 나타났다. 앉고 서고 눕는 이 자세가 그다지도 힘든 자세였던가. 마사지해도 그뿐이라 빨리 출산만이 답이라고 여겼었는데, 아이를 낳고 나니 더 아프다. 출산했더니 허리, 골반만 아픈 게 아니었다. 온몸 여기저기가 다 아팠다. 아픈 것은 누가 대신해 줄 수도 없이 오로지 나의 몫이었다. 더 서러웠다. 누구 때문이라고 누군가를 탓할 수도 없고 아픈 허리를 부여잡고 눕지도 앉아 있지도 못하는 그런 어정쩡한 상태가 지속되었다.

매일 눈뜨면 같은 이 집에서 어제 했어도 또 쓸고 닦고 그 위로 장난감은 부어졌다. 아침 식사를 하면서 점심 메뉴를 생각해야 하고 나는 배가 고프지 않은데 아이들을 위해 부엌에서 앞치마를 고쳐 입는다. 간단히 빵이나 요깃거리로 하고 싶어도 아이들에게 그런 것을 먹일 수 없기에 냉장고 문을 열고 기웃댄다.

아침에 눈을 떴을 때 아이들이 갑자기 초등학생이 되고 중학생이 되지 않는 이상 내일은 다르리라는 생각은 할 수 없었다. 그저 버텨내고 있었다. 딱 그 정도.

하루 종일 아이들과 웃었다, 울었다, 화냈다, 짜증 냈다, 도돌이표였다. 지루한 일상을 버텨내 본 적이 없는 나에게는 그저 고통이었다. 아이들이 오늘 앉고 내일은 기어다니고 그다음 날은 걷고 뛰고 하는 게 아니기에 어제와 오늘의 일상이 비슷했다. 아침에 일어나 아이들 우유 먹이거나 이유식 먹이거나 유아식을 먹였다. 첫애와 둘째는 기관을 보내고 막내에게 책을 읽어주고 교구 놀이를 하고 낮잠을 자고 기관에서 돌아온 아이들과 이야기하거나 장난감을 가지고 놀고 또 저녁 식사를 하고 샤워하고 잠을 잔다. 하루하루가 그러했다.

지금 생각해 보면 그 사이에서 재미있는 것을 찾을 수 있었을까 싶을 만큼 똑같은 일상의 연속이었고 나는 그렇게 무채색이 되어갔다. 한 가지를 진득하게 이어 나가지 못하고, 하고 싶은 것만 하고 살았던 내가 제일 참을 수 없었던 것은 변화가 없다는 것이었다. 그리고 앞으로도 그러할 것이라는 생각이 온통 머릿속을 지배했다. 가시적인 문제는 없었다. 아이들은 예쁘게 잘 지내고 있고 나도 좋은 엄마가 되고 싶어 책도 보고 육아 잡지도 보며 아이들과 이야기하고 웃고 장난도 치고 산책하러 가는 여느 엄마와 다름없었다. 남편도 나와 아이들에게 충실했고 직장에서도 최선을 다하는 가장이었다. 양가 어른들도 아이들을 예뻐해 주셨고 늘 도와주려고 애쓰셨다. 겉으로 보기에는 아무 문제가 없었지만 나 혼자, 내 마음이 힘들었다.

　나는 아이 자체를 좋아하는 사람은 아니었다. 첫째, 둘째를 낳고 셋째를 출산하면서 점차 좋아졌다. 다른 곳에 한눈팔지 않고 오로지 아이들만 바라봤다. 아이들과 함께 시간을 보낼수록 사랑은 더욱 진해졌다. 아이들에 대한 마음이 식은 것은 아니었다. 하지만 반복되는 일상에서 오는 회색빛은 또 다른 문제였다. 나의 일상이 지루해졌다. 심드렁해졌다. 신나는 일도 없었다. 의욕적으로 무언가를 해볼 마음의 여유도, 체력도 없었다. 뭔지 모를 아쉬움. 변화였다. 변화가 필요했다. 달라지고 싶었다. 무미건조하기만 한 순간, 걱정 없이 편안하기만 했던 그 순간이 내게 변화하기 딱 좋은 시기로 다가왔다.

5.

도오전!

　사람은 지나간 3년의 기억이 앞으로도 그러할 것이라는 착각 속에 산다고 한다. 나의 지난 3년은 그저 임신─출산─육아였다. 그것도 세 번씩이나. 30대 중반을 향해가던 그 당시 나는 육아라는 무한굴레 속에 있었다. 아이들과 함께 할 먼 길을 봐야 하는데 지금 당장 내 눈앞에 산적해 있는 일들을 처리하느라 급급했다. 분명 방금 해치운 일인데 내가 해야 할 일 목록 뒤에 다시 줄 서 있는 그런 상황. 난 평생 이러고 살 것 같았다. 하루 종일 아이들 밥과 간식을 준비했고 아이들이 식사하지 않으면 큰일 나는 줄 알았다. 그렇게 온통 아이들 밥에 관심을 두었다. 한번 한 음식은 최소한 열흘은 지나서야 다시 식탁 위에 올렸고 제철 음식 등을 해 먹였다. 매번 식단을 짜서 아이들 밥상을 차렸다. 피곤했다. 그렇게 애를 썼는데도 늘 뭔가가 빠진 듯했다. 아이들이 기관을 다니니 내 몸은 편해졌지만, 웃기게도 아이들이 없는 동안 아이들이 보고 싶었다. 아이들이 유치원에 있는 동안 괜히 다른 많은 체험과 전시를 놓치는 것은 아닌지 불안하기도 했다. 동시에 내 체력은 세 아이의 에너지를 감당하기에는 무리였다. 아이들과 곧잘 놀다가도 난 소파에 앉거나 누워 쉬어야 했다. 점점 아이들을 잘 키우고 싶다는 생각이 내 일상을 다 채웠다. 그런데 문제는 그 '잘'이 어떻게 해야만 하는지, 무엇을 얼마큼 해야 하는지를 몰랐다. 큰 그림 없이 그려진 나의 육아는 구도도 크기도 색도 다 엉망진창이 되어만 갔다.

내 삶에 대한 애착도 컸던 나였기에 육아하면서도 육아를 벗어나려고 무던히도 애를 썼다. 아직 배우고 싶은 것도, 못 해본 것도 많아 다 해보고 싶었고, 지인들을 만나 맛있는 것도 먹고 싶었다. 임신—출산으로 인해 망가진 몸도 회복해야 했다. 별거 아닌 듯 보이지만 그 모든 것들이 별난 희망이었다.

서울은 참 재미있는 도시이다. 숨 가쁘게 돌아가고 흥미진진한 것들도 참 많다. 음악, 미술, 패션, 맛까지 내가 부지런하면 다 누릴 수 있는 곳이 서울이다. 역동적인 서울에서 오로지 육아만 하고 있자니 마음이 마냥 힘들었다. 어딘가를 가려고 해도 교통량이 어마어마한 서울에서는 차에서 소비하는 시간이 많았고, 체력 소모도 컸다.

시댁과 같은 아파트 단지에 살았다. 시부모님은 참 좋으신 분들이다. 시부모님뿐 아니라 남편의 친척들도 대부분 서울에 계시고 다정하신 분들이다. 근데 그만큼 챙겨야 할 일이 많다. 인사해야 할 것도 많고 잠깐잠깐 들러서 할 일도 많다. 잠깐 들러야지 하지만 이야기 나누는 것이 재미있어 눌러앉아 놀다 보면 시간이 휘리릭 지나간다. 물론 매번 신나서 시댁을 가는 건 아니었다. 가끔 힘에 부쳐 쉬고 싶어도, 며느리이자 세 아이의 엄마이기에 쉴 수만은 없었다. 같은 단지에 살고 있으니까. 바로 앞인데 모른 척 넘어갈 수 없는 경우들이 허다했다. 나 혼자 하고 싶은 것도 많고 놀고 싶은 것이 한가득한데 아이들에게 시간을 뺏기고 남는 시간을 쪼개서 집안 행사에 참여했다. 어른이 되어간다는 것은 이토록 많은 것을 감수하고 지내야 하는 건가 보다 하고 지냈다.

그렇게 나는 시간이 빨리 지나기를 바라면서도 흐르는 시간이 아까웠다. 아이들이 빨리 컸으면 좋겠다고 생각하면서 젖병으로 우유를 먹이고 기저귀를 찬 두툼한 엉덩이로 뒤뚱뒤뚱 걷는 아가를 보며 귀여워하는 그런, 왔다 갔다 하는 마음을 가진 채 살고 있었다. 웃음이 점점 없어졌다. 비행기 타고 여행을 가본 것이 언제였나 싶었다. 앞으로도 그럴 일이 없을 것 같다고 생각하니 더 암울했다.

그 무렵 우리 아이들은 놀이 학교에 다니고 있었다. 이 놀이 학교를 선택한 것은 영어 시간에 대한 비중이 높았고, 상주 원어민 선생님이 있었기 때문이었다. 한글은 집에서 주로 말하고 듣고 하기에 크게 신경 쓰지 않았다. 한글로 쓰는 것이나 읽는 것에 큰 의미를 두지 않지만, 영어는 쓰고 읽는 데 신경을 쓰고 있었던 뭣 모르던 엄마였다. 아기가 처음 태어나 엄마라는 말을 입 밖으로 내뱉기까지 수천, 수만 번 들었을 거다. 지금 생각해 보니 아이에게 미안해진다. 단풍잎 같은 손에 연필을 쥐게 하고 '엄마'라고 써보라고 하지 않는 게 당연한 건데 왜 영어를 배울 땐, 그렇게 욕심을 부렸던 것인가. 듣는 것이 먼저였고, 떠듬떠듬 말하는 것이 그다음일 텐데 우리 아이는 거꾸로 언어를 습득하고 있었다. 물론 아이의 영어교육도 듣고 말하는 것이 먼저였지만, 그 기간이 절대적으로 짧았다. 아이는 쓰고 읽는 데 열심이었다. 묵묵히 자기에게 주어진 일을 해내는 아이였기에 꾸역꾸역 지내고 있었던 것을 알게 된 우리 부부와 아이에게는 쉼표가 필요했다. 더 나아감이 아니라.

우리 집에는 쉼이 필요한 사람들이 늘어갔다. 남편도 직장으로 인해 끝없이 달려야 하는 상황이었고 나는 세 번의 임신-출산-육아의 무한 고리에서 뱅글뱅글 돌고 있었다. 아이는 아이대로 이상요상한 교육을 받던 중이었으니 말이다. 여행 생각도 사치였던 그때였다. 막내 아이가 태어난 지 얼마 되지 않은 무렵, 백일이 채 되지 않은 아이와 미국 시카고를 다녀온 적 있다. 여행이 아니라 친척 집 방문이었지만 오랜만에 비행기를 타서 얼마나 설레던지. 나조차 놀랐던 것은 막내의 보챔에, 아이의 울음에 조금은 여유가 생긴 것이었다. 그래서 장장 10시간이 넘어가는 비행기에서도, 친척 집에서도 아이로 인해 다급한 일이 별로 없었다. 막내가 우는 이유는 대부분 짐작이 되었고, 그 울음을 해결해 주면, 아이는 나를 보고 다시 방긋 웃었다. 그것만으로도 나의 생활에는 일부 평안이 찾아왔다. 시카고를 다녀온 다음 나는 포기했었던 여행에 대한 희망이 생기기 시작했다. 다만 시간이 문제였다. 바빠서 좀처럼 휴가나 여행 갈 시간을 낼 수 없었던 남편이 걸렸다. 아이가 태어나고 지난 7년간 우리 가족에게 휴가란 없었다. 시카고 갈 때 며칠 쉰 것이 다였고 그만큼 가족과 직장에 충실했던 남편이었다. 그런 그에게 비행기 타고 국외로 떠나는 여행을 가자고 감히 말을 꺼내지도 못했다.

주말에 아이들을 차에 태우고 항상 외출했는데, 그때마다 남편과 나는 수다를 떤다. 어떤 날은 말장난하고 어떤 날은 아이들의 손짓, 발짓, 먹거리, 교육, 쇼핑 등등 그때그때 주제는 달랐다. 그날은 이야기하다 보니 여행이 주제가 되었다. 여행사를 통해 떠나는 몇 박 며칠, 훑어보기식 여행에 대해, 가 본 곳을 또 가는 여행을 포함해서 말이다. 남편은 짧게 여러 곳을 다녀보는 것보다 현지인으로서 살아보는 것에 로망이 있다는 것을 알았다.

한국을 여행한다고 했을 때, 서울의 강남구 삼성동 호텔에 머물며, 남산타워, 롯데타워를 가서 서울 시내를 한눈에 내려다보는 여행. 호텔에서 식사를 해결하고 근처 백화점 쇼핑을 하고 2층 시내버스를 타고 서울 유명 관광지를 한 번씩 발 도장을 찍는 여행도 재미있을 것이다. 롯데월드, 에버랜드도 잊지 말아야 할 것이고. 근데 서울에 사는 나도 남산타워는 몇 번 안 가봤다. 그리고 일생 제주도를 안 가본 사람도 많을 것이다. 삼성동 호텔에서 잠을 자거나 밥을 먹는 일도 그리 자주 있는 일은 아니지 싶다.

슬리퍼 신고 집 앞 슈퍼를 가서 장을 보고 집 앞 유명 떡볶이집이 있다는 사실은 이 동네 사는 나만 알 수 있다. 지긋지긋한 교통 체증으로 유명한 서울이지만 내가 다니는 지름길도 있기 마련이다. 이렇게 여행에는 다양한 형태가 있는데 남편은 현지에서 일상을 살아보고 싶어 했다.

막내 아이가 이제 막 5개월이던 시기, 우리 가족에게 여행은 무리였다. 시간적, 경제적으로 무리를 해야 가능한 여행이었다. 우리 부부만 훌쩍 떠날 수 있다면 그 어떤 무리를 해서라도 갔을 것이다. 아이 셋을 데리고 장기 여행을 떠난다는 것은 다른 문제다. 심지어 여러 사정으로 남편이 함께하지 못한다. 살면서 대학을 정하고 직장을 선택했으며 결혼을 결정했다. 인생의 갈림길에서 여러 번 선택했지만 그리 어렵지만은 않았다. 하지만 세 아이를 데리고 해외로 장기 여행을 간다는 것은 나에게 도전이었다. 이루 말할 수 없을 만큼의 각오가 필요한 도전이었다. 그럼에도 가고 싶었다. 변화를 갈망했으니까.

살다 보면 선택해야 하는 순간에 놓일 때가 많다. 그럴 때마다 선택을 미루거나 도망치고 싶을 때도 올 것이다. 만약 먼 훗날, 또 다른 선택의 길에 놓인다면 여전히 도전을 선택할 것이다. 마음이 끌리는 곳에서 만난 다양한 기회가 나를 계속 성장시켜 줄 테니까. 아이들과의 장기 여행 또한 엄두가 안 나는 선택이었을지 모르겠으나 그 설레는 도전에서 오는 변화가 확연히 보이기 시작했다.

6.

설렘을 가장한 벌칙인가?

"뭐? 네가 오빠 없이 애들만 데리고 하와이에 가? 그것도 한 달 넘게?"

친구들은 정색했다. 처음 반응들은 하와이에 가게 돼서 좋겠다는 분명한 부러움이었다. 하지만 두 번째 반응은 나 혼자 아이들을 데리고 가는 걸 이상하게 여겼다. 더러는 불쌍하게 여기는 친구도 있었다. 많은 사람이 일컫는 지상 천국 하와이 여행을 왜 그런 표정으로 반문했을까?

결국 떠나기로 했다. 6살, 4살, 8개월이 된 막내까지 세 아들을 데리고 하와이로 떠났다. 다른 사람들은 아들 셋 키우는 엄마라고 하면 육아의 신까지는 아니어도 육아의 달인이나 꽤 노련한 엄마라고 생각할 수 있다. 나는 좀 달랐다.

아이들을 좋아하고 아이들과 노는 것을 즐겼지만, 전적으로 아이들을 돌보는 육아는 힘들어했고 여전한 초보 엄마였다. 고기를 구우면 내가 먼저 먹으면 좋겠고, 남편이 귤을 까서 나보다 아이 입에 먼저 넣어주면 서운했던 그런 엄마였다. 하루 8시간 이상 못 자면 현기증이 나고 하루 종일 졸린 눈으로 틈만 나면 누우려고 했던 저질 체력의 엄마 말이다. 아이들이 똥을 싸도 남편 있을 때 쌌으면 좋겠다는 황당한 생각을 할 정도였으니 다른 것들은 오죽했을까. 그렇게 전적으로 남편에게 의지했던 내가 홀로 아이들만 데리고 한 달 넘게 하와이에서 지내기로 결심한 것이다. 친구와 주변 지인, 가족들은 남편에게 얼마나 의지하는지 알기에 걱정했다.

나도 남편 없이 한 달 넘게 낯선 곳에서 지낸다는 사실과 아직 천지 분간을 못 하는 세 아이, 특히 돌도 안 된 막내까지 챙겨야 한다는 것이 두렵기까지 했다. 아직은 접종해야 할 예방접종도 산더미인 데다가 우유와 이유식을 병행하고 있어 손 많이 가는 셋째 아이였다. 여행에 앞서 누구보다 가장 걱정한 사람은 남편이었다. 워낙 덜렁대고, 놀기만 좋아하는 내가 아이들 셋을 데리고 여행을 가게 되었으니, 남편을 비롯한 모든 사람이 걱정하는 것은 당연했다.

이쯤 되면, 누가 하와이로 떠나라고 한 건지, 누가 간다고 한 건지 모호해진 상황이었다. 떠나지 않아도 상관없는 여행이었고, 가라고 강요하는 여행도 아니었다.

"여행 말고 해외에서 살아보는 건 어때?"

여행 가고 싶다는 말에 남편이 말했다. 짧게 다니는 여행보다 살아보는 것이야말로 진정한 맛이 아니겠냐는 말과 함께. 현지의 삶이 훨씬 더 깊은 것을 볼 수 있을 것 같다는 남편의 말에 묘하게 빠져들었다. 살게 된다면 어디에서 살면 좋을지 남편이 물었고, 사심 가득하게도 하와이를 떠올렸다. 남편과 함께 가는 것을 전제로 신나기만 했다. 여행하지 말고 해외에서 살아보는 것도 괜찮겠다던 남편은 정작 회사 일 때문에 많은 시간을 낼 수 없었다. 휴가조차 허락되지 않을 만큼 회사 일이 바빴다. 기약 없이 기다리고만 있어야 하는 상황이었다. 남편은 시간이 날 때까지 마냥 기다리지 말고 떠날 수 있을 때 다녀오라며 선뜻 지지해 주었다.

나는 새로운 것에 호기심이 많고 쉽게 도전을 하지만, 겁은 많다. 그래서 남편 없이 여행을 가본 적이 없다. 대학 이전에는 부모님의 보호 아래 있다가 대학생 이후 쭉 남편의 울타리 안에 있었다. 뭐든지 힘들고 어려운 일은 남편이 해결해 줬고 옆에서 도와줬다. 이번 여행은 그런 남편에게서 처음으로 장시간 떨어져 지내게 된 것이다. 솔직히 무서웠다. 하지만 경험해 보지 않은, 막연한 무서움 보다 오히려 처음 부모님을 떠나 나 혼자 살 때와 같은, 그런 왠지 모를 설렘이 더 컸다. 그만큼 육아에 지루해하고 있었기 때문이다.

"뭐 하와이 거기도 다 사람 사는 곳인데 무섭기만 하겠어? 금방 적응되겠지!"

앞으로 닥칠 상황들에 겁은 났지만, 새로운 것에 대해 도전을 앞두고 묘

한 흥분 속에 있었다.

　나랑 아이들만 지상천국 하와이에서 한 달 넘게 지낼 생각을 하니, 그동안 지루했던 일상들이 순식간에 내 기억에서 사라졌다.

　막연히 여행 갈 장소를 하와이로 정하고 그곳을 상상하며 정보를 찾기 시작했다. 하지만 알아보면 알아볼수록 정말 이 여행을 갈 수 있을지, 내가 남편 없이 세 아이를 돌보며 여행을 할 수 있을지, 위험하지 않을지, 갖가지 걱정이 한 가지씩 생겨나기 시작했다.

　엄마, 아빠 두 명의 보호자에서 1인분도 제대로 담당하지 못하는 내가 하와이에서는 아이들의 주 보호자가 된다. 세 아이는 아무 걱정 없이, 우리가 앞으로 어디에서 지내게 될 것인지, 앞으로 어떤 상황에 닥치게 될지 전혀 모르는 상태였다. 하와이 여행인 만큼 하와이에 관해서 공부도 했다. 하와이에 대한 역사, 미국의 역사를 공부한 건 당연히 아니고 주로 나의 검색 키워드는 하와이에서 아이와 놀만한 곳, 아이가 갈만한 곳을 검색했고 숙소와 그 주변 등을 알아봤다. 놀거리, 먹거리, 쇼핑할 거리 등등을 찾아보는데 찾아볼수록 하와이는 도시의 매력보다 자연의 힘을 그대로 느낄 수 있는 곳이 많았다. 사진으로 봐도 얼른 가고 싶었다. 선망하던 하와이에서 무려 한 달 넘게 있을 수 있다니! 꿈에서조차 상상하지 못했다. 내가 영어가 유창하지 않음에도 영어로 의사소통하는 것쯤은 무섭지 않았다. 그 주저함보다 사진으로 보는 하와이가 푸르렀고 반짝였기 때문에.

커다란 달력을 프린트했다. 날짜를 적고, 가고 싶은 곳 리스트를 쭉 적어본다. 세 아들 녀석을 데리고 다녀야 하므로 하루의 일정을 잘 짜야 했다. 제주도보다 조금 작은 오하우섬에 머무를 예정이다. 섬을 한 바퀴 다 도는데 몇 시간이면 족했으나 세 어린 녀석들을 데리고 오래 운전하는 것도 힘들뿐더러 아이들이 견디지를 못하리라. 그래서 하루에 한 코스 정도로 계획했다. 그곳까지 갔는데 하나만 보고 오기는 아까운 마음도 들었지만 아빠 없이 세 아들 녀석을 안전하게 돌봐야 하니 말이다. 무리한 일정은 분명 나나 아이들에게 탈이 날 수 있기 때문이었다. 한국에서 지낼 때도 나는 한 달 치 식단을 계획했다. 아침, 점심, 저녁 그리고 간식까지. 미리 계획을 해 둔다는 것은 매일매일 해야 할 고민할 거리를 줄여준다. 하와이에서 지내는 기간에도 필요할 것 같아 대략 식단 계획을 했다. 한국에서 하던 것 그대로 비슷하게 하와이에서도 할 것이기에. 중기에서 후기 이유식으로 넘어가고 있던 막내 아이로 인해 한국에서 즐겨 쓰는 이유식 도구들도 다 챙기고, 혹시나 구하지 못할 재료들이 있을 수 있으니, 그것도 챙기고 심지어 쌀도 챙겨본다. 나는 그렇게 하와이에서 지낼 준비를 착실히 했다.

여행 준비를 하던 나를 보며 친구들이 놀랐다. 남편이 제일 부럽다는 말과 함께. 내가 아이를 데리고 한 달 넘게 여행 간 사이 남편은 본의 아니게 휴가를 받은 셈 아닌가. 남편의 보호에서 벗어나 혼자 헤쳐가야 하는 이번 여행이 나에게 벌칙 아니냐며 웃었다. 생각해 보니 그렇다. 지상천국이라 불리는 하와이에서 남편도 없이 혼자만 해야 하는 육아로 벌칙 아닌 벌칙을 받게 된 것이다. 남편은 나와 아이들 없이 온전히 휴식 시간을 보낼 수도 있겠다. 그렇게 생각하니 남편이 부러워지기 시작했다. 준비하는 내내 설레기만 했는데 어느 순간 여행 안 가도 좋으니 나도 육아에서 잠시 해방될 수 있으면 좋겠다는 마음도 생겼다. 참으로 사람 마음이 이리도 간사하단 말인가. 얼마 전까지 콧노래를 부르며 계획을 세우던 나는 어디로 갔단 말인가. 무작정 마냥 좋은 것은 어디에도 없었다. 설레기만 하고 가슴 떨리기만 한 것도 없었다. 나에게 설렘으로 다가온 여행은 여행이라는 이름으로 다가온 벌칙일 수도 있겠다. 다시 점검표를 손에 쥐며 중얼거려본다. 그 정도 벌칙이라면, 설렘 하나로 다 커버해 주겠노라고.

7.

떠나니 비로소 아이의 시간이 보였다

　도착해서 생활해 보니 그렇게 준비하고 계획한 것들이 아무 소용이 없었다. 시차 적응으로 나도 아이들도 하루 종일 뻗어 있었고 그래서 음식을 준비하는 것이 무리였다. 그렇다고 내 입맛에도 짜고 자극적인 외식을 아이들에게 도저히 먹일 수도 없었다. 하루에 한 코스로 짠 계획이었지만 아빠 없이 다니는 건 상상 이상으로 힘들었다. 처음에 드는 생각은 짜증이었다. 여행경비를 들여 이렇게 좋은 곳을 왔는데 하와이 숙소에서 한 발짝 떼는 것이 이토록 힘든 일인지, 그렇게 큰 결심을 해야 하는 것인지 속상했다. 큰 결심을 하고 다녀와서도 문제였다. 운전하고 계획한 곳에서 놀고 다시 운전해서 돌아와 쉬기는커녕 집에서 육아를 다시 또 해야 한다는 것. 생각만 해도 지치는 일이었다. 스스로에게 속상한 마음이 아이들을 재촉하게 했고 나의 고충을 아이들에게 전가하기도 했다. 왜 빨리 못하냐고, 왜 말을 안 듣냐고 다그치기도 했다. 하와이 도착하고 얼마 안 되었을 때,

그 속상함에 눈물이 핑 돌던 어느 날 밤 문득 그런 생각을 했다.

'내가 왜 여기 왔을까? 사서 고생이라는 말이 이런 거구나. 왜 오빠는 같이 못 온 거야!' 열심히 직장에서 일하고 있는 남편에게 화살이 돌아갔다.

"엄마! 엄마는 여기가 재미가 없어?"

아들의 말에 순간 번쩍했다. 지상천국 하와이에서 또다시 무표정이 된 나를 아이들이 알아차린 것이다. 이러려고 온 게 아니었지. 이러려고 온 게 아니었다. 한국에서처럼 지내려고 온 건 더더욱 아니었다. 무미건조함이 싫어 떠난 여행이 아니었던가. 여행의 의미를 까맣게 잊었다. 이곳에 오려고 했던 처음의 마음도 말이다. 해야만 하는 것들, 챙겨야 하는 일, 여러 역할에서 조금 벗어나 다른 환경에서 온전히 내 아이들과 나 자신에게 집중하려고 온 이번 여행의 본질을 떠올렸다.

처음부터 다시 생각했다. 일단, 한국에서 만들어온 계획표는 버렸다. 그건 한국, 서울에서나 통하는 계획표이고 진짜 하와이에서 삶은 달라져야 했다. 그리고 현지 사람들이 어찌 다니는지, 어찌 생활하는지 보기 시작했다. 이곳에서도 아기들을 낳고 키우고 유치원도 보낼 거고 주말에는 나들이도 나갈 거다. 모든 것을 내려놓고 다시 생각해 보았다. 어설픈 완벽주의자였던 나를 내려놓으려고 무지 애썼다. 동시에 아이들에 대한 간섭과 지시를 줄이면서 말이다.

우리는 정해진 것이 없다. 계획이 없기에 무언가를 빨리해야 할 이유도 없어졌다. 컨디션이 좋으면 내가 알아봤던 리스트 중에 하나를 가면 되었다. 목적지로 가다가 아이들이 지루해하면 잠시 멈추고 주변에서 놀면 된다. 하와이는 그 어디에 멈추어도 바다가 있고 산이 있고 바람이 좋았다. 뜨거운 햇빛 아래 있으면 불타오르지만 바로 바다로 뛰어들면 으슬으슬할 정도의 한기가 느껴져 바다와 햇볕 그 어딘가에 있으면 세상 부러울 게 없는 한량이 된다. 이유식 하는 막내 아이 정도만 먹을 것을 챙기고 입이 짧은 첫째와 둘째의 식사도 그냥저냥 내가 먹는 것과 비슷하게 대충 먹기 시작했다. 한결 마음이 나아졌다. 완벽하게 행복한, 완벽하게 계획대로인 그런 여행을 버렸다.

아이들이 예쁜 옷을 입고 모자를 쓰고 선크림을 바르고 선글라스까지 쓰길 원했었다. 아이들에게 모자를 쓰라고 했지만, 아이들은 모자가 답답해 벗어던지고 결국 모자는 내 가방 속에 넣었다. 로션 바르는 것은 끈적여 싫다고 도망 다니는 아이들을 억지로 잡아다 바르느라 나도 힘들고 아이들도 힘들었다. 선크림도 마찬가지였다. 외출 전에 로션과 선크림 바르라고 100번쯤 이야기하고 시작하니 이미 지쳤다. 꼼꼼하게 발라야 한다고 내가 발라주려고 애쓰기도 했다. 수영장 갈 때도 수영복, 래시가드, 튜브, 장난감, 구명조끼 등등 다 세 개씩 챙기려니 오죽 짐이 많았을까. 게다가 배가 고플 수 있으니, 물과 간단한 간식, 우유를 보냉백에 담아 다녔다. 그렇게 한번 움직이려면 양손에 가방이 주렁주렁했다.

생각을 고쳐먹고 그때부터 갖춰 입는 복장 따위 벗어던져 버렸다. 아이들은 대충 스스로 집히는 옷을 입었다. 가끔 첫째가 둘째 옷을 입어, 남의 옷 입은 불쌍한 아이가 되기도 했고 둘째는 첫째 아이의 옷을 입어 헐렁한 둘째가 되기도 했고 말이다. 어차피 한 달 넘어 있으면서 까맣게 탈 텐데. 또 까맣게 타면 안 되나? 하는 생각으로 모든 준비물은 숙소에 두기로 했다. 아이들도 자신들이 들고 갈 수 있는 것만 챙기고 움직였다. 아이들에게 선택하게 하고 그 선택을 기다려줬다. 물론 시간이 꽤 걸렸다. 서로 갖고 싶은 것을 갖겠다며 실랑이를 벌이거나 바꿔 달라고 말다툼하기도 했다. 장난감 하나 결정하는 것뿐인데도 오래 걸렸다. 이제나저제나 기다리다가 왜 안 오나 보면 장난감을 고르다가 아이들은 주저앉아 장난감을 갖고 놀고 있었다. 오늘 안에 나갈 수 있으려나 마음이 조급해지고 답답했다. 아이들을 온전히 기다려주는 그 시간이 왜 이다지도 참기 힘들었던 것인지. 으레 한국에서처럼 빨리하라는 말이 튀어나오려던 찰나 말을 삼킨다. 시간 안에 가야만 하는 한국이 아니었고 언제 어떻게 놀아도 되는 하와이에 온 것이 아닌가.

기다렸다. 기다리는 동안 나도 아이들의 어처구니없는 장난을 보며 웃기 시작했다. 다행히 필로티 2층인 숙소라 아이들이 튜브를 끼고 뛰어다녀도 마음이 편했다. 막내는 형아들을 보며 열심히 기어다니거나 보행기를 신나게 끌고 다녔다. 장난감에 걸려 앞으로 못 나아갈 때 바닥의 장난감만 조금씩 치워주면 되었다. 나는 아이들을 기다려주기 시작했다. 모든 시간을 아이들에게 맞추는 것이 어려웠는데 시간에 대한 개념을 바꾸니 그게 또 그렇게 어렵지만은 않았다.

아이들을 돌보고 지극히 엄마인 내 관점에서 생각하며 때로는 지루하고 때로는 심심했던 시간을, 아이들을 바라보고 아이들의 관점에서 바라보기로 했다. 그랬더니 보이지 않던 아이들의 시간이 보였다. 하와이로 떠나고 나서야 비로소 발견했으니 이제야 우리의 벌칙 같은 여행이 더 이상 벌칙이 아니게 된 것이었다.

8.

철부지가 진짜 육아를 배우다

남편은 휴대전화 연락처에 나를 천방지축이라고 저장했다. 놀기 좋아했고 좋아하는 것만 하려 했다. 혼자서도 잘 놀고, 사람들과 어우러져 노는 것도 즐겼다. 오죽하면 남편은 내게 놀기 위해 태어난 사람이라고 했을까. 힘들고 귀찮고, 싫어하는 건 손사래 치며 멀찌감치 떨어져 있다. 어려운 건 무조건 남편을 호출한다. 그래도 죽으라는 법은 없나 보다. 이런 천방지축에 딱 맞는 사람을 만났으니.

이런 철부지에게 아들이 하나 생기고, 또 아들이 생기고, 또또 아들이 생겼다. 엄마 공부가 부족한 상태에서 급하게 세 아들의 엄마가 되었고 세 아이의 보호자가 되었다. 육아하다 보면 행복한 찰나들이 분명히 있다. 내가 이 예쁜 것들을 낳았나 싶고 가슴 먹먹하게 행복할 때가 있다. 하지만 그 찰나들보다 힘들고, 노력해야 하고 참아야 하고 기다려야 하는 순간들이 더 많다.

친구들과 이야기해 보면 한 해 두 해 육아하면서 표정을 잃어가고 생기를 잃어가는 순간을 괴로워한다. 온전한 나였던 시기가 언제인지 모르겠다고, 하고 싶은 게 많았던, 그래서 모든 것을 할 수 있었던 그 시기를 그리워하면서. 아이가 예쁘고 사랑스럽지만, 아이가 빨리 컸으면 좋겠다고 말이다. 나 또한 그러한 사람이었다. 세상 부러운 것 없이 행복했다가 문득문득 찾아오는 반갑지 않은 감정들 속에서 엄마를 하고 있었다.

얼떨결에 가게 된 첫 번째 하와이 해외 육아를 통해 나는 매년 세 아들과 해외로 나가고 있다. 힘든 한계 상황에서 나도 몰랐던 내 모습과 반응을 보며 나라는 사람을, 있는 그대로 바라보게 되었다. 해외에서 지내다 보면 예상하지 못한 상황들이 펼쳐진다. 길을 잃는다거나, 숙소에서 갑자기 정전이 되거나 샤워기가 고장 나거나, 차에 문제가 생기기도 한다. 아이들이 다치기도 하고 아프기도 한다. 물건을 잃어버리기도 한다. 예상을 벗어난 일들이 펼쳐질 때, 나는 당황했고, 당황할 때 어떤 생각, 어떤 마음이 드는지, 어떻게 해결해 나가는지 나를 알아가기 시작했다.

아이를 돌볼 때, 때론 잠을 충분히 못 자기도 한다. 잘 때 아이에게 차일 때도 있고, 몸이 아파도 눕지 못한다. 아이의 떼 앞에 참지 못하고 이성을 잃기도 하고, 아이를 기다리지 못할 때도 있다. 단순히 아이를 돌보는 것도 이러할진대, 아이를 잘 키운다는 건 얼마나 힘든 일일까. 어느 엄마나 똑같을 것이다. 아이를 그냥 키우는 것이 아니고 잘 키우고 싶고 그것에 매몰돼 자신을 혹사하고 의도치 않게 아이들도 힘들게 하고 있을 것이다. 그것과 동시에 아이에게서 벗어나고 싶다는 생각도 간절하고 말이다.

하지만 나는 일 년에 한 번씩 한 달 내지는 두 달을 해외에 지내면서 우리를 스스로 고립시켜 온전한 엄마와 아이들과의 관계를 다져왔다. 아빠를 비롯한 다른 관계마저도 배제하고 말이다. 아빠와 다른 사람의 관계가 중요하지 않다는 이야기가 아니다. 가장 근본적으로 엄마와 아이들과의 관계가 제대로 형성되지 않는다면 아이들이 어릴수록 문제가 될 수 있음을 경험적으로 알게 된 것이다. 워낙 육아에 서툴렀던 나였기에 시행착오도 많았고, 아직도 매번 새로운 문제들을 마주하고 겪고 있다. 왜냐하면 아이들은 계속 커나가고 있기 때문이다. 매년 하와이로 떠났지만 첫해 하와이를 다녀온 아이들과 최근 캘리포니아 어바인으로 다녀온 아이들은 다르다. 몸과 마음, 생각도 크고 있는 아이들이기 때문이다. 아이들이 크는 속도를 따라가지 못해 늘 뒤쫓는 느낌이지만, 이마저도 없다면 아이들과 나 사이에는 공백이 더 커질 것 같다.

나는 아직도 육아 중이다. 이제 막 막내가 초등학교에 입학해서 앞으로도 열 손가락이 모자랄 만큼의 육아 기간이 남았다. 긴 세월이 남아있는 듯 보이지만 아이들이 내 손길이 필요한 기간은 정해져 있다는 이야기이다. 아이들이 커감에 따라 엄마의 역할이 조금씩 변할 테지만 세 아이에게

난 앞으로도 엄마일 거다. 그 어떠한 상황이 오더라도 변하지 않을 엄마라는 자리에 대해 여행을 통해 생각해 볼 기회가 되었다. 싫다고 부담스럽다고 좋은 것만 보고 빠르고 쉬운 것만 찾던 내가 참고 견뎌야 하는 것도 배워야 했다. 빨리 간다고 해결되는 것이 아니고 천천히 기다려야 하고 반복해야 한다는 걸 아이들을 통해 배워나가고 있다.

아이들은 스파게티를 먹고 입에 묻은 소스를 소매로 쓱 닦고, 세수도 귀찮아 겨우 씻고 진득거린다고 로션 바르는 것을 거부한다. 짝이 안 맞는 양말을 신고도 모르는 것. 뒤집어 벗은 양말을 공 삼아 농구, 축구를 할 수 있다는 것. 빨래 바구니에 나 몰래 기저귀를 넣어두고 나는 그것도 모르고 세탁기를 돌려 참담했던 일. 뜨거운 인덕션인 줄 모르고 기어올랐다가 화상 입었던 아들. 시퍼런 멍이 있어도 어디서 부딪힌 줄 모르는 아이들. 권유와 부탁, 지시와 명령 그 사이를 늘 오가게 만드는 아이들. 하늘을 올려다보기도 하고 바람을 느끼기도 하고 벌레도 잘 발견하는 아이들. 동물을 좋아하는 아이들 덕분에 어른이 되어서 자연과 동물을 다시 마주하게 되었다. 뭘 그렇게 그려 달라는 게 많은지 있는 실력, 없는 실력 다 동원하기도 하고 잊고 있었던 동화 속 주인공들도 다 만난다. 지겨우리만큼 같은 책을 목이 터져라 읽어주기도 한다. 우리나라에 그렇게 많은 로봇이 존재하는지 몰랐고, 그 로봇은 우리 집에 오면 하루 만에 팔이 빠지기도, 다리가 꺾이고, 검이 부서지기도 한다는 걸 알았다. 결국 해낼 때까지, 잘할 때까지 반복하는 아이들을 보면서 꾸준함을 배웠고, 꾸준함의 위력도 아이들을 통해 배웠다.

아침에 일찍 일어나고 아침에 일찍 일어나야 하니 밤에 일찍 자야 했다. 밤에 일찍 자려니 저녁도 얼른 먹고 치우고 정리하고. 해야 할 것들이 자꾸 늘어난다. 중간중간 챙겨야 하는 가족들, 인사해야 할 지인들도 있고 장도 보고 청소도 해야 하고 빨랫거리는 하루만 안 해도 커다란 바구니에 그득 쌓여 있다. 해외 육아 첫해에는 우리나라에 있을 때처럼 완벽하게 똑같이 하려 애썼다. 그러다 아이의 한마디에 우리가 왜 여기에 왔는지에 대해 자문했고 그 질문의 해답을 찾아 나갔다. 하나는 분명했다.

서울에서 반복되는 일상이 지겨워 도망치듯 온 하와이였다. 이곳에서 누구의 손을 빌릴 수도 없었지만, 비로소 나의 책임 아래 어린 세 아이를 적극적으로 돌봤다. 늘 도움을 받으며 육아했던 철부지가 하와이에서 온전히 아이들과 함께했다. 전적으로 내 아이만 바라보았다. 진정으로 아이와 함께하는 시간을 가졌다. 기다려 줄 수 있는 여유도 생겨났다. 무엇을 어떻게 해야만 하는 상황에서 벗어나 이 모든 것을 인정하고 함께하는 방법도 하나씩 하나씩 배웠다.

사람은 경험하고 배우면서 성장한다. 나는 매해 반복되는 해외 육아, 한 달 살기로 굳건하게 나아가는 엄마가 되었다. 남들은 일찌감치 깨닫고 나아가는 것을 나는 자진하여 고생길을 택하면서 시작하게 된 것이다. 마냥 철부지이기만 한 내가 진짜 육아를 배우는 순간이었다.

제2장

설레는
한 달 살기 준비

1.

지역 선정이 가장 먼저다!

　당신은 여행을 간다면 어디로 떠나고 싶은가? 미국, 유럽, 일본, 동남아시아 등등 머릿속으로 지도를 펼치고 미소 지어질 것이다. 나 또한 그랬으니까. 나와 남편이 가장 중요하게 여긴 것은 세 가지였다. 첫째는 안전이다. 입국은 남편이 동행을 하겠지만 대부분 남편 없이 아이들과 나만 생활할 것이다. 가족과 함께 있고 웬만한 사정을 다 아는 한국이 가장 안전하긴 하다. 그에 걸맞은 안전한 도시는 일본 정도 생각나지만, 일본은 영어로 의사소통이 힘들기에 일본을 제외하고 그나마 안전한 도시를 찾았다. 둘째, 우리나라보다 선진국을 찾았다. 휴양도 좋고 저렴하고 가성비를 생각하지 않을 수 없었지만, 아이들과 나만 지내는 것이다 보니 병원, 편의시설, 문화 등 우리나라보다 선진국을 가는 것이 편할 수 있다고 생각했다. 그리고 우리가 한 두어 달 지내면서 그들이 왜 선진국인지, 우리보다나은 점이 무엇인지 몸소 겪어보면 알 수 있지 않을까 하는 생각이었다.

셋째, 날씨였다. 나는 날씨의 영향을 꽤 많이 받는 편이다. 비 오고 축축하고 흐린 날에는 어김없이 힘이 없다. 반면 햇빛 나고 화창한 날에는 그것 이상으로 방방 뛰는 기분파였기에 두어 달 여행하는 내내 화창한 날을 기대했다. 그리고 첫 번째 여행을 계획할 때 우리나라의 미세먼지로 모든 사람이 인상을 찌푸리던 시기라 공기가 좋은 곳을 찾았다. 그래서 더운 여름 나라라면 아이들과 원 없이 수영장에서, 바다에서 놀 수 있겠다고 생각했다. 마침, 아이들도 물이라고 하면 일단 뛰어들고 보는 아이들이었다. 이 세 가지를 생각했지만, 내심 하와이를 염두에 두고 끼워 맞춘 것일지도 모르겠다.

필리핀도 생각해 보고, 말레이시아, 싱가포르, 호주 이런 곳들도 생각해 봤었다. 하지만 역시나 마음이 가는 곳은 하와이였다.

하와이는 미국이긴 하지만 전형적인 미국과는 조금 분위기가 다르다고 생각했다. 그곳은 관광지였고, 관광객에게 좀 더 너그러운 곳이라고 생각했다. 또 안전 측면에서 장기간 여행하기에 괜찮으리라 여겼다. 가끔 총기와 마약으로 무서운 소식들이 들려오는 미국이지만, 그 당시 하와이는 크게 걱정하지 않는 분위기였다. 와이키키 쪽은 세계 여러 나라로부터 온 관광객이 많은 곳이라 더욱 그러했다.

그렇게 하와이로 결정을 내리고 보니, 하와이도 제법 큰 섬이었다. 일단 돌이 채 안 된 막내와 함께이기 때문에 숙소를 몇 군데로 나누어 예약하기는 무리였다. 그래서 한곳에서 머물기로 했다. 번잡하나 모든 편의 시설이 모여 있는 와이키키 쪽이 아닌, 한적한 코올리나 지역으로 방향을 틀었다.

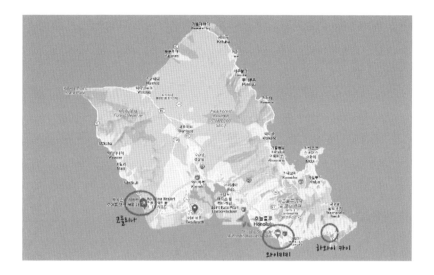

코올리나 지역은 호놀룰루 국제공항에서 서쪽에 자리 잡고 있으며 차로 대략 40분 정도 걸리는 지역이다. 코올리나 지역에도 아울라니 리조트와 포시즌스 호텔, 코올리나 골프장 등이 있어 제법 관광지 같은 모습이지만, 와이키키만큼 번잡하거나 사람들로 북적이는 곳이 아니었다. 어느 정도의 편의성도 있고 주로 현지 사람들이나 유럽 사람들이 많이 이용하는 곳이라고 했다. 와이키키 쪽은 젊은 사람들 또는 일본인들, 한국 사람들이 많았고 그때 당시만 해도 코올리나는 그다지 많이 알려진 곳은 아니었다. 그래서 사람들이 많은 곳을 피해 아이들과 한적하게 지낼 요량으로 코올리나로 정했다. 지내고 보니 장단점이 분명히 있는 곳이다.

첫 번째 해외 육아 이후 하와이라는 관광지에서 현지인처럼 살고 싶은 욕심을 내어 좀 더 깊숙이 들어간 곳이 '하와이 카이' 지역이었다. 와이키키에서 동쪽으로 가다 보면 전통적 부촌인 '카할라' 지역이 나온다. 카할라 지역에서 좀 더 오른쪽으로 가다 보면 '하와이 카이' 지역이 나오는데 거의 관광객보다 현지인들이 많은 곳이다.

하와이는 어느 지역을 선택해도 현기증이 날 만큼 쨍한 날씨와 깊이를 알 수 없는 파란 바다를 볼 수 있지만 그중에서도 조금씩 저마다의 특색이 있었다. 그런데 처음 지역을 선택할 때는 그 어느 곳을 봐도 다 가고 싶을 만큼 좋아 보였다. 한 달 살이든, 두 달 살이든 일주일 여행과 같은 단기 여행과는 다르다. 아이들과 함께하는 여행은 결코 단출한 짐일 리 없다. 그리고 무엇보다 안전에 관한 생각을 최우선시해야 한다고 생각한다. 쉽게 올 수 없는 하와이인데 여기도 살아보고 싶고 저기서도 지내보고 싶을 수 있지만 많은 짐과 안전을 위해서 한 곳을 정해 그곳에서 지내는 것을 추천한다. 우리도 이사를 해보면 알지 않나? 매번 여행 짐을 쌀 때, 다 버리고 간다는 마음이어도 짐이 생각 이상으로 많고, 그 짐을 차에 옮기고 챙기고 다시 새로운 숙소에서 정리하는 건 괜한 에너지 낭비라고 생각한다. 그 넘치는 에너지를 아이들과 나를 향해 쓰는 게 맞지 않을까?

	장점	단점
코올리나	• 한적하다. • 숙소 비용이 와이키키보다 저렴한 편이나 그래도 비싸다. • 숙소의 선택 폭이 좁다. • 해 질 녘의 풍경이 최고이다. • 골프를 친다면 최고의 접근성. • 굉장히 정적인 느낌. (아울라니 리조트 제외) • 조용한 휴가에 맞다. • 개인적인 추천: 조용한 신혼여행을 즐기는 사람들께 추천.	• 조금 심심하다. • 편의시설이 다소 부족하다. • 근처에 한인 마트가 없다. 와이키키 쪽으로 나가야 한다. • 오하우섬의 동쪽과 거리가 멀다.
와이키키	• 숙소 선택의 폭이 넓다. • 다수의 쇼핑센터, 한인 마트가 있다. • 늘 흥겹다. • 편의시설이 많다.	• 시끄럽고 번잡하다. • 주차가 어렵고 대개 주차 비용이 비싼 편.
하와이 카이	• 전통적 현지 주거지. • 관광지가 아니다 보니 호텔이 없다.	• 말 그대로 그냥 현지 동네라 놀 거리가 없다.

2.

예약, 예약, 예약

　지역을 선택했다면 그다음은 결혼 준비할 때처럼 신나게 돈 쓸 일이 남았다. 개인적으로 생각했을 때 여행이라고 하면 제일 신나는 게 준비 단계가 아닐까. 한 달 후, 두 달 후 그곳에서 지낼 나와 가족들을 생각하면 들썩들썩한다. 요즘은 인터넷도 잘 되어 있어 사진에 속지 않게, 수많은 후기도 읽어보고 가성비 좋은 곳을 찾아본다. 언제 또 갈지 모른다며 계속 가고 싶은 숙소 리스트가 업그레이드된다. 하지만 하루 이틀 지낼 것도 아니기에 한 달 치 숙소비를 계산해 보면 깜짝 놀라 또 적당한 곳을 찾았다가 혼자 난리다. 진정하고 다시 찬찬히 알아본다.

　해외 육아를 계획할 때 지역을 선정했다면 가장 먼저 항공권, 숙소, 차량을 선택하자. 이 세 가지가 가장 큰 비용이 든다. 항공권은 크게 국적기와 해외 항공사를 이용한다. 하와이 같은 경우는 우리나라 사람들이 좋아하고 많이 가기 때문에 직항으로 아시아나, 대한항공, 진에어 등을 이용할 수 있고 매일 운항하고 있다. 또 대표적인 해외 항공사로는 하와이안 항공이 있다. 가격 측면으로는 당연히 국적기가 비싸지만, 월등히 하와이안 항공이 싼 건 아니다. 또 하와이로 가는 비행기는 운항 시간 대부분이 밤 비행로 하와이까지 대략 9시간이면 도착이다. 밤 비행기라 저녁 먹고 한숨 자면 하와이의 하늘을 볼 수 있으므로 비행시간이 그리 길게 느껴지진 않는다. 아이가 어려도 긴 비행시간을 너무 겁내지 말자. 시차 또한 우리보다 −19시간으로, 쉽게 말해 하루 늦고 우리보다 4시간 빠르다고 생각하면 된다. 우리가 7월 5일 오전 7시이면, 하와이는 7월 4일 오전 11시로 생각하면 되는 것이다. 밤낮이 바뀌면 정말 힘든데 이 정도 시차라면 현지에서 큰 무리 없이 시차 적응을 할 수 있다.

항공권은 빨리 살수록 가격이 저렴한 편이다. 첫해를 제외하고 우리는 항상 항공권을 약 1년 전에 구매해 두는 편이다. 카드사의 마일리지가 있다면 그것도 십분 활용해 보자! 361일 이전에 각 항공사에서 마일리지 항공권을 예약할 수 있으므로 원하는 날짜에 꼭 예약을 미리 해두자. 기회가 된다면, 같은 비용으로 편하게 비즈니스 좌석을 이용할 수도 있으니 말이다. 당장 비즈니스 좌석을 예약할 수 없더라도 한 구간에 2개 정도 대기 예약을 해 둘 수는 있다. 취소분이 나오면 예약 순서에 따라 연락이 오므로 꼭 이 예약도 함께 진행하자. 1년 후의 예약인지라 취소분이 왕왕 나오는 편이다.

하와이는 일 년 내내 따뜻하고 더운 편이다. 우리는 초여름에 가서 여름 내도록 머물곤 했다. 겨울은 경험해 보지 못했지만 그래도 하와이는 여름에 가야겠다고 생각한다. 뜨거운 햇살에 까맣게 익어가지만, 여름이어도 하와이 바다는 차갑다. 수영장도 우리나라처럼 친절하지 않다. 우리나라의 수영장은 추울까 봐 꼭 따뜻한 물로 몸을 녹일 곳을 마련해 놓거나, 수영장 물 자체를 데워주는 곳이 많다. 하지만 하와이의 호텔들이 그러하지 않고, 하와이의 바다 또한 깜짝 놀랄 정도로 차갑다. 아이들이 그리 오래 놀지 못한다. 금세 입술이 새파래지니. 바람도 꽤 세게 불고 건조한 편이라 차가운 바다에서 놀다가 나오면 햇볕은 뜨겁고 건조한 바람으로 물기를 말려주니, 이내 서늘해진다. 그 건조함이 우리나라와 달라 상쾌하게 느껴지기도 한다. 하지만 한여름도 이러했으니, 그보다 기온이 낮은 겨울은 더 그러하지 않을까? 그래서 하와이에 간다고 하면 겨울보다 여름을 더 추천한다. 대신 여름에 가면 밤사이 비도 종종 오고, 허리케인도 간혹 만날 수 있다. 우리는 단기 여행자이지 않은가? 하와이 현지 사람들이 허리케인을 어떻게 생각하는지, 어떻게 준비하는지 보는 것조차 재미있었다.

그다음 선택해야 하는 것은 숙소이다. 개인적인 생각이지만 숙소에는 비용을 아끼지 말자! 아이들과 가는 여행이다. 하루 이틀 머물더라도 안전하고 편한 곳을 가야 한다고 생각하기도 하고 한 달 이상을 지낼 곳이기 때문에 숙소의 상태가 중요하다고 생각한다. 안전하지 않고, 더럽고, 편하지 않다면 아이들과 지내는 행복한 여행 시간이 불안하고 청소하는 데 많은 시간과 노력이 든다. 또한 고장 난 곳이 많은 숙소로 인해 소중한 시간을 날려버릴 것이기 때문이다.

바다 가까이 있고, 숙소 내 수영장도 있다면 어디 멀리 나가지 않아도 충분히 즐길 수 있으므로 그러한 것도 고려하자! 한 블록만 걸으면 바다가 있다는 이런 숙소도 다시 한번 생각해 보자. 한 번은 바다에 가지만 두 번째 발걸음은 쉽게 안 떨어진다. 바다로 가는 그 길에 가져가야 할 준비물이 태산이고 물놀이 이후 피곤한 상태로 숙소까지 걸어가는 건 정말 곤욕이기 때문이다. 그다음 부엌 시설이다. 하와이는 물가가 비싸다. 우리나라 제주도처럼 하와이도 섬이라 웬만한 물건들은 수입의 개념으로 보기도 하고 미국의 팁 문화 때문에라도 외식은 비싼 편이다. 해외 육아 첫해, 막내는 아직 이유식을 하는 단계라 외식은 엄두도 내지 못했다. 여행할 때 그 나라 음식을 경험해 보는 건 아주 중요한 부분이라고 생각한다. 하지만 우리 아이들은 그렇게 생각하지 않는 모양이다. 꼭 엄마가 밥을 하란다. 한식파 아들들 덕분에 나는 항상 여행 나와도 거의 3식 3끼를 다 하는 편이다. 사서 고생하는 것이지만, 아이들 밥은 웬만하면 내 손으로 해주려고 했다. 그러니 부엌 시설이 완비된 곳을 찾는다. 호텔에서는 부엌 시설이 없으므로 지내기에 적합하지 않다. 레지던스 호텔이나, 에어비앤비를 찾아야 한다. 관광지인 하와이에서도 다소 위험한 지역이 있어 에어비앤비로 숙소 예약할 때는 조심해야 한다. 나도 첫해는 에어비앤비를 통해 예약했는데 코올리나 지역의 리조트, 우리나라의 콘도 개념인 곳을 예약해서 안전하고 편했다. 바다 바로 앞이라 아이들과 놀기에도 딱 적합했다. 하지만 지인들이 에어비앤비에서 나온 사진만 보고 숙소 예약을 했다가, 현지 도착해서 보니 피해야 할 지역들이라 곧장 나와 호텔 생활을 하는 것도 본 적 있다. 구글맵으로 로드뷰를 꼭 확인하고 예약하도록 하자. 덧붙이자면 세탁 시설이 객실 내에 있어야 한다. 아이들과 함께 가는 것이므로 빨래도 어마어마하게 많이 나온다. 물놀이까지 매일 하니 수건 사용 양도 무시 못 하고. 공용 세탁 시설보다 숙소 내 세탁기와 건조기 있는 곳으로 예약하자!

다음은 자동차이다. 하와이의 와이키키 해변 쪽은 걸어 다녀도 좋고 핑크 트롤리 같은 교통편을 이용해도 좋다. 요즘은 우버도 참 잘 되어 있다. 하지만 자동차 대여를 꼭 했으면 좋겠다. 두 가지 이유가 있는데, 첫째는 당연히 개인 차를 이용해서 하와이의 구석구석을 시간 구애 없이 다 다닐 수 있다. 그리고 72번 해안 도로를 타고 달리는 그 기분을 함께 누리고 싶다. 거센 자연의 힘을 느낄 수 있는 바다와 화산섬을 마주할 수 있는 그 도로를 버스 타고 다녀서는 분명 반감될 거다. 또 장기간 머물다 보면 장도 보고 쇼핑도 할 텐데 차가 있으면 쉽게 이동할 수 있으니 내 에너지를 아낄 수 있다. 차량 대여 후 조심해야 할 것이 있다. 하와이는 차량 선팅이 불법이기에 안이 훤히 보인다. 차 유리창을 깨고 물건을 훔쳐 가는 경우가 많으므로 항상 차 안에는 그 어떤 것도 두면 안 된다. 나는 그런 경험이 없었지만 전해 듣기에는 그런 도난 사건도 빈번하다고 했다. 두 번째, 그곳 사람들의 여유를 느낄 수 있는 게 바로 운전 매너이다. 서두르거나 경적을 울리는 경우도 드물다. 나는 하와이에서 운전할 때, 차선 변경할 때 곤혹스러웠던 적이 거의 없다. 길을 잃은 적은 있어도 말이다. 운전할 때 속도를 표시하는 방법, 거리를 나타내는 방법이 우리나라와 달라 처음에는 헷갈릴 수 있지만 하루 이틀만 운전하면 익숙해진다. 그리고 새로운 곳에서의 교통 법규를 알아보고 운전한다는 것, 주유하는 경험은 진짜 현지인으로 살아보는 것 중 하나이다 보니 놓칠 수 없는 경험이다. 그곳 사람들이 얼마나 여유로운지, 양보에 대한 개념이 우리와 무엇이 다른지, 내가 먼저 가는 것이 더 효율적인지, 한 사람씩 양보하는 것이 더 효율적인 것인지에 대해 직접 체험하며 알게 될 것이다.

여행지에서 어떤 일이 일어날지 모르니, 보험은 전부 커버할 수 있는 것으로 하자. 허츠나 알라모와 같은 큰 회사를 통해서 할 수도 있고 하와이 현지에 한인 렌터카도 있으니 충분히 잘 알아보자. 대형 렌터카 회사가 조금 더 저렴할 수 있으나 영어로 의사소통하는 것이 불편하면 한인 렌터카 이용이 편할 수 있다.

여행은 계획하고 알아보고 비교하고 선택하고 예약하는 과정에서 시작된다. 이렇게 굵직한 세 가지를 예약하면 이제 아이들과 해외 육아를 떠날 준비 중 반 이상은 되었다고 볼 수 있다.

3.

미국에 가려면

　신혼여행으로 미국 전역을 다녀왔다. 짧았던 2주였지만 미국이 친근해졌다. 게다가 할 수 있는 제2외국어는 영어라 더 자연스럽게 여행=미국이라고 연결됐다. 그렇게 미국은 개인적으로 좋은 기억이 있는 곳이고 가깝게 느껴지는 곳이다. 이번 장에서는 미국으로 여행한다면 챙겨야 할 것들과 고려해야 할 것들에 대해 말해볼까 한다.

　미국으로 여행하기 전 준비해야 할 것으로 첫 번째 꼽을 수 있는 것이 영어이다. 우리나라 사람들처럼 영어에 대한 열망이 큰 민족은 없을 듯하다. 인접한 나라의 언어인 일본어, 중국어에 대한 민감도보다 태평양을 건너가야 존재하는 지리적으로 먼 미국의 언어(엄밀히 말하면 미국의 언어는 아니지만)에 대한 열망이 큰 것이 다소 아이러니하지만 말이다. 세계의 공통 언어여서일까? 우리나라 사람들은 아이를 낳으면 모국어인 한국어와 같이 영어도 모국어만큼 중요하게 여기기도 한다. 본인은 그러하지 못했어도 내 아이만큼은 영어에 노출해야 하지 않을까 한다. 그때부터 시작된 영어 공부에 대한 짝사랑은 대개 어른이 되어서도 지속된다. 오랜 기간 공부했음에도 사람들은 영어를 사용해야 하면 울렁증이 있다고, "Good morning!"도 크게 결심하고 내뱉어야 하는 사람들이 많다. 물론 나도 예외는 아니다. 위의 이야기는 내 이야기이기도 하다. 나도 그리 오래 영어를 공부했지만 제일 자신 없는 부분이기도 하고 아이를 낳고 아이의 이름을 생각하면서 영어 이름도 짓는 우스꽝스러운 일도 했다. 그리고 아이들에게 한글책을 읽어주는 만큼 영어책도 읽어주고 동요를 틀어주고 영어로 된 깜찍한 노래도 들려주고 영어 교육에 관심이 높았다.

하와이든, 어바인이든 미국 땅을 밟으려면 입국심사라는 것을 해야 한다. 당장 그때부터 영어의 시작이다. 입국심사 하는 미.국.사람이 아주 빠른 속도로 왜 여행을 왔는지 얼마나 있다 가는지 돌아가는 표는 있는지 어디에 머물 건지 돈은 얼마를 들고 왔는지 등을 묻는다. 우리는 답해야 하는 의무가 있고 어설픈 답변을 했다가는 입국 자체가 어려워질 수도 있다. 문법에 맞고 틀린 문장을 걸러내야 하는 것이 아니다. 우리도 대화할 때 상대방이 문법적 오류가 있는지 시험 보지 않듯이 말이다.

미국령인 하와이를 일주일간 여행하는 것이 아니다. 그곳에서 생활할 거다. 여행하는 내내 한마디도 안 할 것인가? 주변에서 하는 이야기를 듣지 않을 텐가? 마트에서 장을 봐야 하는데 뭐라고 적혀 있는지는 알아야 식재료를 사거나, 쇼핑할 것 아닌가? 운전할 때 표지판을 본다든지, 하다 못해 대중교통을 이용할 때 노선 정도는 봐야 하지 않겠나. 하와이에 있다 보면 지나가는 사람들과 눈을 마주치고 "Good morning!" 하는 건 일상이다. 자신의 발음과 억양이 걱정되는가? 민망한가? 우리보다 더 어색한 일본 사람들이 많은 곳이 하와이다. 걱정하지 말고, 내뱉을 자신감을 가져도 된다! 호텔에서 무언가를 요청하거나, 문제가 생겼을 때 도움을 구할 수는 있어야 한다. 유창할 필요는 없지만 단어만 내뱉어도 의사소통은 된다. 근데 나도 첫 한 달 살기, 해외 육아를 하고서 깜짝 놀랐다. 그곳 사람들은 교과서에서 나오는 원어민들처럼 또박또박 천천히 이야기하지 않는다. 생각해 보면 우리나라도 지역에 따라 사투리도 있고, 말이 빠른 사람이 있고 느린 사람이 있다. 제주도처럼 그 지역에서만 쓰는 단어도 있고 아주 다양하다. 넓은 땅을 가지고 다양한 민족과 다양한 인종이 모여 사는 미국은 더했다. 분명 영어 같기는 한데 뭐라는지 알 수가 없었다. 그동안 내가 배운 영어는 무엇인가? 하는 당혹감이 아주 컸다. 첫해 한 달 살기를 다녀온 이후 영어에 대한 관점이 달라졌고, 진짜 의사소통이 되는 영어를 배우고 싶었다. 그러한 점은 아이들 영어 교육에 대해서도 큰 변화를 불러왔다. 완벽한 영어를 구사하기 위해 공부를 해오라는 것은 아니다. 사실 그것은 불가능하다. 현지에 살면서 부딪히며 깨치는 영어 의사소통이 아니라면 한국에서 공부하는 것은 무리가 있다. 그래도 우리가 영어에 대한 울렁증은 어느 정도 이겨내고 가야 한다는 이야기다. 하와이든, 어바인이든 세계 어느 나라에서든 문맹으로 살아갈 수는 없으니 말이다.

두 번째는 보험이다. 여행을 계획할 수 있고 내일을 기약할 수 있는 건 우리가 건강하다는 전제하에 가능한 일이다. 지속적으로 병원에 다녀야 하고 건강을 염려해야 할 정도라면 장기 여행 계획은 세우지 않을 것이다. 그런데 왜 보험이 필요할까? 보험은 갑작스러운 사고를 대비하는 것이다. 여행자 보험은 꼭 가입하고 미국에 가자. 내가 생각하는 한국과 미국의 가장 큰 차이점은 의료에 있다고 본다. 우리나라처럼 저렴하게 질 높은 의료 서비스를 받을 수 있는 곳은 드물다. 아니, 세계 최고라고 볼 수 있다. 코로나 팬데믹 상황에서도 보지 않았나? 우리는 심각하게 아프지 않아도 컨디션이 조금만 이상해도 쉽게 갈 수 있는 곳이 병원이다. 반대로 미국은 아파서 죽기 직전에 가는 곳이라는 개념이 더 크다. 그 차이는 바로 보험의 차이라 볼 수 있다. 우리나라는 국민건강보험이 있어 병원비에 대해 큰 걱정 없이 산다. 반면 미국에서 의료비는 굉장히 비싸다. 몸이 아파 병원에서 진료를 보려면 진료 예약부터 쉽지 않다. 지금 배가 너무 아픈데 한 달 후에 예약해 줄 수도 있다. 한 달 후 의사 얼굴을 보고 검진한 후 비용도 만만치 않기 때문에 의료에 대한 접근성은 굉장히 떨어진다. 다행히 우리는 장기 여행이지만 한국 사람이라 미국 병원에서 낸 비용도 한국에서 청구할 수 있다. 한 달 여행자 보험에 가입해도 10만 원대(1인 기준)이므로 꼭 가입하고 가자. 병원에 갈 일이 없을 것 같지만 우리는 아이들과 함께 가는 것이기에 언제 어떤 일이 일어날지 모른다. 보험비가 아깝더라도 여행자 보험만큼은 아까워하지 말자. 병원에 갈 일이 없었다면 천만다행으로 건강하게 여행을 다녀온 것이고 미국에서 병원을 가게 되었다면 경제적으로 큰 비용을 아낄 수 있었다고 할 수 있으니 말이다. 매년 해외 육아를 하는 동안 아이가 셋이라 아주 다양한 일이 일어났다. 작은 상처가 났는데 곪을 때까지 나에게 이야기하지 않아 위험했던 일, 화상, 알레르기로 위험했던 일 등 가슴 쓸어내릴 일이 많았다. 아이들과 함께하는 여행은 예측불허의 일이 자주 벌어지기 때문에 최대한 대비를 하고 떠나야 한다.

세 번째는 팁 문화에 대한 적응이다. 장기 여행을 계획하면서 예산에 대한 계획은 필수이다. 처음에는 단순히 식비, 소모품, 교육비 등을 포함한 한국에서의 생활비 정도로 생각했다. 미국이니까 이곳저곳을 다니고 쇼핑비로 조금 더 나가지 않을까? 이렇게 여유롭게 생각했다. 하지만 정확히 내가 생각한 예산보다 2배의 생활비를 쓰고 왔다. 첫해는 예산 설정의 실패로 다녀와서 처절한 자기반성을 했다. 하와이의 물가가 다소 비싼 것도 있었다. 환율에 따라 생활비도 달라지기는 했지만, 결정적으로 미국의 팁 문화도 영향이 있었다. 얼마의 비용을 팁으로 줘야 할지도 모르겠고, 특히 어떤 상황에서 팁을 줘야 하는지도 감이 없었다. 첫해만 하더라도 호텔이나 식당에서 팁을 줄 때 현금으로 줬었다. 현금을 잘 들고 다니지 않는 한국에서처럼 잔돈은 잘 들고 다니지 않았는데 미국에서는 팁을 줘야 해서 현금을 들고 다녀야 했고 잔돈은 필수였다. 가끔 2~3달러면 될 것을 잔돈이 없어 10달러를 주기도 했다. 여행 전 미리 한국에서 100달러로 잔뜩 환전해 갔었는데 현지 사람들은 100달러를 쓰는 경우가 드물었다. 매우 큰 단위의 돈이었기에 조그마한 가게에서 100달러를 내밀면 잔돈으로 바꿔 주기 난감해하는 경우가 많았다. 호텔에 대리주차 맡길 때, 호텔 측에 여분의 수건이나 편의용품을 요청하여 가져다줄 때 팁을 줘야 하나? 얼마나 줘야 하나 매번 고민이 되었다. 정답은 없고 알려주는 사람도 없고 처음에는 아주 난감했다. 팁을 주는 문화가 익숙하지 않기에 나는 8년 차 해외 육아 중이지만 항상 갸우뚱하고 계산할 때는 잠시 멈춰 생각하게 된다. 물가가 오르는 만큼 팁의 비율도 12%에서 요즘은 20%까지 올랐으니 10만 원의 식사를 하면 최소 12만 원을 내야 한다는 이야기다. 대개 점심 식사 시 15% 정도, 저녁 식사는 18~20%를 계산하는 편이다. 요즘 계산서 자체에 팁을 포함해서 청구되기도 하니 영수증을 잘 살펴봐야 한다. 정답은 없지만 현지 사람들은 스타벅스나 맥도날드와 같이 포장해서 나가는 경우 대개 팁을 1불 정도 내면 적당하다고 한다. 이와 같이 미국 여행 전에 팁 문화에 대해 이해하고 와야 당황하지 않을 것이고, 작은 단위의 돈을 준비해야 편할 것이다. 반면 어바인의 경우 하와이만큼 팁을 현금으로 내는 일은 적었다. 관광지에서 현금 팁을 내는 경우가 더 많았다.

여행은 아무리 준비해도 막상 떠나 보면 부족한 것들이 있는 법이다. '아무렴 어때! 여행인걸!'하는 열린 마음이 제일 중요한 것 같다.

4.

한국에서 챙겨야 할 것들

"한 달 넘어 있을 거니까, 아기용 손톱깎이도 챙겨야 하고! 또 뭐가 있더라?"

사소한 것 하나 놓치지 않고 다 가져가려고 머리를 쥐어짜고 있었다. 혼자 여행할 때와 아이들과 떠나는 여행 준비는 천지 차이다. 일단 여행용 가방이 이민 가방으로 바뀐다.

8년 차 해외 육아의 경험으로 꼭 챙겨야 할 네 가지를 꼽아보려고 한다.

첫 번째, 비상약이다. 앞서 이야기했지만, 미국에서는 병원을 가기는 쉽지 않다. 물론 하와이나 어바인에도 한인 병원이 있다. 생각보다 많이 있지만 예약이 쉽지 않을뿐더러 비용도 비싸다. 나도 현지 병원을 몇 번 가봤지만, 의사들이 웬만하면 약을 처방해 주지 않는다. 특히 항생제는 거의 처방해 주지 않는다. 위급한 상황이 아니라면 약 처방보다 지켜보자는 말을 더 많이 듣게 될 것이다. 항생제를 먹이면 하루 이틀 내로 증상이 좋아질 것 같은데 말이다. 우리나라 사람들이 쉽게 항생제를 쓰는 것인지 아니면 이들이 너무 태평인지 모르겠지만 여행 와서 아이가 아픈 것을 마냥 지켜보고 있기는 힘들다. 내가 챙겨간 항생제가 빛을 본 것은 몇 번이 있었다. 아이들 중이염에 걸려 귀가 먹먹하고 아프고 고열이 났을 때, 상처가 덧나 고름이 차고 더 나아가 열이 났었다. 이 두 경우는 여차하면 심각한 상황으로 진행이 되었을 테지만 챙겨간 항생제를 일정 기간 먹였더니 괜찮아졌었다. 코로나 때도 약을 잔뜩 쟁여갔었다. 코로나바이러스에 대한 걱정 때문에 검사 도구도 20개 이상 들고 갔었다. 검사에서 양성이 나올 경우를 대비한 약까지 들고 갔었다. 안 쓰게 되면 안 써서 좋고 양성이 나오면 바로 약을 먹고 쉴 수 있도록 말이다. 여행 떠나기 전에 자주 가던 소아청소년과에 가서 장기 여행을 가니 항생제를 처방해 줄 수 있냐고 물어보면 좋을 것 같다. 병원 가기는 힘든 미국이지만 항생제를 제외한 약은 구하기 쉬운 편이다. 개인적 경험이지만 미국에서 구한 타이레놀계, 이부프로펜 계열 해열제는 한국에서의 약보다 효과가 좋은 것 같다. 마트에 가면 굉장히 다양한 약이 있는데, 유아용 타이레놀(타이레놀 계열)과 유아용 에드빌(이부프로펜 계열)은 진통 해열에 효과가 좋았다. 용량은 아이 나이와 몸무게에 따라 먹일 수 있도록 약 설명서에 나와 있으니 참고해서 먹일 만하다. 이것들은 현지 도착해서 사도 괜찮은 약이다. 물놀이를 많이 할 수 있기에 안약, 인공누액도 챙기면 좋다. 우리 아이들은 남자아이들이라 축구하면서 부딪히고 발을 삐끗하는 때도 종종 있어 파스를 챙겨간다. 하와이에 머무는 동안 불을 이용한 식사 준비를 늘 했다. 한번은 아이가 인덕션에 화상을 입기도 했다. 이래서 아이들과 있으면서 여러모로 신경이 곤두설 수밖에 없다. 그때 애 상태로 봤을 때는 2도 이상의 화상이었던 것 같았는데 미처 화상 연고를 챙겨오지 않아 애나 나나 고생을 했다. 그 사건 이후 화상 연고도 꼭 챙긴다. 간혹 물이 바뀌면서 설사하거나 변비가 생기기도 한다. 소화제, 설사약, 유산균을 꼭 챙겨가자. 상처 소독을 위해 알코올이나, 베타딘도 챙기자. 상처가 생겼을 때 이를 위한 항생제 연고도 꼭 챙기면 좋다. 물론 현지에서 살 수도 있는데 예고 없이 다치기 때문에 부랴부랴 마트를 찾아가기는 쉽지 않을 수 있기 때문이다.

다음으로 유용한 준비물은 폴딩 카트이다. 혼자 외출할 때는 단출하게 나가는 편이지만 아이들과 함께 외출할 때는 또 다른 이야기다. 특히 하와이에서는 챙겨야 할 것들이 왜 그리 많은지. 한국에서는 무거운 짐을 남편이 들어주고, 또는 남편과 나눠 들었지만, 하와이에서는 오로지 나만이 감당해야 할 무게였다. 첫해에는 8개월 차 되던 막내와 함께였기에 기저귀, 여벌 옷, 손수건 등의 짐에다가 아직 어린아이들이라 물, 간식을 비롯한 먹을 것을 챙겨야 했고, 게다가 아이를 안거나 업어야 하는 상황이었다. 밖에서 물놀이라도 할라치면 준비물은 더 많아졌다. 이 모든 것을 감당하기에 폴딩 카트는 제격이었다. 애들이 힘들어하면 애도 태울 수 있고, 짐도 넣을 수 있고 말이다. 폴딩 카트의 화룡점정은 마트이다. 우리나라는 정말 편리한 나라이다. 일정 금액 이상 구매하면 집까지 배송을 해주니 말이다. 그런 서비스를 미국의 쇼핑몰이나 마트에서 기대하면 안 된다. 뭐든 대형으로 팔고 대량으로 파는 미국 마트에서 쇼핑하면 들고 가야 하는 짐이 한가득하다. 장기간 머물 때 가장 필요한 것이 물이다. 따로 정수기가 없기에 매번 물을 사야 하는데 마트에서 물을 사고 그 무거운 물을 숙소까지 옮겨야 하니 보통 일이 아니다. 이럴 때 무겁게 두 손에 들고 가지 말고 폴딩 카트에 담아서 이동하자! 체력 소모를 한결 덜어줄 것이다. 냉장, 냉동을 위한 아이스팩을 따로 제공하지 않으므로 한국에서 몇 개 들고 가자. 쇼핑 후 이동하는 시간 동안 음식물을 신선하게 보관할 수 있으니 유용하게 쓰일 것이다. 또한 아이들이 캠프를 가거나 학교에 다닐 경우 간식 챙겨줄 때도 유용하므로 아이스팩과 보냉백도 꼭 챙겨가자.

다음은 부엌 용품이다. 하와이로 떠나는 첫해에는 막내 아이 이유식 때문에 밥통까지 들고 간 사람이 바로 나다. 처음 떠날 때부터 나는 맛집을 찾아다니리라는 기대는 거의 없었다. 한국에서도 세 아이와 외식을 포기했는데 하와이에서는 더더욱이 생각하지 않았다. 한국에 있을 때보다 더 많이 식사를 직접 조리했고, 외식을 거의 하지 않았다. 해외 한 달 살기, 두 달 살기는 큰돈이 들어가는 여행이지만, 나는 식비에서 그나마 절약할 수 있었다. 물가가 비싼 곳이고, 팁도 많이 나가는 곳이지만 부엌 시설이 있는 곳에 머물면서 식비를 줄일 수 있었으니 말이다. 당연히 음식은 한국에서처럼 진수성찬은 아니었지만 그래도 아이들과 내가 웃으면서 배불리 먹을 수 있는 정도였으니 그 정도면 만족했다. 밥을 직접 할 생각이라면 여러 준비물이 필요하다. 내 손에 익은 부엌 용품을 들고 오면 더 편하다. 사소하게는 감자 필러를 준비했었다. 대개 숙소에 칼은 있지만 감자 필러는 없으니까. 채소 손질을 해야 할 경우가 많은데 마트에서 이것까지 사 오기란 아깝기도 했고, 큰 부피 차지하는 것이 아니기에 준비해 갔다. 락앤락 용기와 같은 작은 종류의 보관 용기를 10개 이상 들고 가면 편리하다. 음식을 담아 보관하기에도 좋고 야외 활동 시 간식을 담아 가는 것도 좋았다. 아이들 밥을 해줄 때 국을 많이 끓이게 되는데 육수용으로 코인 육수를 챙겨 가면 시간도 단축되고 편리했다. 한인 마트가 있어 웬만한 식재료는 다 구할 수 있지만 한국에서 아이가 좋아하는 식재료는 챙겨가는 게 좋을 것이다. 콕 집어 그게 마트에 없을 수 있으니까. 우리 집 같은 경우는 멸치였다. 우리 아이들은 멸치볶음을 좋아하는데 아이들이 좋아할 만한 크기의 멸치가 하와이, 어바인에는 없었다. 그래서 다음 해 준비물엔 멸치를 가져가 맛있게 잘 먹었다. 김도 **빼놓을** 수 없는 반찬인데 짐의 여유가 있다면 아이들이 좋아하는 브랜드의 김을 가져가는 것도 좋을 것이다. 생각보다 해외 한인 마트의 김이 맛이 없었다.

그 밖에도 해외에서 아이들과 장기로 머물 때 필요한 것들이 잔뜩 있지만 꼽은 가장 필요한 네 가지는 위와 같다. 여행은 일상과는 다르게 항상 무언가가 부족하고 불편하다. 최대한 편하고 안전하게 지내기 위해 준비를 하는 것도 맞지만 부족하면 부족한 대로, 불편하면 불편한 대로 아이들과 여행을 충분히 즐기겠다는 마음이 제일 중요하다.

5.

아이들에게 특별한 하와이

하와이에서 아이들과 할 수 있는 것들을 크게 바다에서 할 수 있는 것, 문화—역사 체험, 교육으로 나누어 소개하려 한다.

첫째 바다에서 할 수 있는 것은 단연코 물놀이이다. 하와이는 태평양 한가운데 있는 섬이니까 다니다가 아무 곳에서나 멈추어 바다로 뛰어들면 된다. 근데 바다의 파도가 어른 키만큼 높은 곳도 있고 잔잔한 곳도 있으니 당연히 아이들 연령대를 고려하여 놀아야 할 것이다. 파도가 높은 곳은 어른인 나도 무서워 주춤주춤하게 된다. 물론 거친 파도이지만 아이들은 바다가 아닌 모래에서 놀기도 한다. 잔잔한 바닷가라도 바닷물이 차가워서 아이들 체온 유지는 특히 신경 써야 할 것이다. 노스쇼어 쪽으로 가게 되면 바다거북이도 심심치 않게 볼 수 있기에 한 번쯤은 가보자. 대신 노스쇼어 쪽은 해변이 돌로 되어 있는 곳이 많아 물놀이용 신발이 필수이다. 와이키키 해변에 바다사자, 물개들을 곧잘 볼 수 있다. 바다사자나 물개들이 해변으로 올라와 낮잠을 자기도 하는데 낮잠을 자게 되면 해변 관리자들이 와서 간이 울타리를 쳐준다. 그 동물들 근처로 사람들이 접근하지 못하도록 말이다. 그런 펜스를 쳐도 꼭 가까이 가는 사람들이 있는데 우리는 그러지 말자! 멀찍이서 보고 아이들에게도 잘 알려주자. 우리는 어른이고, 엄마들이니까.

또 남자아이들이다 보니 재미있게 했었던 것이 바로 해적 체험이었다. 와이키키 해변에서 멀지 않은 항구로 가서 배를 타고 바다로 나가 보물을 찾는 설정이다. 〈캐리비안의 해적〉이라는 영화를 봤던지라 감정이입이 돼서 신나게 장난감 칼을 휘둘렀다. 따로 돌고래나 바다거북을 보러 가는 체험도 해봤지만, 이 체험을 더 추천하는 이유는, 배를 타고 바다로 나가면서 돌고래, 바다거북을 다 볼 수 있었다는 것이다. 한 번에 세 가지를 할 수 있으니 추천하지 않을 까닭이 없다. 돌고래 관련 체험은 돌고래와 같이 수영하는 프로그램, 멀리서 돌고래만 보는 프로그램이 있다. 둘다 해봤지만, 장단점이 있다. 돌고래와 함께 수영할 수 있다는 프로그램은 돌고래의 안전을 위해 돌고래의 위치에서 멀찌감치 떨어져 배를 정차시킨다. 그리고 돌고래가 있는 곳까지 수영해서 가야 하므로 어린아이들은 힘들 수 있다. 돌고래를 따라다니다가 가까이 가지도 못하고 지치는 것이다. 돌고래들도 얼마나 빠른지 어른도 따라다니기 쉽지 않았다. 배도 큰 배가 아닐 수 있어 멀미의 가능성도 있다. 돌고래를 보는 프로그램은 배는 크지만, 배에서 봐야 한다는 것이다. 그래도 덜 힘들고 가까이서 볼 가능성은 더 높긴 하다. 두 체험 모두 스노클링은 할 수 있으니 아이들 나이에 맞추어 신청하면 좋을 것 같다. 또 인상 깊었던 것은 여태 그렇게 역동적이고 싱그러운 파란색의 바다는 처음 봤었다. 부드러운 에메랄드빛 바다가 아니라 거친 느낌의 파란색, 말로 형용할 수 없는 그런 바다를 누군가에게든 꼭 소개하고 싶었다. 해변에서 바라보는 하와이 바다와는 또 다르다. 꼭 바다 한가운데서 하와이 바다의 색을 느껴보길 바란다. 사람이 새삼 얼마나 작은 존재인지, 얼마나 겸손하게 살아야 하는지 저절로 느껴질 것이다. 그밖에 추천할 만한 활동은 잠수함을 타는 것이다. 힐튼 하와이안 빌리지에 선착장이 있는데 이것도 배를 타고 바다 한가운데로 가서 잠수함으로 옮겨 탄다. 해저 밑바닥까지 내려간다는 것이 재미있을 것 같아 아이들과 잠수함을 탔었다. 한 번쯤은 추천할 만하지만 솔직히 무서웠다. 입구는 좁고 하나뿐인 데다가 세 아이와 잠수함을 탔다가 사고가 나면 바다 밑바닥에서 어찌 하나 싶은 생각이 절로 들었다. 하지만 아이들은 상어와 온갖 종류들의 물고기들을 다 만날 수 있는 수족관 속에 들어와 있는 것 같다며 재미있어했다.

그 밖에도 바다에서 할 수 있는 것들이 많지만 바다에서 노는 것이 체력 소모가 꽤 큰 편이다. 체력 안배, 충분한 수분과 간식 섭취, 자외선 차단까지 꼼꼼히 신경 쓰면 좋을 듯하다.

다음으로 문화—역사 체험이다. 아이들이 어릴 때는 이해하기 어려울 수 있겠지만 아이들이 조금 크고 역사에 관심이 생겼다면 진주만을 꼭 가보도록 하자. 일본의 공습과 아픈 기억에도 관광객은 일본인이 제일 많은 하와이라는 것이 아이러니하지만 역사를 실제로 마주한다는 것은 의미 있는 일이다. 진주만을 가기 전에 관련 영화 한 편을 보고 가는 것도 좋은 방법이다. 실제 군함을 보는 것은 쉬운 기회가 아니고 군함 안까지 들어가 군인들이 어떻게 지냈는지 생생하게 볼 수 있어 나에게도 색다른 경험이었다. 그럼에도 아픈 역사에 가슴이 먹먹해졌었다. 아이들에게도 전쟁의 실상을 말로, 눈으로 알려줄 수 있었다. 또 한국의 민속박물관 같은 개념의 〈폴리네시안 문화센터〉가 있는데 토착 원주민들의 생활을 잘 살펴볼 수 있다. 그중에 HA쇼라고 화려한 이브닝쇼가 있다. 폴리네시아 섬들의 문화를 바탕으로 한 편의 뮤지컬처럼 볼 수 있는데 볼거리가 넘쳐나고 긴장감 있는 파이어 쇼도 함께 있어 흥미진진하다. 폴리네시안 문화센터가 굉장히 넓고 날씨가 더운 하와이에서는 아이들과 다니기는 쉽지 않다. 하나만 공략한다는 마음으로 이곳을 본다면 단연코 HA쇼이다.

호텔이나 쇼핑센터에서 무료로 할 수 있는 활동 중 레이 만들기가 있다. 하와이에 온 것을 환영한다는 뜻으로 꽃목걸이를 걸어주는데 아이들과 레이의 의미를 배우면서 직접 만드는 것도 의미 있는 활동이라고 생각한다. 또한 아이들과 훌라춤을 배우는 것도 추천하는데 우리 아이들은 춤추는 것을 쑥스러워해서 반응은 신통치 않았다. 아이들이 좋아했던 또 다른 곳은 〈돌 플랜테이션〉이라고 파인애플 농장이 있다. 광활하고도 빨간 흙에서 파인애플, 바나나가 자라나는 것을 직접 볼 수 있었고 농장이 넓어 기차(같은)를 타고 구경했다. 농장에서 파는 새콤달콤한 파인애플 아이스크림은 단연코 인기였다.

다음으로 아이들의 교육도 생각해 볼 문제다. 하와이는 미국령으로 당연히 영어를 쓴다. 미국 본토에서는 하와이 특유의 악센트와 발음이 있다고 하지만 나에게는 똑같은 영어다. 아이들도 그곳에 가면 영어로 대화해야 하며 영어의 필요성에 대해 실감했다. 또한 우리와 생김새도 달라 처음에는 경계심이 있지만 이내 곧 다양성에 대해 이해한다. 그런 면에서는 아이들이 어른보다 적응력이 뛰어난 것 같다. 사설 어학원을 등록하여 영어 공부를 할 수도 있고 사립학교에 등록하여 잠깐 학교에 다녀보는 것도 가능하다. 또 해외 아이들을 위한 여름 캠프 프로그램도 있고 YMCA에서 하는 프로그램도 있다. 여러 스포츠센터에서 하는 캠프, 도서관에서 진행하는 다양한 캠프가 있어 선택의 폭은 아주 넓다. 주로 한국의 여름방학, 겨울방학에는 한국의 아이들이 대거 몰려 여기가 한국인지 하와이인지 알수 없지만 시기를 잘 선택하면 하와이에서 현지 아이들과 영어로만 소통하며 그 문화를 배우고 교육적 효과까지 다 얻어갈 수도 있다. 장기간 머물게 되면 일주일에 한 번은 도서관이나 서점을 가보라고 추천하고 싶다. 쉬운 책이라도 상관없고 장난감 판매대에만 머물다 와도 좋다. 세상에 많은 배울 거리와 읽을거리가 있음을 보여줄 수 있는 곳이다. 나는 아이들과 책 한 권을 고르고 일주일 동안 다 읽으면 주말에 게임 할 수 있는 한 시간을 보상으로 보장해 주었다. 쉬운 책이어도 책 한 권을 읽으면 컴퓨터 게임을 할 수 있는 자유시간이 아이들에게 꽤 달콤한 제안이었다. 그래서 매주 금요일에는 서점으로 가서 책 한 권을 선택하고 보드게임이나, 레고를 사며 주말을 준비했다. 나는 하와이나 어바인에 머물면서 텔레비전에 대한 제약을 없앴다. 어차피 텔레비전을 틀면 영어 방송이 나오기 때문에 마냥 제한할 이유가 없었기 때문이다. 아이들은 주로 만화를 보았는데, 그 만화는 아이들 대상으로 만든 것이라 쉬운 문장, 생활에서 자주 쓰이는 문장, 비교적 정확한 발음으로 방송이 되기 때문에 교육적으로도 꽤 유용했다. 처음에는 무슨 말인지 몰라 그림만 보다가 유추하고 나중에는 조금씩 들린다고 했다. 더 지나면 한마디씩 툭툭 내뱉었다. 그럴 때는 얼마나 기특한지, "내 새끼~ 내 새끼~"소리가 절로 나온다.

처음 하와이 한 달 살기를 준비하면서 알아본 것들은 더 많았지만, 실제 하와이 도착해서는 계획한 대로 다 못 했다. 한 달 살기 세팅하고 시차 적응하느라 며칠이 흐르고 아이들과 나의 체력을 고려하면 하루에 일정 하나를 소화하기도 벅찼다. 낯선 곳에서 나도 예민해지는 건 마찬가지라 엄마의 컨디션 조절이 가장 중요하다. 너무 아이들에 맞추려 하지 말고, 계획한 대로 다 소화하려고 하지 말자. 우리는 여행 온 것이다. 일상을 살아갈 그런 여행 말이다. 아이들은 이미 행복하다. 사랑하는 엄마와 하루 종일 같이 있을 수 있다는 사실만으로도!

6.

하와이에서 엄마는 뭐해?

먼저 아이들과 함께한 하와이 여행에서 나의 이야기를 쓸 수 있다는 것만으로도 가슴이 두근댄다. 이런 여행에서 아이들을 빼면 할 이야기가 없지 않을까 생각이 들고, 내 이야기를 하다가도 아이들 이야기가 나올 것이 분명하지만 그래도 이렇게 시작해 보련다.

첫 하와이 한 달 살기 하는 동안 결코 나는 자유롭지 않았다. 할 수 있는 것이라곤 아이를 카시트에 앉히고 드라이브하는 것, 유모차에 태우고 쇼핑센터를 산책하는 것과 같이 그런 소소한 활동들이 다였다. 그다음 해부터는 나도 조금씩 여유가 있었는데 그때 했던 것들을 소개할까 한다.

첫 번째 내가 추천하는 활동은 서핑이다. 하와이 하면 서핑을 빼놓을 수 없는 활동인데 강력히 추천한다. 나는 수영을 꽤 하는 편이지만 서핑할 때 수영을 못해도 된다. 물만 무서워하지 않으면 되는데 서핑이라는 것 자체가 파도를 타는 것이기에 잔잔한 바다에서 하는 것이 아니다. 들이치는 파도를 타야 하고 마지막엔 바다로 입수할 수도 있으니 물을 무서워하면 조금 힘들 수 있다. 하지만 바다라는 자연에 순응하고 자연과 하나가 된다는 그 느낌은 아직도 잊히질 않는다. 처음 서핑을 배울 때 뜨거운 햇볕 아래 바다로 들어가는 것이라 보디 슈트를 입고 선크림을 꼼꼼히 바르고 머리를 예쁘게 묶고 시작했다. 실컷 서핑한 후의 나의 모습은 선크림을 바른 내 노력이 무색하게 뻘겋게 타고 긴 머리가 치렁치렁 물미역 같은 상태가 되어 있었다. 그런 모습에도 불구하고 그로부터 여러 번 더 서핑했다. 서핑하면서 기억에 남는 에피소드가 있다. 보드에 기대어 넘실넘실 파도를 타는데 팔만 뻗으면 닿을 만한 거리에 시커먼 무언가가 둥실 떠 있는 게 아닌가? 그게 뭔가 싶어 옆 사람에게 물었더니, 어머 세상에 몽크씰 이라고 바다표범이란다. 옆 사람은 현지인이라 큰 감흥은 없어 했지만 나는 놀라서 소리를 질렀다. 아니 와이키키 해변에 종종 나타나는 것은 봤지만 바다에 나랑 이렇게 둥실 떠 있다고? 하기야 바다에 사는 몽크씰이 해변으로 올라오는 것이니 이렇게 나와 함께 바다에 있을 수 있는 것이겠지. 정말 놀라운 하와이였다.

　한 번 서핑할 때 2시간은 금방 지나가는 것 같다. 그런데 중요한 것은 그 두 시간 동안 파도를 몇 번 못 탄다는 것이다. 나머지는 보드에 몸을 기대고 서핑하기 좋은 파도를 기다려야 한다. 서핑 초반에 멀리서 파도가 오는 것을 보며 이 파도인가? 아닌가라고 생각하며 머뭇거리다가 좋은 파도를 놓치곤 했다. 좋은 파도가 지나가는 걸 보면서 '아, 저걸 타야 했는데.' 하며 후회하기도 했다. 그다지 좋지 않은 파도인데 잘 모르고 보드에 올라타기도 했으나 그래도 연습할 수 있었고 보드에 올라탔으니, 성공이라고 생각했다. 항상 준비된 상태로 파도를 기다려야 했다. 그래야 좋은 파도를 잡을 수 있다. 올지 안 올지 모르는 파도를 한없이 기다리는 것은 우리의 인생과 크게 다르지 않다고 생각했다. 인생은 타이밍이라는 이야기가 있다. 지나간 시간과 기회는 다시 돌아오지 않는다는 이야기이다. 준비된 상태에서 인내하며 타이밍을 찾고 기회를 잡아야 하는 인생의 진리를 나는 서핑을 하면서 다시 한번 깨달았다. 내가, 이 하와이에 있고 아이들이 커가는 모습을 보며 함께 시간을 공유해가고 있다는 것! 힘들지만 이 시간은 다시 돌아오지 않는다는 그 단순한 진리를 말이다. 그 순간 아이가 보고싶고, 손잡고 걷고 싶고, 안고 싶었다. 서핑하면서도 아이를 떠올리며 나는 점점 그럴듯한 엄마로 성장해 나갔다.

두 번째는 영어 학원이다. 나는 학부 때 영어와는 무관한 전공을 이수했다. 영어에 대한 실질적인 배움은 고등학교 졸업과 동시에 끝이 났다. 하지만 영어에 대한 갈망이 항상 있었다. 이렇게 영어권 나라로 여행을 오면 늘 머뭇거리게 되는데, 하와이에 한 달 이상 머물 수 있으니 얼마나 좋은 기회냐 싶었다. 실생활을 해야 하므로 더 이상 영어는 공부가 아니었다. 하와이에는 워낙 영어에 대한 수요가 높아 외국인을 상대로 하는 수많은 어학원이 있다. 그래서 마음만 먹으면 시간과 장소에 구애할 것 없이 등록할 수가 있었다. 숙소 근처의 어학원을 등록해서 많은 시간은 아니었지만 등록해서 다녔다. 비록 나보다 어린 선생님이었지만 아이를 키우는 엄마여서 여러 정보도 듣고 하와이 현지의 이야기를 들을 수 있었다. 또 하와이로 장기 여행 온 사람, 공부하러 온 학생들을 남녀노소에 상관없이 만날 수 있는 좋은 기회였다. 다행히 외국인의 눈으로 보면 동양인은 나이를 가늠할 수 없나 보다. 나를 20대로 볼만큼 매우 어리게 보았는데 그런 기분 좋음은 덤이다. 일주일도 등록이 되니 일주일이라도 등록해 다녀보라. 영어에 관한 관점이 바뀔 것이다. 시험을 위한, 공부를 위한 공부로 영어를 배우는 것이 아니라 실생활에서 진짜 쓸 수 있는 표현을 배우며 언어로서 구사할 수 있는 영어를 접할 아주 좋은 기회가 될 것이다.

　세 번째는 드라이브이다. 나의 하와이에 대한 첫인상은 그다지 좋지 않았다. 소풍을 기다리는 초등학교 1학년 아이의 마음으로 지상천국에 대해 잔뜩 기대하며 왔는데 말이다. 파란 하늘을 기대했는데 파란 하늘에 구름이 왜 그다지도 많은지. 뭉게구름이 안 예뻤다는 게 아니고 구름 한 점 없는 파란 하늘을 기대했는데 생각보다 하와이는 구름이 많았다. 공항에서 나와 숙소로 가는 차에서 본 첫 하와이는 그러했다. 또 민둥산이 많았다. 푸른 나무로 뒤덮은 산만 보다가 낯선 붉은 흙이 훵하니 보이는 산은 낯설어서였을까? 생각처럼 그렇게 예쁘지 않았다. 솔직히 바다도 그냥 해운대 바다나 강릉 바다 같은 느낌, 또 어찌 보면 제주도 바다가 더 예뻤다. 진정한 하와이 바다의 느낌은 바다 한가운데 갔을 때 확연히 알 수 있었듯이 드라이브하며 마주한 하와이의 구석구석은 첫인상과 완전히 달랐다. 하와이를 요모조모 따지며 다니지 않더라도 하와이섬 한 바퀴를 돌아보면 당신도 하와이에 반하지 않을 수 없을 것이다. 왜 전 세계 사람들이 모두 하와이에 가고 싶어 하는지, 살고 싶어 하는지 알게 될 것이다. 오하우섬은 제주도보다도 작은 섬이라 한 바퀴 둘러보는 데 오래 걸리지 않는다. 다만 사진 찍고 싶은 곳이 너무 많아 주차하고 머무는 시간 때문에 오래 소요될 뿐. 나는 특히 72번 도로의 드라이브 코스를 추천한다. 와이키키 해변에서 그리 멀지 않지만, 코올리나 지역에서는 좀 멀긴 하다. 하지만 한번 가보면 매일 가고 싶어지는 도로가 될 것이다. 그 어떤 배경음악도 다 잘 어울리게 드라이브할 수 있고, 이 광경을 마주할 수 있다는 것만으로도 세상 모든 사람에게 감사함이 절로 느껴지게 될 그런 하와이의 풍경이다. 자연이 주는 아름다움이 아직은 잘 와닿지 않는 우리 꼬맹이들도 절벽에 부서지는 파도를 한참 바라보며 예쁘다는 말을 연발했던, 하와이의 풍경이었다.

그 밖에도 나는 가족들과 함께 스냅사진을 꼭 찍어두라고 추천한다. 아이들과 함께 생활하다 보면 아이들의 사진을 찍어줄 기회는 많다. 하지만 물놀이하거나 활동을 할 때 제대로 된 사진을 찍기가 쉽지 않다. 나의 모습까지 남기기는 더더욱 어렵다. 이토록 아름다운 하와이에서 아이들과 함께 사진을 찍어둔다면 평생 가치 있는 보물이 될 것이다. 나도 아이들과 함께 매년 스냅사진을 찍고 앨범으로 만들어뒀는데 종종 하와이가 생각날 때, 우리 아이들과 지냈던 시간이 그리울 때 꺼내보곤 한다. 엄마도 아이들과 함께 꼭 멀쩡한 사진을 찍어두자.

로얄 하와이안 센터에서는 무료 또는 소액으로 우쿨렐레, 훌라댄스, 레이 만들기 등의 행사가 있으니 그런 것도 참여해 봐도 좋을 듯하다.

결혼 전만 해도 이 세상의 중심은 나였을 것이다. 임신하고 출산을 하며 육아하는 동안에는 의도적이든 의도적이지 않든, 나에서 아이들에게로 중심이 옮겨갔을 것이다. 하와이에서 또한 그러할 테지만 그래도 바쁜 하루 중에 그 중심을 잠깐은 나에게로 돌려보자. 아이들만 챙기기에 하와이는 너무나 할 것들이 많은 곳이니까.

7.

애들아, 어바인은 어떠니?

　매년 여름을 하와이에서 보내다가 어느 순간 다른 곳으로 가봐야겠다는 생각이 들었다. 다른 욕심이 생긴 거다. 뜨거운 햇살이 내리쬐는 바닷가에서 아이들의 피부가 벗겨질 때까지 놀았던 하와이 바닷가. 매일 같은 바다에서 놀아도 재밌어하는 아이들이었지만 아이들이 크면서 엄마인 내가 조금씩 욕심을 부리게 되었다. 어떤 욕심이었냐면, 매년 이렇게 한 달, 두 달을 보낼 감사한 기회에 미국의 문화를 더 접해보고 싶고, 아이들에게 더 많은 기회를 주고 싶다는 욕심이었다. 하와이는 관광지였기에 문화를 배울 수 있는 것이 한계가 있었지만, 관광지 중에서도 현지인들이 살고 있는 지역에서 지내며 천천히 미국의 문화를 접했고, 그렇게 하와이에 익숙해졌다. 더 나아가 미국 본토로 가고 싶었다.

　분명 우리나라에서도 제주도와 서울은 같은 나라이지만 접할 수 있는 것들에 차이가 있다. 제주도와 서울은 날씨의 차이도 있고 환경에도 큰 차이가 있다. 문화적 혜택에 차이도 있고 교육적으로도 참 다른 환경이다. 음식의 차이도 있고 의료시설의 차이도 있다.

하와이만 다니다가 미국 본토로 가는 것은 또 다른 도전이었다. 서서히 아이들이 커가면서 다른 곳도 가봐야겠다는 마음이 드는 건 어쩌면 자연스러운 순서였을지 모른다. 익숙해진 하와이에서 장소를 어바인으로 옮기기에는 용기가 필요했지만, 확실히 처음 하와이를 도전하는 그 정도의 두려움은 아니었다. 그나마 위안이 되었던 점은 어바인에 한인들을 비롯한 동양인이 많다는 것이다. 어바인을 선택한 이유 중 하나는 어바인은 캘리포니아주로 미국 본토 중에서도 비행시간이 그나마 짧은 편에 속했다. 계획도시라 깨끗하고 치안이 좋은 곳 중 하나라는 것이 더욱 힘을 주었다. 그쪽에 친척들도 살고 있어 안심되었다. 하와이는 무슨 일이 생기면 도와줄 이들이 없었기에 늘 긴장했지만, 어바인으로 간다면 한 시간 이내로 달려와 줄 친척들이 다수 있어 그런 면에서도 쉽게 어바인으로 선택했다.

한국말을 하지 못하면 살기 곤란하다는 어바인. 과연 어떨까 기대가 되었다.

아이들이 느끼는 것과 내가 느끼는 것이 조금씩 달랐지만, 확실히 하와이와 어바인은 달랐다. 아이들이 어릴 때는 잘 먹고 잘 노는 것, 그리고 잘 자는 것에만 집중해도 충분한 시기였다. 솔직히 지금 생각해 보면 잘 먹고 잘 놀고 잘 자는 것에 더 집중했어도 되었을 텐데 다른 욕심을 부린 것도 있었다. 하와이를 다니며 그 한두 달을 햇빛도 많이 받으며 야외에서 충분히 놀았고 최선을 다해 밥을 해 먹었다. 일찍 재우며 육아의 본연에 충실했다면 어바인은 또 달랐다. 일단 어바인은 관광지가 아니다. 종종 어바인은 우리나라 분당이나 일산 같은 계획도시와 비교가 된다. 말 그대로 주거지역으로 깨끗하게 조성되어 있다. 하와이처럼 대놓고 관광지가 아니기에 실생활 하는 데는 편리하지만 딱히 놀 거리, 구경할 거리가 많지는 않다. 그래도 아래로는 샌디에고, 위로는 LA 중심가가 있고 디즈니랜드, 유니버설 스튜디오 등이 근거리에 있어 주말을 이용해 다닐 수 있었다. 우리도 서울, 분당, 일산에 살며 평일을 충실히 보내고 주말을 이용해 에버랜드, 롯데월드, 동물원을 다니듯 말이다. 그런 면에서 어바인에서의 한두 달의 삶은 내가 경험할 수 있는 가장 유사한 미국 생활이라는 생각이 든다.

아이들이 초등학생이 되면서 유치원 다닐 때처럼 여유 있게 한 달, 두 달을 빼기는 쉽지는 않았다. 그래서 첫 어바인 한 달 살기는 5주를 보냈었는데 이것도 무리를 해서 겨우겨우 시간을 만든 것이었다.

우리 부부는 교육에 관해서 조금씩 의견이 상충하기도 했지만, 큰 합의점은 늘 비슷했다. 그중 하나가 운동이었는데, 운동만큼은 할 수 있는 최대한 시키자였다. 대신 이것저것을 배우는 것이 아니라 하나를 꾸준히 해서 전문가 수준만큼 할 수 있게 하자가 우리 부부의 공통된 생각이었다. 그래서 우리 아이들은 수영을 배울 수 있는 나이가 되자 레슨을 시작해 큰아이는 대회도 몇 번 나갈 만큼의 실력이 되었고 둘째, 셋째도 열심히 수영을 다니고 있다. 물론 몇 년을 수영 학원에 다니는데 늘 즐겁게만 가지 않았다. 날씨와 전혀 상관없이 갈 수 있는 수영레슨이지만 아이들은 괜히 궂은 날은 가기 싫어하며 피곤하다 온갖 핑계를 댄다. 그래도 난 꿋꿋하게 특별히 아프지 않은 이상 수영을 보내고 운동을 시켰다. 아이들이 수영을 통해 몸을 쓰는 것, 수영을 통해 꾸준함을, 시간과 노력의 축적을 배워갈 수 있다고 생각했다. 하와이에 가 있는 동안에 그렇게 물놀이했음에도 수영레슨 할 수 있는 곳에서 수영레슨을 이어갔다. 수영레슨동안 현지 선생님과의 의사소통을 통해 배우는 것이 분명히 있고 그곳 아이들과 좀 더 쉽게 친해질 수 있는 계기가 된다고 생각했다. 어바인에 가기 전부터도 이어서 운동을 시켜야겠다는 생각을 당연히 했다. 목적지를 어바인으로 정하고 여러 가지 예약을 한 후 가장 먼저 신경 쓴 것은 아이들이 운동할 만한 곳을 찾는 것이었다. 어바인에는 큰 아이스링크장이 있다. 우리 아이들은 아이스링크와 관련된 운동을 배워본 적도 없고 접해본 적도 없다. 그래서 이 기회에 접해보는 것도 좋겠다고 생각했지만, 큰 의미가 있을까 하는 생각도 했다. 물론 모든 경험은 무의미한 것은 없다. 하지만 아이들이 클수록 모든 것을 접해볼 수 없고 다 경험해 볼 수 없음을 이제는 안다. 그래서 선택과 집중을 하게 되는데 나는 한 달이라는 시간 안에서 모든 시간을 새로움으로 채울 수 없다고 판단했다. 결국 한국에서 하던 운동을 이어가자는 결론을 내렸다. 어바인 현지에서의 수영레슨 방식과 아이들이 받아들이는 것, 어바인 선생님께서 보는 우리 아이들의 수영 자세나 수영 실력을 알고 싶었다. 그래서 수영레슨을 등록했다. 또 아이들이 좋아하는 것은 축구이다. 실제로 공 하나만 있으면 우리 아이들은 하루 종일 노는 것도 가능할 만큼 축구를 좋아한다. 다행히 숙소에서 멀지 않은 곳에 축구 아카데미가 있었다. 축구를 잘 모르는 나이지만 월드컵만큼은 종종 챙겨본다. 월드컵 경기를 통해 본 미국은 그다지 축구에 진심은 아니라고 생각했었다. 그런데 미국 어바인에 축구 아카데미가 있는 것은 꽤 반가웠다. 아이들에게 어바인에서 축구 아카데미를 다니자고 했더니 아이들이 기대를 많이 했었다. 실제로 아카데미를 갔는데 생각보다 많은 아이들이 운동하고 있었고 아카데미도 꽤 체계적이었다. 단순히 축구 레슨, 이렇게 되어 있는 것이 아니라 공을 조절하는 것을 배우는 레슨, 공격 레슨, 수비 레슨, 기초 체력 향상 등을 모두 세분화해서 수업을 들을 수 있었다. 아이들끼리 경기만 하는 것을 좋아하는 우리 아이들에게 제대로 축구 실력을 높일 수 있는 클래스들이 많았다. 예약만 한다면 월요일부터 일요일까지 매일 수업을 들을 수 있었다. 그래서 주말을 제외하고 4주간 거의 날마다 다니며 땀으로 샤워할 만큼 운동을 했다. 우리가 또 어바인에 간다면 이곳을 등록해서 똑같이 날마다 다닐 것이다. 한국에서는 이렇게 운동할 기회도 없을 뿐더러 시간도 마음의 여유도 없을 것이 분명하니까. 그렇게 운동을 한 후 아이들은 깨끗하게 샤워하고 샤워하는 동안 나는 저녁을 준비하고 무엇을 주던 맛있게 먹는 아이들 그리고 하루 공부를 하고 책을 보다 일찍 잠자리에 드는 것. 하와이에서도 그러했지만, 미국만 오면 매우 바른 생활한다는 것이 가장 큰 장점이라고 생각한다. 단순하지만 아주 중요한 하루의 루틴을 잡아가는 것이 아이들에게도 편안함을 주고 나 또한 일상의 중요성을 배워나가는 소중한 시간이었다. 물론 주말에는 좀 풀어지기도 하고 여행을 다녔지만 날마다 특별한 이벤트를 하고 어디를 가는 것은 한계가 있다. 우리의 삶도 그러하지 않기 때문에. 세계에서 가장 힘 있는 미국이 가지는 진짜 힘도 특별한 하루에 있는 것이 아니라 매일의 일상에서 비롯된다고 생각한다.

이방인으로서 접하기 쉽고 적응 난이도가 좀 낮은 곳에서 미국의 일상을 접하기에 어바인은 그렇게 여러모로 좋았다.

정리를 해 보자면 하와이는 아이가 어릴수록 자연에서 충분히 놀면서 지내기 좋은 곳이고, 아이들이 좀 더 크면 미국 본토가 할 것도 더 많고 다양한 기회가 많아 추천할 만하다. 누군가가 어디가 좋다고 이야기해도 내 상황이 다르고, 내 아이가 다르므로 단정할 수 없다. 어딜 가든, 항상 여행의 본질인 아이와 나와의 관계를 최우선시 하자. 그러면 어디에서든 배울 것이 많고 즐거울 것이다.

8.

해외 육아, 비용의 진실

　많은 사람이 궁금해하는 부분이 아닐까 싶다. 그래 여행 좋은 거 알지, 아이들과 얼마나 좋은지 어떤지 그건 그다음이고 도대체 돈이 얼마나 많이 드는지, 예산으로 얼마를 예상하면 될지, 비용에 관한 것이 제일 궁금하지 않을까 싶다.

　모든 걸 차치하고 "많.이.든.다."가 답이다. 생각하는 것보다 더 많이 든다. 훨씬 많이 든다. 웬만한 대기업 연봉을 넘는다. 나는 더군다나 애가 셋이라 항공권만 해도 헉 소리가 난다. 만 2세 이전에는 항공권료로 어른의 10%만 냈었는데 이제는 어른의 80%를 지불해야 한다. 아이들이 크는 만큼 항공권 비용도 무시할 수 없다. 게다가 이제 큰애는 만 13세가 넘어가면서 어른 요금을 지불해야 한다.

　해외 한 달 살기에서 비용은 항공권, 숙소, 차량, 그 밖의 생활비로 나눌 수 있다.

첫째, 항공권이다. 항공권은 어딜 가느냐에 따라 달라질 수밖에 없는데 가까운 일본 같은 경우는 저렴하게 10만 원으로도 다녀올 수 있는 곳이다. 하지만 하와이는 비행기를 타고 최소 9시간 이상은 가야 한다. 그렇게 비행기를 오래 탈수록 항공권 요금은 올라간다. 미국 서부를 가느냐, 미국 동부를 가느냐에 따라 달라지기도 한다. 앞서 이야기했듯이 가족 수에 따라 항공권에 관한 비용이 달라진다.

하와이로 가는 비행기는 아시아나, 대한항공과 같은 국적기와 하와이안 항공이 대표적이다. 우리 가족은 셋 다 모두 이용해 봤는데 그래도 가장 편리하고 좌석이 편안한 건 국적기이고 하와이안 항공은 이국적이나 여러모로 조금은 불편했다. 가격도 큰 차이는 나지 않았지만 대개 국적기가 비싼 편이고 날짜에 따라 하와이안 항공이 더 비싸기도 했다. 2024년 9월 23일 평일 출발하는 것을 검색해 보니 아시아나의 최저가는 1,335,000원 정도, 하와이안항공의 가장 최저가는 943,400원이다. 참고로 하와이는 여름과 겨울이 성수기이다.

어바인은 하와이보다 좀 더 비싸다. 동일 날짜 출발하는 것으로 아시아나는 1,466,800원이다. 내가 왜 자꾸 아시아나만 언급하냐면 하나의 팁을 주기 위해서이다. 우리 가족은 모든 신용카드 포인트를 아시아나로 몰아서 적립 중이다. 그렇게 하면 좋은 점 두 가지가 있다. 아시아나만 계속 이용하다 보면 등급이 높아져 여러 혜택을 받을 수가 있다. 예약도 우선 예약, 대기도 우선 대기로 가능하다. 전화상담을 하려고 ARS 연결했을 때조차 우수회원은 오래 기다리지 않고 상담을 받을 수가 있다. 마일리지를 쌓으면 쌓을수록 그 마일리지로 항공권을 예약할 수도, 결제할 수도 있으니한 항공사로 다 몰아서 적립하는 것을 추천한다. 마일리지 항공권은 여행날짜로부터 361일 전 오전 9시에 오픈이 된다. 그래서 마일리지로 결제하거나 미처 확약받지 못했다 하더라도 대기 예약을 걸어두자. 1년 후의 항공권이라 취소분이 왕왕 나오기도 한다. 이러한 방법으로 항공권 비용을절감할 수 있다.

두 번째는 숙소이다. 숙소비용도 예산에 큰 부분을 차지한다. 어딜 예약하든 한 달 이상을 예약하기에 많이 비용이 든다. 장기 여행에는 호텔이적합하지 않다. 왜냐하면 한 달, 두 달 동안 아침, 점심, 저녁 식사를 다외식으로 해결할 수 없고(물론 가능은 하지만 비용적인 부분이 어마어마할 듯) 아이들과 함께이기에 빨래가 단순히 수건만 나오는 것이 아니기 때문이다. 호텔은 매일 청소도 해주고 새 수건, 새 침구로 바꿔주지만, 아이들과 함께하는 우리는 그것만 가지고는 턱도 없다. 아이들 빨래가 얼마나많이 나오는지 하루에 두어 번 돌리는 것은 일도 아니다. 그러므로 숙소에 취사 시설과 세탁기, 건조기가 꼭 있어야 한다. 간혹 숙소비가 조금 저렴한데 세탁기, 건조기가 없는 경우도 있다. 그럴 때 공용 세탁실을 이용해야 한다. 무척 번거롭고 귀찮을 것이다. 하루 이틀은 할 만하지만 한 달 내리 그리 쓰기는 정말 불편할 것이다. 하와이 카이지역의 아파트에 머물렀던 적이 있었는데 숙소 내 세탁기, 건조기가 고장 나서 한 일주일을 아파트 1층에 있는 공용 세탁실을 이용했다. 일단 동전을 만들기도 귀찮고, 그 많은 빨래를 들고 8층이었던 숙소에서 1층까지 오르락내리락해야 하는 수고를 해야 했다. 빨래 더미를 이고 지고 내려갔는데 빈 세탁기가 없으면, 정말 짜증이 솟구친다. 시간 맞춰 내려가서 세탁기에서 건조기로 옮겨야 하고 건조기가 끝날 시간에 다시 내려가 나의 빨래를 챙겨야 하니 여간 귀찮은 일이 아니다. 또 하와이는 바닷가에서 노는 경우도 많아 옷이며 수영복에서 모래가 많이 나온다. 그걸 그대로 세탁기, 건조기를 사용하는 사람들이 많아 세탁기, 건조기가 그리 깨끗하지 못한 편이었다.

우리 가족은 거의 레지던스에 머물렀었는데 우리나라 콘도 같은 개념이라고 보면 될 것 같다. 회원권을 사면 매년 포인트를 받는다. 그 포인트에 맞게 숙소를 예약하면 되는데 규모가 넓은 숙소를 예약하게 되면 많은 포인트를 차감해야 하므로 숙박 일수가 줄어들 것이고 크기가 좀 작은 숙소를 예약하면 숙박 일수를 늘릴 수 있다. 그렇게 그 포인트로 한 달간 또는 그 이상을 예약했다. 이럴 경우 숙소비용에 세금 정도만 내며 큰 비용은 들지 않았지만 결국 회원권을 산 것이었기에 한 번에 큰 목돈이 들기는 했다. 콘도 개념이기에 이 회원권으로 이용할 수 있는 숙소가 전 세계에 많이 있다. 그러므로 여행을 많이 다니고 한 달 살기를 자주 할 수 있는 가족은 회원권 구매도 한 방법이다. 현재 내가 가진 회원권으로 2베드룸을 호텔스닷컴 같은 곳에서 예약하려면, 한 달씩 예약도 힘들뿐더러 일박에 백만 원이 훌쩍 넘는다. 한 달 치 계산하면 최소한 삼천만 원이 넘는 것이니 생각만 해도 어마어마하다. 또 하와이는 하와이주 세라고 세금이 붙으니, 그것도 고려해서 예산을 짜자.

　나는 숙소를 예약할 때 가성비를 따지지 말라고 이야기한다. 아이와 함께하는 여행이다. 추억도 좋고 행복도 좋지만, 안전을 가장 최우선으로 생각하자. 해외는 한국과 다르다. 내가 할 수 있는 한 최대한 안전하게 다니는 것이 중요하다. 한국은 도와줄 사람도 많고 내가 어느 정도 파악이 되며 의사소통이 충분히 가능하지만, 해외에서 바라본 우리는 그저 동양인의 어느 가족일 뿐이다. 그들은 친절하지만, 우리의 안전을 보장해 주지 않는다. 그러므로 지내는 동안 즐겁게 지내려면 숙소가 있는 곳이 얼마나 안전한 곳인지, 치안과 보안이 철저한지는 꼭 점검하자! 그런 곳은 대개 비싼 편이므로 가성비를 내세우는 숙소는 지양하자.

　셋째, 차량 대여이다. 나는 차량 대여가 필수라고 생각하는데 간혹 와이키키 근처에 숙소를 잡고 대중교통을 이용하는 경우도 더러 있었다. 우리나라처럼 대중교통이 훌륭하진 않지만 가능은 한 것 같다. 나는 차량 없이세 아이를 데리고 다니는 것은 굉장히 힘든 일이라 생각이 되어 하와이에 있는 동안, 어바인에 머무는 동안 차량 대여를 했다. 허츠나 알라모 같은 큰 회사를 이용해 본 적도 있고 현지 한인 회사를 통해 대여를 해본 적도 있는데 허츠나 알라모가 더 저렴한 편이었다. 대개 하루 기준 10만 원에서 15만 원 예상하면 될 것 같다.

문제가 생겼을 때 원활한 의사소통을 위해 한인 회사가 편했다. 요즘은 허츠나 알라모에서 빌려도 차량 후방카메라가 웬만하면 다 설치되어 있었지만 처음 하와이로 갔을 때는 반반이었다. 처음 알라모를 통해 빌렸을 때 일본 차량에 후방 카메라가 없어 굉장히 당황했다.

큰 비용이 드는 것은 위 세 항목이고, 그 밖의 생활비는 이제 조절하기 나름이다. 문화 체험 활동비, 아이의 교육비, 그리고 식비 및 생필품, 쇼핑비 이렇게 예산을 잡을 수 있을 텐데 한국에서 잡아본 예산보다는 훨씬 많이 나올 것이므로 예비비를 넉넉히 준비하자. 물가도 비쌀뿐더러 팁 문화가 있어 더 그렇다. 팬데믹 이후 환율도 올라 예전과 똑같이, 내지는 비슷하게 지냈는데 모든 것이 비싸진 상태였다. 그래서 예산보다 훨씬 많이 쓰고 왔다. 그 와중에 아낄 수 있는 부분은 식비와 쇼핑비라고 생각한다. 웬만하면 마트에서 장을 보고 아이들과 집에서 식사 준비하고, 준비하는 동안 아이들과 하루를 이야기하고 그런 평범한 일상을 이어 나가 보자. 우리 아이들과 절대적으로 같이 있으려고, 아이들과 나에게만 집중하려고 하와이에 그리고 어바인에 또 어딘가에 간 것 아니겠는가?

제3장

7년간 우리의 생생한 이야기

1.

아니, 여기가 하와이야?

올 것 같지 않던 그날이 왔다. 처음 하와이에서 장기 여행하기로 마음먹은 날부터 떠나는 날까지 단 한 순간도 내 머릿속에서 떠나지 않았던 바로 그날 말이다. 밤 비행기였지만 오전부터 분주하다. 집안 곳곳을 다니며 빠트린 것 없나, 더 챙겨갈 건 없나 서성거렸다. 사실 더 이상 들어갈 공간도 없이 꼭 찬 캐리어였다.

필요할 것들을 하나하나 기록한 종이가 너덜너덜해질 때쯤 캐리어 문을 닫았다. 작은 한숨도 내쉬었다.

세 아이는 여전히 집안 곳곳을 누비고 다니고 있다. 세 아이가 눌러대는 장난감 음악 소리가 섞여 머리가 아프지만 오늘은 그것들을 갖고 노느라 나를 찾지 않는 것에 감사하다. 막내는 8개월에서 9개월 차가 되는 아기라 걷지는 못했다. 그래도 열심히 기어다니는 우리 아기가 못 가는 곳은 없다. 여차하면 화장실로 직행하는 용감한 아기라 잠시도 눈을 뗄 수가 없다. 우리 막내의 발이 되어주는 보행기를 태워놓으면 조금은 안심이다. 보행기 바퀴가 굴러가는 소리로 아이가 어디를 가는지 유추할 수 있는 조금은 베테랑 엄마가 된 것이다. 보행기를 타고 형아들을 쫓아다니며 소리 지르는 우리 막내. 오늘같이 몸과 마음이 분주한 날은 아이들이 같이 있는 편이 차라리 낫다. 셋이 같이 노느라 나를 덜 찾으니 말이다. 아무리 생각해도 저 보행기를 가져가지 못하는 것이 안타깝다. 보행기가 없으면 하와이에서 계속 안거나 업고 있어야 할 것이기 때문이다. 막내의 식탁 의자가 눈에 띈다. 이유식 먹이려면 저 식탁 의자도 필요해 보인다. 집안 곳곳의 아이 물건을 애처로운 눈빛으로 쳐다보는 나는 아직도 짐을 다 못 쌌나 보다.

대형 캐리어가 4개다. 내가 꾸역꾸역 이것저것 다 챙기다 보니 무게도 무거워지고 개수도 많아졌지만, 남편이 뭐라고 하지 않는다. 남편은 여행할 때 항상 간편하게 짐을 싸라고 주문하는 편이다. 단출한 여행을 지향하는 그이다. 하지만 이번 여행에서만큼은 달랐다. 필요한 것이 아니라 필요할 것 같은 것들까지 챙겨가는 나를 보고 남편은 오히려 더 필요한 것 없냐고 물어봐 주었다.

하와이로 가는 비행기는 저녁 비행기이다. 그나마 여유롭게 준비하고 아이들을 챙겨 차에 탔다. 세 아이를 차에 태우는 것부터 여행의 시작이다. 첫째, 둘째와는 다르게 셋째 아이는 카시트 타는 것을 무척 싫어했다. 입술이 파래질 때까지 악을 쓰고 벨트를 풀어달라고 우는 건 예삿일이다.

그래서 장시간 차를 타야 할 때는 각오를 단단히 해야 하는데 공항까지 한 시간 정도 걸리니 각별한 각오를 해야 했다. 아기 상어 노래와 뽀로로 시리즈 그리고 과자를 잔뜩 준비해서 출발했다. 공항으로 가는 한 시간도 걱정인데 9시간의 비행시간을 생각하니 진땀이 난다. 한편으로는 이민 가방 같은 커다란 캐리어 4개를 끌고 세 아이를 데리고 가는 지금이 고난 여행 같지만 그래도 인천공항으로 가는 것은 설레었다. 공항에 가보면 들뜬 표정의 상기된 여행객들로 그득하다. 나와 우리 아이들도 그러한 여행객이 되었다.

약 9시간 반의 비행이 시작되었다. 아직 돌이 지나지 않은 막내와 나와 함께 비행기 좌석을 잡았다. 협소한 공간에서 이 천방지축 아이와 9시간 30분의 동행. 밤 비행기라 자지 않을까 하는 기대를 하며 벨트를 맸다. 이륙하자마자 곧 예쁜 저녁 기내식이 나왔고 방방 떠 있는 아이들을 챙기고 나도 먹는 둥 마는 둥 했다. 불을 끄고 자야 하는 분위기가 조성되었지만, 아이들은 자지 않는다. 나 같아도 설레어서 잠이 안 올 것 같지만, 아이들을 좀 재워야 나도 잘 수 있으니, 최선을 다해 자자고 다독이고 토닥거렸다. 결국 무서운 얼굴의 엄마로 돌변할 때쯤 아이들은 잠을 잔다. 잠이 든 세 아이를 보며 안심하고 이불을 턱 끝까지 끌어올렸다. 나도 이제 한숨 자볼까?

곧 착륙이라는 안내 방송이 나온다. 밤사이 막내와 불편하게 자서 그런지, 여행이고 뭐고 좀 더 자고 싶었다. 아이들도 아직 정신 못 차리고 자고 있었고 어떻게든 아이들을 깨워야 했다. 곧 착륙이라는데 세 아이가 잠든 상황은 말 그대로 고난이다. 내가 막내를 업고 남편이 둘째를 안아도 한 아이는 걸어야 한다. 당연히 첫째가 걸어야 하겠지만 첫째 아이도 한참은 어린아이이긴 했다. 다행히 하와이에 도착했다는 이야기에 아이들이 차례 대로 잠에서 깼다. 그러고는 비행기 좌석 화면을 누르며 조잘조잘 이야기 했다. 어둡게 조성하기 위해 닫았던 비행기 창 가림막을 올렸다. 푸르름의 햇빛이 눈부시게 들어왔다.

저 멀리 하와이섬이 보인다.

하와이 여행을 준비하면서 얼마나 많은 사진과 그림을 보았는지 모른다. 자연이 주는 그런 싱그러움을 다 담지는 못했을 테지만, 어찌나 파랗던지. 또 그리 예쁜 초록색을 본 적이 없다. 유난히 붉은 꽃, 노란 꽃, 흰 꽃들이 어우러져 탄성만 지르게 하는 그런 사진 말이다.

창밖을 내다보며 나는 나지막이 탄성을 내뱉었다.

'저것이 오하우섬인가?'

비행기에서 내려다본 하와이는, 산으로 추측되는 부분에 초록 나무가 없고, 민둥산같이 갈색과 붉은색 그 중간 정도의 색을 띤 흙이 보였고, 내가 생각했던 그런 푸르름이 없었다.

그리고 하와이는 태평양 한가운데 섬이라 그런가? 우리나라의 바다와 달리 약간 깊고도 짙은 파란색이었다. 몰디브처럼 연약한 에메랄드빛의 바다도 아니었다.(물론 에메랄드빛 바다가 개인적인 취향은 아니지만)

나는 그런 하늘을 상상했다. 하늘과 나 사이에는 아무것도 없이, 구름 한 점 없는 예쁜 하늘색의 하늘 말이다. 숙소로 가는 차 안에서 밖을 내다보니, 하늘은 예쁜 하늘색이었으나, 하얀 구름이 많은 그런 하늘. 조금은 답답한 하늘이었다.

"예쁘긴 한데, 내가 생각했던 하와이는 아닌데?"

분명 내가 상상했던 그런 하와이는 아니었다. 뭔가 모르게 답답하고 좀 덥고 그냥 그런 느낌이었다. 너무 많이 기대해서인지 아니면 장기간 남편 없이 아이들과 있어야 하는 중압감 때문인지 모를 그런 답답함도 있었다. 내가 만들어낸 하와이에 대한 환상이 그렇게 시작부터 와장창 깨지고 시작했다.

우리의 하와이 한 달 살기는 앞으로 어떻게 진행되려나?

2.

아빠가 가버렸다?

　남편을 포함한 우리 가족 다섯은 하와이에 도착했다. 장시간의 비행이
라 비행기에서 내려 입국심사 하는 곳까지는 꽤 많이 걸어야 했다. 기내에
서 오래 앉아 있었기에 혈액순환을 위해 걷게 하기 위함이라는데 애들과
함께 걸어야 하니 고단했다. 다행히 짐은 나가서 찾을 테고 흘러나오는 우
쿨렐레 반주의 음악은 여기가 하와이라고 말해준다. 남편이 막내를 안고
둘째 아이의 손을 잡아주고 내가 큰애와 나란히 입국심사를 하러 간다. 애
들을 봐주는 남편의 모습이 이토록 멋지다니! 막내 아이와 밤새 한 좌석에
서 자리싸움을 해서 자는 둥 마는 둥 했기에 머리가 멍했다. 그걸 배려해
주는 남편. 사실 남편은 육아에 많은 부분을 도와준다. 도와준다고 썼지
만, 본인이 다 한다는 표현이 더 맞을 거다. 육아하는 나를 못 믿는 것인지
아니면 육아하는 걸 좋아하고 하고 싶어 하는 건지, 그것도 아니면 나를
위한 건지 모르겠지만 내가 말하기 전에, 내가 부탁하기 전에 대부분을 해

준다. 그래서 나는 남편에 대한 의존도가 높다. 모든 면에서 말이다. 앞서 걸어가는 남편과 두 아이를 보면서 남편 없이 어찌 살까? 그런 생각도 잠시 해봤다.

입국심사하고 남편이 많은 짐을 찾는 동안 첫째와 둘째는 폴짝폴짝 뛰며 노래하며 둘이 놀고, 나는 아기띠에서 잠든 막내를 들여다보았다. 세 마리의 강아지 같은 녀석들. 내가 강아지를 키워본 적은 없지만 꼭 강아지 세 마리를 붙여놓으면 이러하리라는 짐작이 간다. 평소 두 녀석이 뒤엉켜 놀고 보행기를 탄 막내 녀석까지 형아들을 쫓아다니는 그 광경을 보면 피식 웃음이 나기도 했다. 짐을 찾고 공항 밖으로 나와 예약해 둔 택시를 탔다. 커다란 밴이었는데 그것조차도 아이들은 탄성을 지르면서 탄다. 우리는 출발했다. 한 달 넘게 지낼 우리의 숙소를 향해서.

차창 밖으로 보이는 하와이의 첫인상이 예상과는 달랐고, 졸리긴 엄청나게 졸리고 배도 고픈 것 같고 여하튼 엄청 피곤했다. 숙소까지 약 한 시간가량 걸린다는 이야기에 나는 창밖을 휙 쳐다보고는 막내를 끌어안고 잠이 들었다. 우리의 첫 번째 숙소는 코올리나 지역의 '비치빌라스'라는 곳이었다. 에어비앤비에서 고르고 고른 숙소이다. 우리가 고른 숙소의 첫째 조건은 안전이었고, 두 번째 조건은 숙소 앞에 아이들이 놀만한 바다가 있는 곳이었다. 그다음 조건은 비용이었다. 이 세 조건을 적절히 맞출 만한 곳이 코올리나의 관광 단지 내의 비치빌라스였다. 공항에서 나와 한적한 하와이 고속도로를 달리다가 만난 코올리나 관광단지의 입구는 그야말로 다른 세계로 들어가는 입구 같았다. 갑자기 잘 정돈된 환경과 푸르른 바다와 뭉게구름이 그득한 하늘의 경계선이 한눈에 딱 들어오는 곳! 그제야 사람들이 하와이를 좋아하는 이유를 알 것 같았다. 숙소에 도착해서 문을 열고 객실로 들어가는 순간 약간은 낯설지만 익숙한 느낌이 들었다. 하와이 도착하기 전에 수없이 사진을 들여다봐서 익숙했고, 실제로 보니 내가 여기서 한 달 넘게 있을 생각에 낯설었나 보다. 짐을 대충 던져두고 나갔다. 바다가 얼마나 바로 앞인지 내 눈으로 확인하고, 리조트 내에 수영장도 구경하고 싶었으니까. 두 곳의 수영장이 있고 수영장 앞에 단출한 바를 지나 조그마한 철문이 있다. 카드키로 출입이 가능한데 이곳을 통해 나가면 바로 라군이 나온다. 나를 유혹했던 수많은 하와이 사진은 죄다 여기서 찍었나 보다. 내리쬐는 햇볕에도 아랑곳하지 않고 바라보게 되는 그 반짝이는 바다를 아이들과 한참을 쳐다봤다. 아이들도 졸렸는지 비몽사몽이었지만 유모차에 태우고, 안고 우리는 계속 걸었다. 우리 숙소 '비치빌라스' 옆에 '아울라니 리조트'가 있는데 이 리조트 내에 있는 알라모 렌터카를 가야 했기 때문이었다. 숙소 체크인을 했으니, 우리의 발이 되어줄 차를 찾을 차례였다. 차량을 예약할 때도 고민이 많았다. 아이들이 있고 짐도 있을 거라 밴을 예약할지, 아니면 내가 운전하기 편한 자그마한 차를 이용할지 말이다. 이런 장기간의 여행이 처음이고 여행 와서 내가 운전하는 것도 처음이라 고민했다. 한국에 있을 때도 남편과 함께 움직일 때 내가 운전해 본

적이 거의 없었다. 앞으로 하와이에서 내가 운전해야 하고 그것도 아이들을 태우고 운전해야 하니 온갖 걱정을 했지만 결국 7인승 커다란 SUV를 예약했다. 그런데 알라모에서는 내가 예약한 차가 없어서 그 급의 다른 차를 내줬다. 더 큰 일은 후방카메라가 없는 차였다. 후방카메라는 모든 차가 출고될 때 붙어 있는 게 아니었음을 그날 처음 알았다. 후방카메라 없이 사람들은 어떻게 운전하는지 의아함이 드는 것도 잠시, 그걸 지금 생각해 봤자 아무 도움이 안 되기에 재빨리 현실 파악을 했다. 물론 알라모 측에 후방카메라 있는 큰 차가 있는지 물어보았지만, 현재는 없단다. 일단 후방카메라가 없는 SUV를 가지고 나가지만 후방카메라가 있는 차가 들어오면 바꿔 달라고 이야기하고 우리는 후퇴했다. 나는 하와이에 와서 계획하지 않았던 두 번째 주행 연습을 받았다. 한국에서도 나는 앞으로 직진만 잘하는, 별명이 '동네 한 바퀴'였다. 동네에서 마트 갈 때 정도만 운전하고 집 앞과 아이들 병원 가는 정도로만 운전했다. 그런 내가 표지판은 죄다 마일로 안내되어 있고 후방카메라 없이 주차해야 하고 생전 몰아본 적도 없는 7인승 SUV라니. 앞이 깜깜했다.

일단 우리는 그 SUV를 몰고 코스트코 마트부터 갔다. 막내 아이 이유식거리, 물, 물티슈 등 현지에서 사야 할 것들을 꼼꼼히 적은 리스트를 꼭 쥐고서. 미국의 마트는 카트도 크다. 두 아이를 태우고도 남는 크기인데 그래서인지 눈에 보이는 것들을 더 담은 것도 있었다. 아무리 채워도 채워지지 않는, 별로 산 것 같지 않은 그런 효과랄까?

특히 물이 문제였다. 한국에서야 집에 정수기가 있어 신경 안 썼지만 여기 하와이 리조트는 정수기가 없어 모든 물을 다 사 먹어야 했다. 또 물이 무겁기도 엄청 무거우니 남편이 있을 때 많이 사둬야 했다. 카트가 밀리지 않을 정도로 물을 계속 담았다. 물을 사서 들어다 주는 남편이 그리 멋져 보일 수가. 불안한 나머지 한국으로 돌아가지 말고 하와이에 같이 있자는 나의 말에 남편은 그러겠다고 대답했으나 남편의 하와이 일정은 단 4일뿐이었다. 그렇게 우리는 입국하고 차를 렌트하고 마트 다녀오느라 하루를 써버렸다.

두 번째 날도 우리는 마트를 전전했다. 남편은 하와이 바다를 즐길 틈이 없었다. 코스트코에서 다 살 수 없었던 것들을 위해 와이키키 쪽에 있는 한인 마트를 가야 했다. 한인 마트까지 가려면, 코올리나에서 차로 약 40~50분 정도 운전해야 했다. 초행길에다가 장거리 운전이라, 남편이 길을 손수 알려주면서 또 운전을 해줬다. 한인 마트에서도 필요한 것들을 사고 물도 잊지 않고 잔뜩 샀다. 아이들도 차만 타고 다니니 하와이에 도착한 이후 계속 힘들고 재밌지도 않을 거라며 남편은 그 와중에 잠시라도 아이들과 수영장에서 놀기도 하고 바다도 다녀오고 했다.

셋째 날은 오전에 가족 일정을 하나 하고 남편은 한 달간 있을 숙소를 이것저것 점검해 줬다. 수도꼭지며 전등, 그리고 쓰레기통 점검, 발코니 창 점검 등 그런 것들 말이다. 조금이라도 불편해 보이는 것들을 하나하나

다 점검해 줬다. 우리의 여행은 대략 한 달 정도지만 그 기간 동안 우리는 여기서 삶을 살아야 하니 사소하지만 중요한 것들이었다.

이 많은 일들을 남편이 척척 해줬다. 늘 남편이 해줬기에 난 한 번도 해 본 적 없는, 앞으로 내가 다 해야 하는 그런 일들을 말이다. 오지 않기를 바랐던 넷째 날, 뭐든지 다 해결해 주는 그런 슈퍼맨이 우리를 남겨놓고 한 국으로 돌아가는 날이다. 공항까지 남편을 바래다주는데 가는 길 내내 머 릿속에는 후회만 든다. 왜 이 여행을 한다고 했을까? 난 왜 아이들과 여기 에 남겠다고 한 걸까. 이제라도 그냥 돌아가고 싶다는 말이 절로 나왔다.

행복하고 즐겁고 설레는 한 달 살기가 전혀 아니었다. 책임감과 두려움 으로 낯선 이국땅에서 한없이 작아지는 나였다. 꼭 남편과 이혼하고 이 세 상을 상대로 홀로 남은 듯한 느낌이었다. 아빠가 매일 아침 직장을 다녀오 는 것처럼, 그래서 저녁에 당장 만날 것처럼 인사하는 아이들은 엄마의 깊 디깊은 걱정을 모르고 있었다. 앞으로 지낼 시간이 전혀 기대되지 않았다. 남편을 배웅하고 숙소로 돌아오는 그 길을 긴장하며 운전한 탓에 슬픔은 잠시 잊었지만, 숙소로 돌아오자마자 나는 소파에 녹아들었다. 아이들을 뒤로한 채. 그렇게 나의 슈퍼맨은 떠났다.

3.

진땀 뻘뻘 파파존스

육아가 힘들고 귀찮을 때 나를 움직이게 하는 것이 있다. 그래도 내가 엄마라는 생각이다. 그.래.도. 라는 말이 참 무겁게 다가온다. 내가 배워온 보편적 가치관 속에 엄마라는 역할이 있다. 내가 어렸을 때 봐왔던 엄마의 모습이라든지, 영화나 드라마, 그리고 소설 속 엄마의 모습 같은 것 말이다. 엄마의 역할에서 가장 나를 책임감 있게 몰아붙이는 것은 식사이다. 나는 삼시 세끼를 다 안 먹어도 되는데, 먹더라도 간편하게 아무거나 먹어도 된다고 생각한다. 사실 먹는 것에 큰 의미를 두는 편도 아니고 꼭 건강식으로만 먹어야지 하는 강박도 없다. 정해진 시간에 밥을 먹어야지 하는 생각도 없고 기다리기 싫어 맛집을 찾아다니지도 않는다. 그런데 아이를 낳고 엄마가 되면서는 먹는 것에 집중하게 되었다. 특별한 계기가 있었던 건 아닌데 애들 먹는 것에 신경을 쓰고 관심을 두다 보니 더 챙기게 되고 더 집중하게 되었다.

그래서 하와이 한 달 살기 해외 육아를 하며 유독 나를 힘들게 했던 것은 아이들 식사였다. 한국에서 첫째, 둘째는 유치원을 다녔기에 간식, 점심, 오후 간식까지 먹고 오니 아침 식사와 저녁 식사를 잘 챙겨주면 되었다. 막내는 이유식을 하니까 특별한 반찬이나 국, 찌개는 없어도 되었지만, 여러 재료로 다양한 식감의 음식들을 만들어야 했다. 그런데 하와이 오면서부터는 첫째, 둘째의 아침 점심 저녁 그리고 간식 두 번, 막내 아이의 삼시 세끼 이유식 및 간식을 다 만들어야 했다. 하와이에 있는 동안 그러해야 했다. 그러다 보니 거의 하루 종일 음식을 해야 할 지경이었다. 한국에서는 가끔 배달시키거나 이유식을 사는 경우도 종종 있었다. 하지만 이곳 하와이에서는 배달이나 외식은 감히 생각할 수가 없었다. 물론 배달할 수도 있고 주문할 수도 있었지만, 이곳의 음식은 도저히 우리 아이들에게 먹일 수 없을 정도로 짜거나 자극적이었고 가장 결정적인 건 맛이 없었다. 왜 안 사봤겠나. 맛있어 보여서 사봤는데 한 입 먹고 버린 경우가 수두룩하다. 말라비틀어진 음식들, 신선도를 알 수 없는 음식들, 그리고 내 기준에 부합하지 않는 불균형적인 영양소들이 맘에 들지 않았다. 그래서 하와이 도착한 후 일주일이 채 지나기도 전에 아이들 식사는 직접 만들어 먹여야겠다고 생각했다. 어쩔 수 없는 결론이었지만 그리하기로 했다. 그다음이 더 문제였다. 재료를 구하기가 쉽지 않았다. 한국과는 다르리라고 생각 하긴 했다. 근데 막상 마트에 가보니 한인 마트조차 식재료 구하기가 쉽지 않았다. 서울에서의 마트를 생각하고 갔으나 없는 식재료도 많고 식재료의 질도 너무나 떨어졌다. 그리고 마트가 가깝지도 않고 한번 갈 때 많이 사 와야 하거나 아니면 멀리 있는 한인 마트를 자주 가야 하는 상황이 되었다. 게다가 장을 본 것을 배달해 주지 않다 보니 내가 다 들고 와야 했다. 장 본 것은 무겁기도 무거웠고 세 아이와 마트에서 장을 보는 것은 최고 고난도 수준의 육아이다. 이런 상황에서 내가 먹고 싶은 걸 찾아 식당에 간다든지, 내가 먹고 싶은 걸 만든다는 것은 굉장한 사치였다. 외부 아웃소싱을 전혀 할 수 없는 곳에서의 식사 해결은 정말 끔찍했다. 최소한의 엄마 역할이 식사 챙기는 것으로 여겼는데 이걸 하느라 하루를 온종일 바쳐야 했다. 아이들이 조금이라도 컸다면, 어른이 먹을 수 있는 것들을 조금이라도 먹었더라면 이야기는 또 달라졌을 수 있다.

한국에서보다 더 열심히 식사 준비를 하고 음식 하는 데 열정을 올렸던 나날들이었다. 삼시 세끼 밥을 하고, 그냥 밥 아니고 한국에서처럼 먹이려고 온갖 애를 쓰다 보니 이러다 딱 돌겠더라. 밥만 해대는 하와이는 최악이었다. 꼼짝할 수 없었다. 무언가 하고 싶은 마음도 싹 사라졌다.

하와이에 오면 하와이안 피자를 꼭 먹고 싶었는데 그날은 피자가 떠올랐다. 한국에서도 파파존스를 종종 시켜 먹었으니, 파파존스를 시키기로 했다. 엄마로서 직무 유기 같지만 첫째, 둘째 아이에게 피자를 먹이고 막내는 만들어놓은 이유식을 먹이기로 했다. 그렇게 그날 저녁은 쉬기로 단단히 마음먹었다. 구글로 일단 번호를 찾고 전화를 걸었다. 영어로 주문

해야 해서 살짝 떨렸지만 내가 원하는 걸 말하면 되고, 주소를 알고 있으니 불러주면 되고, 문제 될 것 없다고 생각했다. 전화기 너머로 "Hello"가 들린다. 그다음부터 나는 머리가 하얘졌다. 영어 같긴 한데 뭐라는지 하나도 알아들을 수가 없었다. "Sorry, pardon?"을 몇 번이나 말했는지 모른다. 아니, 외쳤다. 그 말로만 듣던 우리나라 영어 교육의 문제점이 바로 이것인가? 몸소 느끼는 순간이었다. 생각해 보면 우리나라 사람들도 한국말을 하는 걸 보면 각양각색이다. 이 작은 나라에도 갖가지 사투리가 있고, 주어 빼고 말하는 사람, 넘겨짚어 말하는 사람, 웅얼거리는 사람, 말이 빠르거나 느린 사람이 있지 않나. 우리나라 국민 모두 아나운서처럼 말하는 건 아니다. 영어 듣기 평가할 때 지문을 읽는 원어민 말도 겨우 알아들었는데, 그건 그나마 친절했음을 여기서 피자 주문할 때 깨우치다니. 너무나 당황스러워서 다시 전화하겠다며 전화를 끊어버렸다. 피자를 시켰냐고 묻는 아이에게 민망하기도 하고 어질어질해서 다시 할 거라고 얼버무렸다.

그냥 피자를 시키면 되는 줄 알았는데 뭘 그리 묻고 선택할 것이 많은지. 도우는 어떤 걸로 할지, 크기는 어떤 걸로 할지, 토핑 추가는 할 건지, 계산은 카드로 할지 현금으로 할지, 가게에서 이벤트를 하는데 금액을 추가하면 크기가 커지고 하프 앤 하프 할 거면 뭐 할 건지 하도 물어서 나는 그 직원과 피자를 함께 만드는 줄 알았다. 난 그저 오늘 저녁 식사가 하기 싫었을 뿐이었는데 또 다른 난관이었다. 그냥 밥을 할까? 하는 생각도 들었지만, 다시 전화를 걸었다. 직원에게 당당하게 천천히 말해 달라고 했고 직원과 의논하며 하나씩 하나씩 주문했다. 전화를 끊는 순간까지도 긴장을 늦출 수가 없었다.

내가 배운 영어가 이렇게까지 다르다고? 나는 여태껏 뭘 배운 거지? 영어가 맞긴 한 걸까? 이 짧은 전화 한 통을 통해 영어 학습에 관한 회의까지 들었다. 난 정말 인사만 명확하게 알아들었으니까. 빨리 말하고 짧게 말하고 웅얼거리는 영어에 화들짝 놀란 거다. 공부로서 하는 영어, 시험을 보기 위한 영어는 잘했을지 몰라도 언어로서의 영어는 거의 빵점이었음을 새삼 확인한 순간 내가 느낀 것은 부끄러움도 아닌 당혹감이었다. 그리고 자연스럽게 떠오르는 생각이 바로 우리 아이들의 영어였다. 영어 노출이 꽤 많이 된 첫째 아이는 의사소통이 되는 영어를 배우고 있는 것인지, 이제 막 영어 노출이 되고 있는 둘째 아이는 영어를 어떻게 받아들이는지, 첫째 아이와 둘째 아이의 경험으로 조금은 수월하게 가지 않을까 기대되는 막내 아이의 영어까지 말이다. 나나 잘할 것이지 아이들의 영어교육까지 저절로 생각이 들었다. 저녁 한 끼 피자 덕 좀 보려다가 아이의 교육관까지 고민할 일인가 싶지만 멀리 타국에 와서 어버버버 하고 살 수는 없었다.

그렇게 1시간 정도 흘렀을까. 식은 피자가 왔고 너무나 실망스럽게도 내가 원했던 그 피자가 아니었다.

내가 그 고생을 하며 전화로는 보이지도 않는 손짓, 발짓하며 주문한 피자는 완전히 실패였지만 나의 영어 공부에 대한 오기가 발동하기엔 충분했다. 이렇듯 강력한 동기부여는 무언가를 직접 경험해보면서 결핍을 통해 얻는 것이 가장 효과적이다.

"무슨 피자냐. 밥이나 해서 먹자, 얘들아! 미국 피자 맛없다! 엄마가 밥 해줄게."

4.

반가운 손님

　하와이 한 달 살기를 하면 할수록 그런 생각이 든다. 이 여행은 순전히 나의 욕심에 하는 것이구나. 힘들다고 투덜거리면서도 자꾸 떠나는 것은 내가 얻는 것이 더 많기에 하와에 가는 것이구나. 진정 그랬다. 한국에서 정신없이 돌아가고 늘 바쁜 일상에 허우적대다가 하와이에서 고된 육아를 하며 아이들과 나에게만 집중하는 것이 좋았다. 남편 없이 혼자 애 셋, 게다가 남자아이들의 육아를 담당한다는 것은 힘든 일이다. 언제 무슨 일이 벌어질지 모르는 상황, 도와줄 이가 하나도 없다는 정신적 중압감이 더해지면서 나는 늘 긴장 상태였다. 많은 경비를 써대며 기어코 이곳으로 오는 건 아이들보다 나를 위해서였다.

　나는 하와이를 날씨 천재라고도 했다. 한국에서 아침에 일어나면 늘 확인했던 미세 먼지 농도 앱은 한 번도 켜본 적이 없다. 첫해는 하와이의 뭉게구름이 좀 답답했는데 곧 아이와 뭉게구름 모양을 논하게 되니 그것도 좋았다. 하트 모양의 구름을 얼마나 봤는지 모른다. 하와이에서 아이와 나만의 일상이 제법 익숙해졌지만 하나 딱 무서운 게 있었다. 바로 사건, 사고 또는 아이들이 아프고 다치는 것이다. 문제가 생겼을 때, 한국은 도와줄 사람도 많고 병원 접근성도 좋아 약도 언제든지 바로 구할 수 있었다. 하지만 미국에 왔더니 사건, 사고나 아이들 아프고 다치는 것에 예민해졌다. 비용을 둘째치고 병원 접근성이 너무 떨어지고 도와줄 사람이 없다는 것이 매사를 조심조심하게 했다.

남자아이들치고 우리 아이들은 그다지 과격하게 노는 편은 아니었다. 하지만 워낙 장난꾸러기들이라 크고 작은 상처가 잘 났다. 매년 그러하듯 나는 온갖 비상약을 다 챙긴다. '세상에! 이런 것도 챙겨왔어?'라고 할 만큼 말이다. 미국에서는 병원을 가기가 쉽지 않아 종류별로 웬만한 약들은 다 들고 온다. 아이들 상처 난 것쯤은 소독하고 연고 바르고 밴드 붙이며 쉽게 처리한다. 매일 물놀이를 하고 어떨 땐 아침, 저녁으로 두 번 가기도 하니 소독과 연고 바르고 밴드 붙이는 건 아이들이 스스로 하기도 했다. 어린 나이였지만 엄마가 하는 것을 보고, 아빠가 해줬던 것을 기억하며 아이들 스스로 척척 할 수 있게 된 것이다.

두 번째 하와이 한 달 살기 중이었다. 부엌에서 아이들 저녁 식사 준비를 하느라 나는 분주했고, 아이들은 거실에서 텔레비전을 보고 있었다.

미국 와서 텔레비전을 보는 것에 크게 제한을 주지 않았다. 하루 종일 텔레비전을 보는 건 아니었지만 그래도 확실히 한국에 있을 때보다 시청 시간은 늘었다. 아이들이 보는 프로그램은 〈파페트롤〉 또는 〈 페파피그 〉 정도였다. 미국 아이들이 즐겨 보는 만화 프로그램인데 내가 봐도 꽤 재미있었다. 그날도 어김없이 아이들은 만화를 보고 있었고 나는 저녁을 준비했다. 밥하고 국 끓이고 계란 프라이를 했고 스토브에서 팬을 들고 계란 프라이를 접시로 옮겼다. 그때 때마침 둘째 아이가 나를 부르며 다가왔는데 "앗 뜨거워!" 하는 거다. 뒤돌아보니 아이는 엄마를 보겠다고, 오늘 저녁 메뉴가 뭔지 확인하고 싶었는지 뜨거워진 스토브에 손을 댄 것이다. 얼마나 뜨거웠을까? 나도 너무 소스라치게 놀라 아이를 데리고 바로 화장실 개수대로 갔다. 차가운 물을 틀어놓고 손을 식히려고 했으나 이 정도로 차가워서는 안 될 것 같았다. 스토브가 정말 뜨거웠고 아이는 제대로 스토브를 짚었으니까. 냉장고에 있는 온갖 차가운 아이스팩, 얼음을 다 끄집어냈다. 비닐에 얼음을 넣고 아이의 손에 계속 대어주고 팩을 수시로 바꿔줬다. 그런데 화상에 관한 생각이 없어서 내 온갖 비상약의 화상에 관련된 것은 없었다. 이를 어쩐다. 당장 할 수 있는 것이 없었다. 그저 차가운 아이스팩에 의존하는 수밖에. 아이는 계속 아파했다. 뜨거운 것도 뜨거운데 얼음까지 계속 대고 있으니 뜨거우면서 차가워하며 힘들어했다. 겨우 아이의 손을 식혀가니 이내 곧 화상 물집이 생겼다. 한숨이 나왔다.

그로부터 이틀 후 막내 아이를 끌어안고 오전에 낮잠을 자는데 애가 몸이 좀 뜨거운 거다. 잠결이었지만 공기는 선선하고 건조한데 따끈따끈한 막내를 끌어안고 자니 참 좋았다. 아이가 따뜻하다고 느끼는 그 순간 화들짝 놀라 깨서 혹시나 하는 마음에 열을 재보니 38도이다. 뭐라 핑계 댈 것 하나 없이 열이 나는 것이다. 왜 열이 나지? 감기인가? 다른 감기 증상이 없는데? 온갖 생각이 다 떠올랐다. 해열제는 있었지만 그래도 한국에 있는 남편에게 바로 전화를 걸었다. 그런데 남편의 핸드폰이 꺼져 있었다.

  당황스러웠지만 애는 일단 잘 자길래 일어나면 약을 줘야지 싶어 좀 더 재웠다. 곤히 잠든 녀석은 열이 났지만 어쩜 이리 더 사랑스러워지는지. 막내라 더 느긋한 마음으로 바라볼 수 있었고 막내는 더없이 애교도 많았다. 머리카락 하나부터 발끝까지 안 예쁜 데가 없는 막내를 걱정스러운 마음으로 내려다보며 열나는 것을 어찌할지 한참을 생각했다. 아이의 다리는 형들과 놀다가 생긴 멍이 여기저기에 있고 지난주에 뛰다가 넘어져 상처가 난 무릎에는 밴드가 붙여져 있다. 밴드가 살짝 들떴길래 다시 붙여주려고 살살 뗐다. 다시 붙여주려고 말이다. 그 밴드를 떼보니 상처가 치유되고 있는 것이 아니라 곪아가고 있었다. 크지 않은 상처였는데 상처 안쪽으로 노란 고름이 차 있었다. 꽤 불룩하게 고름이 차오르고 있었고 아무래도 이것 때문에 열이 나는 것 같았다. 이 고름은 빨리 제거해 주지 않으면 더 크게 문제가 될 수 있는데 이걸 어떻게 빼주나. 보통은 멸균된 바늘로 상처를 찔러 구멍을 내고 힘껏 짜주는데 이때 물론 소독을 엄청나게 꼼꼼히 해주어야 한다. 그렇지 않으면 바늘을 통해 생긴 공간으로 병균이 더 들어갈 수 있으니 말이다. 그런데 소독도, 구멍을 내는 일도, 고름을 짜내는 일도 다 무지 아플 것이다. 이걸 이 꼬맹이가 견뎌낼 수 있을까? 온갖 생각이 많아진 가운데 드디어 남편한테 전화가 왔다.

"나 하와이 왔어!"

한국에서 열심히 일하고 있을 거라 여겼던 남편이 하와이에 왔다. 세상에. 8월 15일 광복절을 끼고 연휴가 한 4일 정도 되었다. 그렇다고 그 나흘 동안 하와이에 올 생각을 한다니. 게다가 지금 아이들이 아프고 다친 상황에 남편이 하와이를 오다니. 반가운 마음에 눈물이 날 정도로 감사한 일이었다. 한 달 넘게 남편을 못 보고 전화만 하고 있어서 보고 싶기도 했는데 정말 시기적절하게 하와이에 온 것이다. 남편이 내게 해준 깜짝 이벤트 중에 제일 반갑고 놀라운 일이었다. 정말 대한 독립 만세를 외쳤다. 입국 심사까지 한 이후 공항에서 나온 남편이 숙소까지 오는 데는 약 1시간 20분 정도 걸렸다. 그 정도의 시간쯤이야 기다릴 수 있었다. 숙소까지 온 남편은 가방을 던지고 바로 아이들 상처부터 챙겨봤다. 남편은 며칠 전 둘째 아이의 화상 소식에 걱정되기도 했고 첫해보다 더 아이들이 보고 싶었다고 했다. 첫해는 어영부영하다 보니 한 달이라는 시간이 훌쩍 지났는데 둘째 해는 그 한 달이 어떠할지 알아서, 그리고 아이들이 좀 더 커서 그런지 눈에 자꾸 밟히더라는 것이다. 4일간의 짧은 시간이었지만 그래도 아이들 보고 싶다고, 고생하고 있을 내가 걱정됐다는 것이다. 화상 연고와 화상에 관련된 약을 잘 챙겨서 말이다.

나와 세 아이에게 무척 반가운 손님 덕분 둘째 아이는 화상치료를 잘할 수 있었다. 물집이 꽤 크게 잡힌 둘째 아이의 손은 이제 화상 연고 바르고 화상 밴드를 붙이며 그제야 안심할 수 있었다. 문제는 막내 아이였는데 남편 덕분에 막내 아이의 고름을 빼낼 수 있었다. 물론 아이는 아빠가 하와이에 오자마자 고름을 짜내니 아빠가 미워 눈을 흘겼다. 고름을 짜내고 소독하고 항생제를 먹기 시작하니 금세 열은 잡혔고 확실히 감기는 아니었다.

이렇게 반가운 손님은 슈퍼맨처럼 하와이로 날라 와 우리의 문제를 척척 해결해 주고 3일 만에 다시 한국으로 돌아갔다. 4주 이상의 하와이 해외 육아는 참 고단한 일이다. 4주 이상의 시간은 조금은 지루한 면도 있고 한국 가서 하고 싶은 것도, 먹고 싶은 것도, 가고 싶은 곳도 더 생각났다. 하와이의 느긋한 삶도 좋았지만, 빠른 서울의 생활이 그리워졌다.

"이 반가운 손님이 가실 때 따라갈걸 그랬나?"

5.

불편해 불편해 불편해

하와이는 날씨 천재이다. 어쩜 매일 이렇게 화창할 수가 있지? 게다가 비가 와도 예쁘게 온다. 햇살이 비치는 와중에 내리는 비가 반짝인다. 보슬비가 내리는데 그것마저도 반갑다. 왜냐하면 이 보슬비 뒤에 무지개를 볼 수 있으니까. 하와이를 괜히 무지개의 나라라고 하겠는가? 심심치 않게 쌍무지개를 볼 수 있다. 한국에서 미세먼지로 심심하면 아이들이 기침을 해대고 소아청소년과를 다녔던지라 하와이의 맑은 공기가 낯설었다. 아이들은 왜 이곳에는 미세 먼지가 없냐고 묻기도 했다. 여기 오면서부터는 아이들은 기침도 안 하고 목이 아프다는 호소도 없다. 그리고 감기에 걸리지도 않았다. 물론 이곳에서 아침에 일찍 일어났고 먹고 자고 놀기에 집중하며 규칙적인 생활을 해서 그랬을 수 있지만 확실한 건 항상 컨디션이 좋다는 것이다. 파란 하늘과 더 파란 바다를 보면 얼른 나가서 놀고 싶다는 생각, 햇볕 아래에서 걷고 싶다는 생각이 절로 들면서 오늘도 즐거운 일이 생길 것 같은 기대감 속에 붕붕 뜬다.

내가 아는 미국은 우리나라보다 선진국이다. 문화 의식도 높고 경제적으로도 우리보다는 높은 수준이라고 생각했다. 그러하니 사는 것도 당연히 편리할 것이라는 생각을 했다. 고정관념이었다.(개인적인 의견일 수 있으니 감안하고 들으면 좋겠다.) 미국은 미국 본연의 힘이 있다고 생각한다. 하지만 하와이는 미국령이지만 미국의 메인은 아니다. 우리나라에서 제주도가 아름답고 그만의 특색을 가졌지만, 제주도를 보고 우리나라를 다 알 수 있는 것은 아니다. 즉 중심이 아니라는 이야기다. 문화, 경제, 교육, 교통의 요지는 아니다. 하와이도 마찬가지다. 전 세계 사람들이 다 살고 싶어 하는 아름다운 섬, 하와이이지만 이 하와이를 보고 섣불리 미국을 판단할 수 없는 것이다. 그럼에도 한 달 살기를 통해 여행지에서 일상을 살아가는 것은 참 귀한 경험이다. 내가 살고 있는 곳에 대한 객관적 비교를 할 수 있으니 말이다. 내가 한국에서 누리며 당연하다 여겼던 것들에 대해 돌아볼 수 있었다.

한국에서는 당연하듯 써왔던 것 중, 왜 하와이에서는 쓰지 않을지 여겼던 것들이 있다. 바로 현관 잠금장치이다. 요즘 우리나라는 열쇠를 들고 다니지 않는다. 차도 열쇠로 문을 열지 않는다. 카드키를 들고 다니며 그조차도 가방에서, 주머니에서 꺼내지 않는다. 내 몸에 지니고만 있어도 차문이 열리고 잠긴다. 그런데 하와이에서는 집에 들어가려면 현관 열쇠를 꺼내야 했다. 구멍에 맞춰 열쇠를 넣고 돌리면 찰칵 소리를 내고 문이 열린다. 코올리나에 있을 때도 그러했고 하와이 카이 지역의 아파트에 있을 때도 그랬다. 하와이 카이 지역의 아파트는 뭐가 잘못되었는지 열쇠도 그냥 열리지 않았다. 살짝 문을 잡고 들어올려야 문고리의 높이가 맞았다. 그래서 매번 열쇠로 문을 열 때마다 한 번에 열린 적이 없었다. 열쇠를 잃어버리면 집에 들어갈 수 없다는 생각 때문에 외출 중간중간 열쇠가 잘 있는지 확인할 정도로 긴장했다. 재미있었던 건 아이들은 이 열쇠를 처음 보았던 모양이다. 엄마가 하는 걸 보고 열쇠 구멍이라는 것도 처음 봤고 어떻게 하는 건지도 처음 배우게 된 것이다. 물론 이내 곧 흥미를 잃었지만 말이다. 생각해 보니 아이들은 한국에서 열쇠로 문을 잠그고 열어볼 기회가 없었다. 현관도 다 요즘 터치패드이고 자동차를 탈 때조차 열쇠를 꺼내지 않으니. 아날로그 감성이 좋다고 하지만 솔직히 불편했다. 차, 현관 열쇠를 항상 챙겨야 하는 것이 익숙지 않았다. 열쇠를 집에 두고 나와 집과 주차장을 왔다 갔다 하기도 했다. 아직도 열쇠를 쓴다는 사실이 내가 상상했던 편리한 미국과는 달랐고 왜 이들은 카드키나 터치패드를 이용하지 않을까 하는 궁금증으로까지 이어졌다. 들은 바로는 IT의 메카라 불리는 샌프란시스코조차도 열쇠를 이용하는 곳이 많다 하니 더 궁금해졌다. 그래서 미국 사람들에게 물어봤더니, 가장 첫 번째 반응은 불편하지 않다는 거였다. 어떻게 이게 안 불편할 수 있단 말인가? 한국의 편리한 것들을 하나하나 다 소개해 주고 싶었다. 장담하건대 한국의 편리함에 홀딱 반할 미국 사람들을 생각하면서 웃었더랬다. 그리고 미국 사람들은 터치패드에 본인의 지문이 묻는 것을 극도로 싫어한다는 사실을 알았다. 지문과 같이 자신의 족적을 남기는 것이 싫어 터치패드의 상용화가 안 되었다 하니 조금은 이해가 되었다. 그래도 불편한 건 불편한 거다.

나는 주부이다. 그래서 주부에게 얼마나 편한가를 살펴보게 되었다. 가장 먼저 맞닥뜨려지는 현실은 마트에서 장 보는 것이다. 일단 미국 마트는 그 규모 면에서 압도된다. 한국에서도 코스트코를 가면 규모도 클 뿐 아니라 규모가 큰 만큼 다양한 제품들이 있다. 또한 소량으로 물건을 산다기보다 대량 구매를 함으로써 저렴하게 구매할 수 있다. 미국의 코스트코도 마찬가지였다. 코스트코와 같이 대량 판매하는 곳에서부터 고품질의 물건을 살 수 있는 마트까지 아주 다양한 종류가 있었다. 그래서인지 마트 구경만 해도 시간이 훌쩍 지나간다. 걸어 다니는 운동량도 꽤 많은 편이고. 불편함은 여기서부터이다. 대형마트이다 보니 카트 내에 물건이 수북이 쌓이는 건 순식간이다. 계산대에서 정신 차리고 보면, 이 어마어마한 쇼핑 더미를 집까지 들고 갈 생각에 까마득해진 적이 한두 번이 아니었다. 미국은 배달이 안 되니까. 아마존을 비롯한 온라인 쇼핑이 상용화되었다 하지만 처음 하와이에 갔을 때는 그렇지 못했다. 더군다나 코스트코나 푸드 랜드, 한인 마트, 세이프 웨이, 월마트 등은 배달이 거의 안 된다고 보면 된다. 그러니 항상 마트를 다닐 때 쇼핑 품목을 담을 개인 카트를 항상 차에 준비를 해둬야 했다. 자동차 트렁크에서 집까지 이동할 때 아이들을 챙기랴, 짐을 챙기느라 손이 모자라기 때문이다. 힐튼 베케이션을 이용할 때는 호텔 로비에서 팁을 주며 방까지 가져다 달라고 부탁했지만, 돈이 드는 일이긴 하다. 한 달 살기 할 때 가장 많이 사는 것이 바로 물이다. 한국에서야 정수기를 이용하기도 하고 물도 온라인으로 배송시키면 되지만 미국에서 단기간 생활할 때 정수기를 설치한다는 것은 쉽지 않다. 그래서 한 달이면 한 달, 두 달이면 두 달 동안 고스란히 물을 사 먹어야 한다. 물이 보통 무겁나. 매번 마트 갈 때마다 물을 사야 하는데 물 배송이 제일 절실했다. 또 한국에서 장을 볼 때 생선, 고기, 냉동 제품 같은 신선 제품은 웬만하면 아이스팩 처리를 해준다. 그런데 미국에서 장을 볼 때 이런 섬세함은 없다. 그래서 첫 하와이 한 달 살기 하는 동안 장을 보면 부리나케 후다닥 집으로 직행했다. 그래도 신선 제품의 상태가 찜찜했었다. 둘째 해부터는 보냉백과 휴대용 아이스 팩을 꼭 챙겼다. 한국에서 별거 아닌 것들이라 생각했는데 여기 와서 감사함을 느꼈다.

가장 큰 불편함은 인터넷 속도가 느리다는 것이다. 인터넷 속도와 우울증과의 연관성을 연구할 만큼 한국에서는 인터넷 속도가 느린 것을 엄청나게 답답해한다. 한국에서의 인터넷 속도에 적응된 나는 미국에서 인터넷이 고장 났는지 의심한 적이 한두 번이 아니다. 빙글빙글 도는 화살표나 핸드폰의 하얀 화면을 우두커니 쳐다볼 때마다 한국의 빨리빨리 문화가 나쁜 것만은 아니라는 생각이 절로 들었다.

여행이 몇 해 반복되면서 이제는 그럴 수도 있다고, 조금은 적응이 되었지만 답답한 건 답답한 것이다. 그저 미국에서는 천천히 기다려야 했고 느긋함을 배워야 했다. 미국에서 생활하며 불편함을 느낄 때마다 한국과 똑같이 살려면 뭐 하러 미국에 왔나 하는 생각으로 마음을 다잡는다. 그런 식으로 내게 주어진 것에 대해 투덜거리기보다 배울 수 있는 점을 보고 내 마음에 대한 태도를 조금은 나은 방향으로 가려고 했다. 이런 열린 생각을 하게 된 것이 한 달 살기를 통해 얻은 큰 수확이 아닐까.

6.

다래끼가 알려준 미국 병원 사용법

눈이 가렵다며 첫째 아이가 눈을 비비며 다가온다. 여전히 나는 부엌에서 식사를 준비하고 있었다. 아이가 눈 비비며 다가오는 걸 자세히 보진 않았지만, 엄마란 자고로 아이의 말투와 목소리만 들어도 상황이 그려지는 법. 별 대수로이 생각하지 않고 더러운 손으로 눈을 비비지 말라고만 했다. 더불어 세수하라는 이야기도 함께 말이다. 겉으로 봤을 때 별 이상이 없었고, 가끔 눈에 먼지가 들어가서 가려운 때도 있으니까 내심 특별한 문제가 아니길 바라면서 말이다.

오후가 되자 첫째는 한 번 더 나를 불렀다. 눈이 계속 가렵다는 것이다. 두 번째로 가려움을 호소했을 때 비로소 아이의 눈을 제대로 들여다보았다. 아까와는 다르게 아이의 눈이 벌겋게 부어 있었다. 큰 애의 오른쪽 눈에는 단순한 가려움은 아닌 듯 문제가 있어 보였다. 한국에서도 때때마다 다래끼가 생겼는데 하와이 와서 어김없이 다래끼가 생긴 것 같았다. 내가 안과 의사는 아니지만 형태만 보아도 다래끼인지 확신할 수 있었다. 이럴 때 항생제를 먹으면 금세 가라앉고 고생하지 않아도 될 텐데 내 수중엔 항생제가 없다. 벌겋게 달아오른 아이의 눈이 걱정도 되고 이렇게 병원 가기 힘든 미국에서 아프면 안 되는데 어쩌나 싶어 한숨이 나왔다.

일단 한인 병원을 검색했다. 하와이에도 한인사회가 제법 크기 때문에 한인병원을 찾는 것은 그리 어렵지 않았다. 마음은 당장 애를 데리고 병원으로 가고 싶었지만, 미국 의료 환경은 한국 같지 않으니 먼저 병원에 전화를 걸었다. 아니나 다를까 예약해야 했다. 가장 빠른 것은 4일 후였다. 4일 후면 아이의 눈은 앞이 보이지 않을 정도로 부을 테고 간지러움은 어마어마할 것이다. 게다가 고름이 꽉 차면 다래끼는 큰 치료를 해야 할 지경이 될 거다. 여행객이고 오래 머물지 못한다고 제발 부탁한다고 빨리 진료 볼 수 없겠냐고 사정했다. 그 와중에 영어로 설명하지 않아도 돼서 어찌나 좋던지. 지난 파파존스 피자 주문할 때 영어로 고생해서 그런지 한인 병원이 정말 반가웠더랬다. 사정이 딱했는지 예약은 해줄 수 없지만 와서 대기하다가 취소가 있거나 변경이 있으면 진료를 볼 수 있도록 해준다고 했다. 다만 대기 시간은 확답할 수 없다는 이야기와 함께 말이다. 그것만이라도 어디냐. 세 아이를 데리고 병원으로 출동했다. 한인 병원은 우리의 숙소인 힐튼 하와이안 빌리지에서 그리 멀지 않은 곳에 있었다. 그래서 금방 도착했지만, 그때부터 대기를 해야 했다. 어딜 가든 나 혼자 하는 대기는 한 시간도, 두 시간도 할 수 있다. 하지만 세 아이는 10분만 넘어가도 언제까지 기다려야 하나, 더 이상 못 기다리겠다며 아우성친다. 이 무한 반복된 투정을 듣자면 머리가 지끈거린다. 아이들은 신발을 벗고 대기 의자에 오르락내리락하고 그것을 제재하는 나는 미간에 주름이 잡힌다. 마음 같아서는 다래끼고 뭐고, 그냥 집에 가자고 수천 번을 외쳤지만 호기롭게 그렇게 갈 수는 없었다. 그리 갔다가는 당장 내일부터 사단이 날 것이 자명했기에. 내 가방에는 이 순간을 위해 색종이도 있고 색연필과 스케치북도 들어 있다. 책도 몇 권 들고 갔었다. 아이들을 달랠 비밀병기를 한꺼번에 꺼내놓을 수는 없었다. 하나씩 꺼내놓으며 아이들을 달랬다. 이미 나의 정신은 혼미했다. 왜 다래끼는 나서 이 고생인가 싶어 살짝 아이가 원망스럽기도 했다. 그러나 그러면 뭐하나. 나도 때때로 다래끼가 나서 항상 안과를 갔었는데 영락없이 날 닮은 아이들이었다. 아이들도 지쳐서 이미 대기 의자에 녹은 치즈처럼 반쯤 드러누웠다. 나의 비밀병기들도 이미 진즉에 끝났고 핸드폰을 손에 쥐어 주며 유튜브를 하나씩 섭렵할 때쯤 우리를 불렀다. 아이의 이름을 부르는 그 순간 정말 환호성을 지르고 싶었다. 후다닥 아이를 데리고 진료실로 들어갔다. 한국에서 진료 보듯 그렇게 다다 이야기하고 결국 내가 하고 싶은 말은 아이 눈에 다래끼가 났으니, 항생제를 처방해달라는 것이었다. 그런데 그 의사 선생님은 한참을 아이의 눈을 들여다보고 언제부터 그랬는지, 아프진 않은지, 가려움은 어느 정도인지 참 자세히도 물었다. 그리 심하지 않아 보였는지 결국 하시는 말씀은 "지켜보자." 따뜻한 찜질을 해주고 인공 누액으로 눈을 잘 씻어주라는 것이었다. 아니, 이게 무슨 말인가? 지켜보려면 내가 왜 이 고생을 해서 여기까지 왔으며, 아이들이 치즈가 될 때까지 왜 대기를 했는가. 한국에서도 종종 다래끼가 났던 아이였기에 항생제를 먹으면 좋아진다고, 약을 처방해달라고 거의 울다시피 사정했다. 아이의 다래끼에 이리 절실하게 병원 진료를 볼 일인가 싶었으나 선생님의 단호한 한마디로 앞으로의 일이 머릿속으로 펼쳐졌다. 우리는 아마도 이 병원에 또 와야 할 것이고, 그런 번거로움을 넘어서 애를 더 고생시킬 것이 훤했다. 그러나 항생제는 그렇게 쉽게 쓸 약이 아니라고 분명히 말씀하시는 선생님. 한국 소아청소년과를 10번 가면 7번은 항생제를 쓰는데, 여기 하와이에 와서 항생제는 그렇게 쉽게 쓰는 약이 아님을 절실히 깨달았다. 난 안과 의사가 아니기에 진단할 수도, 약을 처방할 수도, 시술을 할 수도 없기에 단호한 선생님의 말씀에 물러설 수밖에 없었고 따뜻한 찜질로 과연 아이의 다래끼가 좋아질까 싶은 의심도 들었다. 이렇게 선생님과의 5분? 10분? 진료를 보았나? 그리고 150불이라는 진료비를 내고 다시 숙소로 돌아왔다. 물론 며칠 뒤 다시 올 거 같아서 2일 뒤 예약하고 왔다. 5일 뒤에도 불편하면 내원하라는 말을 했는데 아무래도 불안해서 내 고집으로 2일 뒤로 해둔 것이다. 아마 병원에서 끈질긴 엄마라고 했을지 모르겠다.

아이의 눈이 더 빨갛게 부어오르기 시작했고 따뜻한 찜질이 도움이 되었을까? 전혀 나아지는 기미는 없었다. 이틀 후 찾아간 병원에서는 이미 예약이 된 상태라 긴 기다림은 없었다. 진료를 기다리며 속으로 역시 내 생각이 맞았다며 항생제를 먹어야 했다고 구시렁구시렁하던 참이었다. 여행 와서 이렇게 병원에 다녀야 한다는 것도 한심스럽고 미국 병원 시스템이 불편한지 알고 있었으나 이리 직접 겪어보니 여간 번거로운 것이 아니었다. 첫 진료 때보다는 한결 짧아진 대기 시간 후 의사 선생님을 만날 수 있었다.

 선생님께서 항생제를 먹어야겠다고 하셨고 나는 드디어 이 한마디를 듣고서야 진료를 마칠 수 있었다. 진료비가 150불이었고, 약국은 바로 옆에 있었다. 병원과 나란히 위치한 약국에 처방전을 내밀었다. 우리가 생각하는 한국의 약국과는 달라 아이들은 김이 샜다. 한국 약국은 편의점과 비슷해서 아이들이 사고 싶은 게 그득한데 말이다. 하지만 이곳은 공장 같은 느낌의 딱 처방전을 바탕으로 약 조제만 하는 곳이었다. 드디어 항생제를 건네받고 받은 청구서. 이 항생제 값은 200불이었다. 세상에. 내 눈을 의심했다. 이렇게 비싸다고? 의사 선생님께서 항생제는 그리 쉽게 쓸 수 있는 약이 아니라고 함은 가격을 말씀하신 것이었나 싶을 정도로 비쌌다. 아파 죽을 때까지 병원을 가지 않는 곳이 미국이라는 것을 실감하는 순간이었다. 아이의 다래끼는 이렇게 500불의 치료비를 내고 가라앉았다. 늦었지만 그래도 먹을 수 있었던 항생제 덕분에 더 큰 시술까지 가지 않고 가라앉았고 절대 미국에서는 아프면 안 되겠다는 교훈을 얻은 사건이었다.

이 일이 있고 나서부터 나는 해외 한 달 살기 할 때 미리미리 항생제를 처방받아서 출국한다. 돈도 돈이고 예약 없이 병원 가는 것이 얼마나 어렵고 귀찮은, 비싼 일인지 경험해 보았기 때문에.

길지 않은 우리의 한 달 살기 동안 병원에 다니고 아이가 힘들었을 시간이 아깝긴 하지만, 이 또한 우리에게는 경험이다. 여행의 즐거움도 중요하지만, 건강이 먼저라는 것, 더 나아가 안전한 여행이 기본이 되어야 한 달 살기 해외 육아가 더욱 빛을 발하리라는 것 말이다.

7.

나는 캐디?

우리 가족은 하와이를 다니기 시작했고, 하와이에서의 첫 경험과 추억을 가지고 제주도로 이사할 용기를 가지게 되었다. 이젠 제주도, 서울, 하와이 이렇게 우리 가족의 주 무대가 되었다. 골프의 8학군이라 불리는 제주도로 이사 가면 골프를 자주 칠 수 있다는 이야기에 내심 기대를 했었다. 나는 골프를 잘 치진 못했지만, 라운딩 나가는 것을 좋아했다. 서울에 살 때 계절마다 뜨문뜨문 즐기는 골프였다. 골프는 운동이라기보다 레저에 가까운 활동이라 생각했다. 그저 남편과 함께하기 좋은 취미라고 여겼기에 열심히 연습해야겠다는 의지는 없었다. 골프는 돈과 시간이 많이 드는 스포츠이지만 지인들이 제주도에서는 접근성이 좋고 도민 할인으로 저렴하게 골프를 즐길 수 있다고 해서 들떠 있었다. 하지만 역시 아니었다. 나는 아이가 셋이고 세 아이 학교 보내고 유치원 보내고 하다 보니 연습장에서 연습하는 것에 만족할 수밖에 없었다. 서울에 살 때보다 두어 번 더 나가는 정도였다. 다만 서울에서 골프를 칠 때와 가장 차이가 있는 것은 집과 골프장이 가까웠다. 그래서 그나마 시간을 아낄 수 있었고 제주도민 할인으로 서울에서 치는 것보다 약 20~30% 저렴하게 칠 수 있었다. 하지만 그렇게라도 제주도에서 골프 칠 수 있음에 감사했다.

제주도에 살면서 사람들이 가장 많이 하고 싶어 하는 운동이 올레길 걷기, 골프, 승마였다. 승마는 개인 운동이었기에 크게 관심이 가지 않았다. 아이들이 커서 가족이 함께할 만한 것을 찾고 싶었다. 그러기에 골프가 제격이었다. 물론 우리 가족은 다섯 명이라 라운딩하게 되면 한 명은 빠져야겠지만 말이다. 그렇게 아이들의 골프 레슨이 시작되었다. 아이들이라 그런지 진도도 금방금방 나가고 스윙 자세도 아이들답게 귀엽고 시원시원했다. 무엇보다 아이들이 재미있어하고 남자아이들이라 승부욕도 어마어마했다. 그 경쟁상대가 엄마라서 문제였지만 말이다. 나의 큰 그림은 나이 들어서 아이들과 라운딩 나가는 것이었다.

골프는 매너 게임이라고도 할 만큼 지켜야 할 예절들이 많다. 라운딩은 장시간 함께 게임하고 식사도 하기에 그 사람에 대해서 많은 것을 알 수가 있다. 그러니 천방지축 아이들에게 하나하나 가르칠 것이 참 많았다. 한참 후에나 아이들과 골프를 칠 수 있겠다고 여겼는데 하와이를 다니다 보니, 아이들과 골프를 칠 수 있겠다는 생각을 자연스레 하게 되었다.

하와이에서 생활이 고단했지만, 아이들은 달랐다. 일단 학교를 안 갔다. 학교를 안 가니 규칙과 규율 없이 자유롭게 생활했으며 급식이 아니라 엄마가 삼시 세끼, 간식도 해주었다. 매일 바다나 수영장에서 물놀이했다. 햇볕도 실컷 보고 TV 시청도 실컷 하고 말이다. 숙제가 없으니, 엄마와 실랑이 벌일 만한 가장 큰 요소가 빠지기도 했다. 내가 조금 아쉬웠던 것은 아이들의 운동이었다. 물놀이는 하지만 모래놀이나 바다에서 물장난 정도만 하고 있기에 제대로 된 운동은 아니라고 보았다. 하지만 아이들이 골프를 배우면서 하와이에서 할 수 있는 활동이 하나 더 늘어난 셈이다.

매년 올 때마다 간소화되어 왔던 우리의 여행 짐에 골프채가 더해졌다. 덕분에 짐은 두 배가 되었으나 올해 우리의 하와이는 골프로 가득 채워질 것이라며 아이들과 한껏 들떴다. 하와이 도착하기 전부터 눈여겨보았던 곳이 있었다. 숙소에서의 거리는 좀 있었지만 내가 좋아하는 드라이브 코스를 꼭 지나게 되어있는 골프클럽이었다. 한적한 곳이라 아이들과 쉬엄쉬엄 놀기도 적당한 딱 맞는 장소 말이다.

역시 하와이의 바다와 하늘은 그대로였고 골프 칠 생각을 하니 날씨가 더없이 선선하게 느껴졌다. 골프클럽 프런트에 다행히 한국 사람이 있었고 세 아이를 보시더니 흔쾌히 할인도 많이 해주셨다. 게다가 일정 금액을 내며 한 달 동안 무제한으로 라운딩을 돌 수 있게 해주신 거다. 하루에 두 번을 와도 되고 매일 와도 된다며 귀띔해 주셨다. 제주도보다 하와이가 진정 골프 8학군이라는 생각이 들면서 다시금 골프를 열심히 쳐야겠다고 다짐했다. 이번 기회에 나도 실력을 높일 수 있을까 하는 기대도 함께 말이다. 매일 실내에서 연습하던 아이들도 잔디밭을 보더니 흥분해서 당장이라도 라운딩을 나가자고 소리쳤다. 막내가 유치원생이라 제아무리 잘 쳐도 정규코스는 힘들지만, 우리 아이들이 놀기 적당한 코스도 있었다. 하지만 정작 잔디밭을 밟은 우리 아이들은 나처럼 기대감에 힘이 잔뜩 들어가 땅 파고 뒤땅치고 탑볼나고 빗맞고, 엉망진창이었다.

매 홀 지나갈 때마다 아이들은 곧 울려고 하는 표정이었다. 나와 남편은 이미 채를 놓고 아이들 자세를 봐주고 공을 주우러 다녔고 나는 공을 치지도 않았는데 옷이 땀으로 젖어갔다. 골프 치기 딱 좋다고 생각한 날씨도 후끈후끈 더워서 입이 바싹 마르는 날씨로 변해 있었다.

우리 아이들은 골프를 잘 쳐야 한다고 생각했던 모양이다. 이게 대회도 아니고 순위를 매기는 경기도 아니었다. 그저 같이 골프를 배웠고 이제 앞으로 한 달 넘게 하와이에 있으면서 골프를 실컷 치는 것이 목적이었다. 엉거주춤하고 웃기는 자세를 보고 비웃는 게 아니라 그 순간조차도 재미있을 수 있고 농담하면서 즐길 수도 있었을 텐데 아이들은 타이거 우즈의 멋진 샷만을 기대했나 보다. 자기 뜻대로 치지 못하니 내가 그렇게 이야기했던 골프 매너는 온데간데없이 사라졌다. 같이 치는 사람들이 형이고 동생이니 서슴없다 하지만 골프장에 대한 매너는 지켜야 하는 법이다. 시간, 잔디 아끼기, 벙커 정리 같은 것들 말이다. 기대감으로 시작된 첫 라운딩은 매몰차게 무너졌고, 잔소리만 한가득 남았다.

　내 골프채는 숙소 구석으로 밀어뒀다. 하와이에서도 난 골프를 못 치겠다는 계산이 빨리 섰다. 아이들의 자세를 봐주고 공을 찾아주고 카트를 몰고 다녀야 하고, 아이들 동영상도 찍어주느라 내가 골프를 즐길 수 있는 호사는 없었다. 그렇게 한 달간 아이들의 캐디가 되어주었다. 거의 날마다 가다 보니, 날이 갈수록 아이들은 자기의 스윙을 찾았고 거리도 늘고 정확도도 높아져 갔다. 매일매일 라운딩을 나가는데 실력이 안 늘면 그게 더 이상한 거였을지도. 나름 자기들끼리 분석을 하고 유튜브에서 전설의 타이거 우즈 샷을 연구하며 내일의 골프를 계획하는 아이들이었다. 그래도 해결이 안 되는 것들은 제주도에 계시는 골프 레슨 선생님께 동영상을 보내며 코칭을 받았다.

　아이들이 그렇게 한 달을 내리 매일 골프를 치고 연구하고 직접 실천해 보는 그 시간이 몰입의 증거가 되지 않았을까. 꾸준하게 연습하다 보니 홀인원 할 뻔하기도 하고 실력이 느는 것을 아이들이 직접 경험했으니까 말이다. 엄마 캐디는 아이들의 몰입 정도를 보며 아이들의 가능성을 점점 더 믿게 되었다. 원하는 바에 돌진하며 매진하는 모습을 보니 엄마로서 뿌듯하기 이를 데 없었다.

　처음 하는 일은 늘 서툰 법이다. 잘하고 싶고, 금방 능숙하게 해 내고 싶은 마음은 충분히 이해한다. 하지만 세상일은 그리 고분고분 흘러가지 않는 법이다. 아이들은 그걸 알았을 거다. 마음만으로는 안된다는 것을. 계획하고 노력하고 실패하고 또 분석하고 함께 나아가는 것을 배웠을 것이다. 꾸준함에 위력을 한 달간의 골프 연습으로 체감했을 아이들이기에 앞으로 아이들이 커서 남에게 해를 끼치는 일이 아니라면 그 무엇이든 열렬히 응원하겠노라고 다짐해 본다.

8.

끔찍할 뻔했던 해안 도로

골프장을 오가는 그 길은 72번 도로를 지나게 되어있다. 하와이에서 내가 제일 좋아하는 '72번 해안 도로'. 아이들은 차를 타고 다니면서 눈길이 가지 않는지 자연에 대한 감탄을 거의 하지 않는 편이다. 내가 굳이 아이들을 불러 하늘을 봐라, 파도가 엄청나게 크다, 바다색이 멋지지 않냐고 해야 눈길을 주는 아이들이다. 내가 나이가 든 건지 그래서 자연의 아름다움을, 꽃의 자태에 마음이 홀리는 건지 모르겠지만 말이다. 황홀한 하와이에 있는 순간을 함께 누리고 싶은데 아이들은 어렸다. 그저 자기들끼리 노래 부르고 농담하고 장난치느라 여념이 없어 그 아름다운 순간을 지나치고 있는 게 나는 아쉬울 뿐이었다.

그날도 우리는 골프장에서 실컷 놀고 집으로 돌아가는 길이었다. 아이들은 나날이 느는 실력에 스스로 자랑스러워하며 자신의 무용담을 늘어놓기 시작했다. 다 같이 즐겼던 골프였지만 그렇게 엄마에게 형에게 동생에게 자랑하고 싶었던 거다. 그렇게 72번 도로를 타고 숙소로 되돌아가고 있었다. 아이들의 무용담이 끝나고 다 같이 흥얼흥얼 노래를 부르기 시작했다. 왼쪽으로는 장엄한 태평양 바다를 두고 나도 같이 노래를 따라 불렀다. 신나게 운전해서 구불구불 길을 지나고 있는데 갑자기 "펑!" 하는 소리와 함께 차가 흔들리는 걸 느꼈다. 아이들은 노래 부르고 신이 나서 못 느꼈지만 나는 분명 이상함을 감지했다. 이게 뭘까? 무슨 소리지? 머릿속이 복잡해졌다. 200, 300미터를 더 갔나? 이내 곧 계기판에 빨간 알림이 떴다. 의혹이 확신이 서면서 갓길에 차를 세웠다. 아이들은 갑자기 차를 세우는 나에게 이유를 물었다. 나도 당황스러워 대답하지 못하고 기다리는 말을 하며 차에서 내렸다. 차가 많이 달리는 도로는 아니었지만 해안 도로라 드라이브하는 차들은 꽤 있었기에 조심스러웠다. 차에서 내려 보니 보조석 뒷바퀴가 펑크가 난 것이다. 아예 타이어가 찢어져서 이미 한쪽으로 쑥 가라앉았다.

머릿속이 하얘졌다. 짜증이 나고 당혹스러웠다. 무섭고 막막했다.

제주도에서 운전할 때도 타이어가 펑크 난 적이 있었다. 처음 타이어 펑크가 났을 때는 인적이 드문 한적한 길이라 더 무서웠다. 난감하게도 도와줄 남편이 서울에 있었다. 이런 일이 처음이라 어찌할 바를 몰랐던 나는 남편에게 전화했고 남편이 당황하지 말라며 차분히 뒤처리를 해주었다. 곧 보험 회사에서 연락이 왔고 현장으로 오기까지 채 20분이 걸리지 않았다. 모든 차에 스페어타이어가 있다는 것을 그날 처음 알았다. 보험 회사 직원은 스페어타이어로 교체를 해주며 이 스페어타이어는 임시이기 때문에 그다음 날 꼭 새 타이어로 교체하라고 신신당부하며 떠났다. 이 과정이 채 1시간이 되지 않았다.

똑같은 일이 하와이의 72번, 이 아름다운 해안 도로에서 벌어졌다. 왜 타이어 펑크가 났는지 전혀 중요하지 않았다. 이미 벌어진 일이었고 도로에 무언가가 있었는데 내가 밟고 지나갔겠지. 왜가 중요한 것이 아니라 이 낯선 미국 땅에서 남편도 없는데 일이 벌어졌다는 거다. 하와이에서도 불편한 것 중 하나는 한국과의 통화 연결이 원활하지 않다는 것이다. 전화가 자꾸 끊어지고 늘어지고 인터넷도 느리고. 이 당혹스럽고 갑작스러운 사고를 빨리 남편에게 알려야 하는데 핸드폰 안테나 칸이 한 칸이다. 인터넷 창은 여전히 흰 화면에 화살표만 빙글빙글 돌았다. 마음이 다급했다. 내가 허둥지둥하며 인상 쓰고 차에서 내렸다, 탔다 전화기를 두드리며 한숨을 쉬고 있으니, 아이들도 궁금했을 터. 자초지종을 이야기하지 않으니 계속 무슨 일이냐고 물었다. 이 상황에 대한 해법이 없었던 나는 대충 타이어가 찢어졌다고 간단히 이야기했다. 아이들에게 별 도움이 되지 않는다고 생각했기에 그리 퉁명스럽게 말이 나왔다. 겨우 남편과 통화가 되었고 현장 사진을 찍어서 보냈다. 남편은 자신이 당장 갈 수 없는 하와이 구석진 어느 곳에 차를 세워놓고 망연자실로 있는 내게 괜찮다며 나를 다독였다. 지난 한국에서의 다독임과는 다르게 전혀 위안이 되지 않았다.

우리나라의 보험회사처럼 발 빠르지 않고 일 처리가 느린 나라가 바로 미국이다. 다행히 한인 렌터카를 통해 차를 한 달간 빌린 거라 의사소통은 문제없었다. 하지만 문제는 보험회사에서 사고 현장까지 오는 게 아니라는 것이다. 그래서 렌터카 사장님께서 직접 온다는 데 내가 있는 곳까지 1시간 30분은 걸릴 것 같다는 거다. 내가 워낙 구석 후미진 곳에 있었고, 퇴근 시간과 맞물려 차까지 막히는 상황이었다. 시간이 걸려도 와주실 수 있다는데 뭐가 걱정이겠나. 와 주실 수 있다는 그 말에 마음이 놓였다. 시간이 걸릴지언정 해결은 될 테니까. 도와줄 사람이 온다는 그 말 한마디가 이리 큰 힘이 될지 누가 알았겠나. 심호흡을 한 번 하고 그제야 아이들에게 차분히 설명했다. 타이어가 찢어졌다는 나의 한마디에 아이들은 종이도 아닌데 타이어가 어떻게 찢어질 수 있는지를 더 궁금해했다. 렌터카 사장님이 오실 때까지 기다려야 한다는 이야기에 다시 골프하러 돌아가자고 이야기하는 천방지축 아이들을 보며 헛웃음이 났다. 나에게는 심각했던 이 상황이 아이들에게는 전혀 심각한 일이 아니었다. 그러고 보니 주행 중에 타이어가 찢어져 큰 사고가 될 수 있었는데 다친 사람이 없으니 천만다행이었다. 게다가 우리는 여행 온 것이고 이곳은 하와이에서 내가 제일 좋아하는 72번 도로였다. 사장님이 오실 동안 차를 세워놓고 한없이 멋진 광경을 볼 수 있으니 더 좋은 일일 수도 있었다.

그러자 모든 것이 재미있는 상황이 되었다. 이 일이 먼 훗날, 아니 하와이 한 달 살기 해외 육아를 끝내고 돌아가서 두고두고 이야기 나눌 우리끼리의 추억이 될 것 같았다. 그렇다면 우리가 지금 할 일은 이 시간을 더 재미나게 보내면 되었다. 더 풍성한 이야기가 될 수 있도록. 아저씨가 오시기까지 1시간 30분이 남았다. 무조건 재미있게 보내기로 하고, 아이들과 말도 안 되는 끝말잇기를 하고 한 문장씩 이야기 짓기 놀이를 했다. SUV라 뒷좌석과 트렁크를 자유자재로 넘나들 수 있었다. 아이들은 트렁크로 넘어갔다가 자리로 돌아왔다가 뒤집어지고 자빠지고 차에서 이렇게까지 놀 수도 있구나 싶었다. 해가 지는 모습을 한자리에서 볼 수 있으니, 그것도 황홀한 경험이었다.

사장님이 헐레벌떡 오셨다. 1시간 30분이 채 걸리지 않았다. 우리가 걱정되어서 부리나케 오셨는데 그에 무색하게 우리는 깔깔거리고 놀고 있었던 거다. 우리가 겁에 질려 놀랐을 것으로 생각했던 사장님은 한창 차에서 놀고 있는 우리를 보고 조금 황당해하셨다. 사장님은 스페어타이어로 뚝딱뚝딱 교체를 해주셨다. 나에겐 그 사장님이 슈퍼 히어로 같았다. 우리의 구세주. 스페어타이어로 교체했지만, 우리가 걱정된 사장님은 선뜻 본인의 차를 내주셨다. 차 점검까지 마치고 연락해 주겠다는 멋진 슈퍼 히어로로 사장님은 멋지게 오셔서 우리의 문제를 해결해 주시고 더 멋지게 돌아가셨다.

다른 가족들과 친구들은 그 상황에서 얼마나 힘들었냐고, 그렇게 집 떠나면 고생이라고 다음부터는 가지 말라고 한마디씩 거들었다. 하지만 아이들과 나는 그 시간이 정말 재밌었다. 화장실 가고 싶다고 바둥거리던 막내, 참으라고 손잡아주던 큰 애, 막내를 더 웃겨서 진짜 실수할 뻔하게 만든 둘째 아이까지. 우리는 그 시간에 얼마나 웃었는지 모른다.

그때 또 한 번 느꼈다. 모든 것은 생각하기 나름이라는 것. 진정 내가 원하는 것, 내가 추구하는 것이 명확하고 그것에 문제가 없다면 다른 일들은 얼마든지 사소한 것들이 될 수 있다는 것.

문제는 항상 벌어진다. 다만 그 문제를 보는 관점에 따라 그 결과는 천지 차이이다. 타이어 펑크의 원인을 생각하느라 그 속에 갇혀 있고, 한국처럼 빠른 처리가 안 되는 것도, 인터넷이 느린 것도, 도와줄 이를 1시간 넘게 기다려야 한다는 이 모든 것들이 짜증 나고 화가 났을 수도 있었다. 더 나아가 한 달 살기를 후회했을 수도 있었지만, 우리는 그 선택을 하지 않았다. 군대의 무용담처럼 한 달 살기의 무용담으로 회상할 수 있게 우리의 미래를 생각했다. 덕분에 감사하게도 우리에겐 두고두고 할 우리만의 이야깃거리가 생겼다. 앞으로 아이들도 많은 문제들을 맞닥뜨리며 해결하고 살아갈 것이다. 그럴 때 아이들이 순간의 기분에 갇히지 않고, 미래를 내다보고 자기 삶에 좀 더 재미있고 신나는 것을 선택하며 살아가길 바란다. 끔찍할 뻔했던 해안 도로의 일을 떠올리며.

제4장

매년 같은 해외 육아는 없었다

1.

온갖 짐을 다 싸 들고

미국으로 2주간 신혼여행을 다녀왔었다. 그 여행이 나의 마지막 장기 여행이었다. 신혼여행 이후 오랜만에 가는 장기 여행, 한 달 살기를 가려니 짐은 어떻게 쌀지, 무엇을 얼마나 챙겨야 할지 감이 오지 않는다. 8개월 아가의 짐부터 4살, 6살이 된 아이들의 짐, 게다가 나의 물건까지 말이다. 하루는 집을 통째로 들고 가야 하나 싶을 정도로 막막했다가 필요하면 거기서 사자는 마음이 들었다가 오락가락하는 사이에 벌써 시간은 성큼 지나갔다.

일단 첫째, 둘째, 셋째 아이의 필요한 짐을 종이에 써 내려갔다. 그 옆 칸에 내 여행 짐도 빼놓지 않았다. 분명한 것은 준비물을 적는 것만으로도 곧 여행을 떠나는 것처럼 신났다.

하지만 손으로 써 내려가면서도 어디부터 얼마나 챙겨야 할지 감이 오지 않는 건 매한가지다. 예를 들면 막내의 필수품인 기저귀를 들고 가는 것도 얼마나 들고 가야 할지 난감했다. 하와이 현지에도 기저귀는 구할 수 있겠지만 막내가 쓰고 있는 기저귀는 없을 가능성이 컸다. 쓰던 게 좋고 편하긴 하겠지만 그렇다고 한 달 치 기저귀를 한국에서 들고 갈 수도 없는 노릇이었다. 기저귀는 타협을 본다고 치고 그다음은 분유가 걸린다. 분유를 바꾸는 것은 셋째가 힘들 수 있을 거라는 생각에 여행 기간 먹을 분유를 들고 가는 걸로 했다. 이런 식으로 하나하나 따져보고 타협할 수 있는 건 타협하며 짐을 싸기 시작했다. 막내는 한창 이유식 중이었다. 이유식용 전기밥솥과 이유식 마스터기는 도저히 양보할 수 없었다. 시간도 절약할 수 있고 나의 손목도 보호할 수 있는 귀중한 도구인데 이거 없이 한 달 동안 이유식을 만들 자신이 없었다. 물론 하와이에도 이유식을 하는 아이들은 분명히 있을 것이기에 사 먹일까도 생각했지만 만약에 내가 원하는, 아이가 먹을 수 있는 시판 이유식이 없으면 낭패라고 생각했다. 그래서 며칠을 고민한 끝에 이유식 마스터기를 챙겨가자고 마음을 먹었다. 이런 식으로 준비물 목록에 썼다가 지웠다가 고민 같지 않은 고민을 수없이 했었다. 그 밖에도 보행기, 유모차, 식탁 의자를 눈앞에 두고 고민했다. 그래도 젖병 소독기는 뺐다. 열탕 소독하면 된다며 소독용 집게만 챙기기로 했으니 말이다. 벌써 우리 막내의 짐으로 여행용 가방이 그득 찬다.

하와이로 떠나기 일주일 전 방 한편에 여행용 가방을 열어두고 생각날 때마다 필요한 것들을 던져두기 시작했다. 이것저것 따지고 고민한 끝에 던져 놓은 준비물들이었건만 우리 아이들은 알 턱이 없다.

왜 자기들 물건이 커다란 가방 속에 있는지 모르는 첫째와 둘째는 여행용 가방에 있는 것들을 다시 제자리에 가져다 놓기 일쑤였다. 그러고는 자기들이 가방 안에 들어가서 놀고 있고, 기어다니는 막내는 형아가 가방에서 놀고 있으니 거기서 같이 놀고 있다. 이대로는 하와이로 가져갈 물건들을 제대로 챙길 수가 없었다. 마음은 급하고 무언가 하나 놓치고 갈세라 불안한데 아이들은 내 마음을 알 리 없었다.

빠짐없이 챙겼는지, 더 필요한 건 없는지 가방을 열었다 닫았다 수없이 했었다. 이제 그만 생각하자고 해도, 이렇게 준비했는데도 빠트린 게 있으면 현지에서 사자고 마음을 먹어도 다시 슬쩍 가방 문을 열고 무언가를 쑤셔 넣었다. 혼자만 떠나는 여행이라면 이렇게까지 유난을 떨지 않았을 텐데 떠나는 날이 다가오자 불안하기까지 했다. 나 혼자 잘할 수 있을까 하는 초조함으로 자꾸 여행 가방을 의심했다. 사실 잘하려고 하와이를 가는 게 아니었는데도 말이다. 더 들어갈 곳도 없이 터질 것 같은 가방을 보며 여행 가방 하나를 더 들고 가고 싶었다. 이 짐 그대로 다시 들고 와야 할 텐데 혼자 괜찮겠냐는 남편의 한마디에 정신이 퍼뜩 들었다. 하와이로 갈 때는 남편이 동행해 주지만, 돌아올 때는 나 혼자 이 많은 짐을 챙겨서 와야 했다. 그제야 가방으로 가던 의심의 눈초리를 거두었다.

터질 것 같은 여행용 가방을 끌고 드디어 공항으로 출발했다. 정말 이 많은 짐들이 필요한 거냐고 남편이 고개를 절레절레 흔든다.

그렇게 온갖 짐을 다 싸 들고 떠난 첫 하와이 한 달 살기, 해외 육아였다.

지금 돌이켜보건대 과연 그게 다 필요했냐? 두 번째 하와이 한 달 살기 준비물에 대한 답으로 하고 싶다. 두 번째 해외 육아를 떠날 때는 내 짐은 다 뺐다. 가장 먼저 나의 샤랄라 원피스, 챙이 넓은 모자, 여러 신발, 고데기 말이다. 한국에서보다 더 육아와 살림에 매진해야 하는 해외 육아인지 꿈에도 몰랐다. 대신 하와이에서 사용할 자외선 차단제만 두 배로 챙겼다. 나의 화장은 그거면 끝이었으니까! 그리고 필요하다면 현지 쇼핑몰에서 옷 한두 벌 사도 충분했다. 내가 한국에서 가져간 원피스는 너무나 관광객 같아서 입고 싶지 않았다. 현지에 전혀 녹아들지 않은 장기 여행객은 싫었으니까. 첫 하와이 해외 육아에는 이유식 도구, 기저귀, 분유와 같이 막내의 짐이 한가득하였다. 이유식용 전기밥솥과 마스터기까지 챙겨가서 아주 유용하게 사용했다. 첫해에 이유식 하는 게 정말 힘들어서 하와이 현지 시판 이유식을 사봤는데, 거짓말 안 하고 한 입 먹고 다 버렸다. 난생처음 먹어보는 맛을 우리 막내는 먹을 리 없었다. 당연히 거부했다. 한입 먹어 보더니 아무리 내가 꼬셔봐도 두 번은 먹지 않았다. 내 입맛에도 맞지 않았으니 단념하고 열심히 이유식을 만들어 댔었다. 하지만 두 번째 해외 육아에서는 막내가 이유식을 졸업했었기 때문에 짐이 확 줄었다. 그래도 만 두 돌이 안 된 막내라 기저귀는 챙겨야 했지만 두 번째쯤 되니 마음의 여유가 생겼다. 하와이에 어떤 종류의 기저귀를 파는지 알게 되었으니까 말이다.

해를 거듭할수록 우리의 짐은 가벼워지고 있다. 한국에서 늘 쓰던 나의 화장품, 옷. 아이들의 장난감과 책을 두고 간다. 왜냐하면 하와이든 어바인이든 그런 해외 육아에서 나는 한국과 똑같이 살기 위해 떠나는 것이 아님을 알게 되었다. 한국과 다른 환경에 우리를 놓음으로써 서로 많이 의지하고 새로운 면을 보게 되는 낯선 즐거움을 위해, 서로를 더 잘 알기 위해 떠나는 것이다.

그 어떤 어렵고 힘든 상황이 오더라도 아이들만 잃어버리지 않으면 된다는 마음으로 굳건히 했다. 역시 경험보다 더 중요하고 더 필요한 준비물은 없었다.

2.

아이들은 기억 못 해?

　엄마가 되고 나서부터는 온통 모든 일의 중심은 아이들이다. 아이들이 편한지 유익한지 아이들이 다니기에 괜찮은지 아이들, 아이들, 아이들. 누가 들으면 내가 엄청 아이들 위주로, 모성애가 철철 넘치고 희생하며 세상에 둘도 없는 엄마라고 생각할지 모르겠지만 이 모든 것은 나를 위해서이다. 아이들이 다니기에 편해야 나에게 돌아오는 칭얼거림이 덜하다. 아이들이 뛰어다니고 안전한 곳이어야 내가 아이들을 쫓아다니며 신경 곤두설 일이 없다. 아이들이 다치면 그때부터는 모든 게 나의 일이니까. 병원에 가고 약 먹고 다친 부위를 부여잡고 슬픈 표정을 지으며 안타까워해 줘야 한다. 아이들이 먹기 편하고 잘 먹어야 나도 밥을 먹을 수 있다. 거의 모든 일은 나 편해지자고 아이들 위주로 생각하는 거다. 온통 아이들 위주로 하다 보니 순간순간 한심할 때가 있다. 모든 일은 나의 의사와 상관없이 아이들 취향만 고려되니 서글프기도 했다. 하지만 조금 더 생각해 보니 이 모든 것들은 육아를 편하게 하기 위함이었다. 육아가 쉽고 편할수록 내가 덜 움직이고 쉴 수 있고 육아가 재미있으니까.

기어다니는 생후 8개월 된 아이를 데리고 해외에서 한 달 이상을 지내는 것은 강도 높은 육아였다. 막내 아이는 그때 당시만 해도 통잠을 자지 않았다. 자다가 항상 새벽에 일어나 우유를 먹겠다고 아우성쳤기에 나는 늘 졸렸다. 평소라면 유치원을 갔을 두 형아들도 하와이에서는 온종일 나와 함께 있었다. 24시간 함께하는 세 아이의 육아는 나를 더 구석으로 몰고 갔었다. 하루에 수만 번씩 나를 부르는 세 아이의 목소리가 고요한 밤이 되어도 귀에서 맴돌았다. 누구 하나 도와줄 수 있는 사람도 없었고, 모든 것을 나 혼자 해야 한다는 사실에 긴장감까지 더해져서 몸도 마음도 너덜너덜해졌다.

어린아이들을 데리고 하와이로 떠날만한 가치가 있냐? 뭐 하러 그렇게 힘들게 가냐? 아이들이 어려서 기억도 못 한다며 말끝을 흐리는 사람들도 분명히 있었다. 내가 떠나고 싶었기에, 첫해는 그렇게 힘들 줄 모르고 떠났다. 무리가 있었지만, 진행을 한 여행이었다. 여행지에서 상상과 다른 현실에 호되게 당하고 남편 없이 세 아이의 육아를 했다. 진정한 독박 육아를 경험하면서 정말 땅을 치고 후회를 했다. 다시는 이런 여행 안 간다고.

그런데 결론적으로 말하면 나는 매년 이런 극한 체험을 자진해서 준비하고 또 후회하고 준비하고 또 후회하고 이러기를 8년째다. 그리고 나는 9

년째를 준비하고 있다.

아이들이 기억을 못 하지 않느냐고 묻는다면, 그럴지도 모르겠다. 첫 여행은 우리 막내가 8개월 때였으니까. 그리고 첫째 아이, 둘째 아이가 고작 6살, 4살이었으니까 말이다. 하지만 요즘 시대는 참 감사하게도 쉽게 사진과 영상을 남길 수 있다. 사진이 이야기해 주고 영상이 그 분위기를 다시 상기시켜 주니까 그 당시 나의 고군분투가 그나마 덜 억울하다.

매년 여행을 다녀오면 사진을 책으로 만들어 둔다. 그리고 이 사진첩을 아이들이 보는 책장 한편에 차곡차곡 놓아둔다. 기억도 나지 않을 8개월 짜리 아가는 어느 무렵인가부터 그 사진첩을 들여다보고 있었다. 그리고 세 아이가 올망졸망 모여 앉아 그 사진들을 넘겨본다. 사진첩을 넘기며 첫째 아이가 이야기해 주고 둘째가 묻고 셋째가 듣는다. 이렇게 셋이 모여 앉아 이야기를 나누고 있는 그 모습에 나는 또 빙그레 웃는다.

아이들은 기억을 못 할지도 모른다. 자신들이 얼마나 어렸는지조차 사진을 통해 보고, 서로 아기라고 하고 있으니 말이다. 그러나 그 따스했지만 치열했던 느낌은 있지 않을까? 구체적으로 정확하게 기억하지 못할지 모르지만, 마냥 그때 참 좋았었다는 기억과 느낌은 갖고 있을 것이다. 24시간 격렬하게 붙어있었던 우리의 그 시간과 살부빔은 동물적 감각으로 우리의 피부 속에 분명히 있을 것이다. 잠도 제대로 못 자고, 쉬지도 못했고, 도망갈 곳도 없는 그곳에서 나는 힘들었지만, 세 아이를 온전히 껴안고 울기도 했고 웃기도 했고 몸서리치게 행복했음을 기억하고 있으니까 말이다.

힘들어 미칠 것 같은 해외 육아는 여행 경비만 해도 어마어마했다. 비싼 해외 한 달 살기이지만 아이들은 기억하지 못해도 좋았다. 그 값비쌌지만, 절대 편하지 않았던 해외 육아는 분명 날 위함이 더 컸다. 나는 육아가 힘들기만 했고, 매일 똑같은 날들을 보내며 아이들이 크는지 마는지 알 수조차 없었다. 그래서 더 답답했던 육아였다. 앞이 보이지 않았던 시절에 떠났던 해외 육아. 온전히 육아만 해야 하는 상황 속에서 어쩔 수 없이 육아를 치열하게 했다. 그 치열함으로 오히려 아이들과 더 친해지게 되었다. 아이와 적당한 거리를 유지하는 법을 몸소 익혔고, 그렇게 아이와 잘 지내는 법을 알게 되었다. 그래서 해외 육아를 할 때마다 엄마로서의 자존감이 조금씩 올라갔다고나 할까? 아이들은 아이들이고, 나는 나라고 구분 짓는 것이 아니라, 서로 주거니 받거니 되는 것임을 그제야 알게 된 것이다. 더 이상 육아가 싫어 도망가고 싶은 것이 아니었고, 아이들이 더 예뻐졌고, 나는 엄마로서 더 잘하고 싶다고 생각하게 되었다. 그것만으로도 충분하지 않은가?

언젠가 아이들이 훌쩍 커서 내 손을 놓고 담담히 앞으로 걸어 나갈 그때가 올 것이다. 그때 아이들이 나아가는 길을 분명 응원할 거다. 세상 속으로 더 깊숙이 걸어가는 아이들을 응원하다가도 내 품에 안겨 있던 그때 그 시절의 아이들을 그리워하며 사진첩을 들춰보게 될 때가 올 것이다. 그 먼 훗날 나를 위한 해외 육아라고 생각한다. 육아에 진하게 푹 빠져있던 그 시간은 나에게 행복한 기억이 되어 있을 것이 분명했다.

첫 하와이 해외 육아의 그 힘듦을 생각하면 아직도 오싹오싹한다. 뭣 모르고 떠나지 않았으면 절대 진행되지 않았을 나의 해외 육아였다. 모든 순간이 마냥 행복하고 즐겁기만 한 여행은 절대 아니었지만, 돌아오고 나니 무식하게 용감했던 해외 육아는 상상할 수 없을 정도로 감사한 일이 되었다.

세 아이가 우리의 하와이 여행과 어바인 여행을 기억하지 못해도 좋다. 내가 모두 다 기억하고 느끼고 있으니 말이다.

3.

두 번째는 적응이 빠르다

다시는 안 간다고, 애들이랑 나만 그렇게 가지는 않겠다고 다짐한 것이 무색하게 1년 만에 하와이로 다시 떠났다. 그 고생을 하고 또 하와이에 갈 생각을 한다는 것이 속으로 미쳤다고 했지만, 막내가 두 돌이 다 되었으니, 작년보다 낫겠거니 하며 막연한 희망을 품고서. 막내가 만 2세가 안 되어서 항공권도 저렴하다는 핑계를 대며 짐을 싼다. 첫해는 뭣도 모르고 하와이로 떠난다는 생각에 신나서 짐을 싸고 하와이 여행 관련 책도 보고 인터넷도 뒤지며 가볼 만한데, 가고 싶은 곳을 찾아봤다면 두 번째를 준비할 때는 두려움 반 설렘 반이었다. 아이들이 작년보다는 조금 더 컸고, 할 수 있는 것도 늘고 말귀도 잘 알아들을 테니 더 편할 것 같았다. 작년에 숙소에서 그리 밥만 해댔으니, 올해는 사 먹기도 하고 좀 쉬엄쉬엄하면서 쉬겠다며 바람인지 다짐인지 모를 말들을 중얼거리며 짐을 꾸역꾸역 쌌다. 작년보다는 아니지만 여전히 세 아이의 짐으로 그득한 여행 가방을 보며 구석구석을 채워갔다. 한 번의 경험도 경험이라 작년에 현지에서 유용하게 썼던 물품은 챙겼고, 필요 없었던 것들은 과감히 빼며 효율적으로 짐을 꾸렸다. 하지만 장기로 머물 것이라 빼는 것보다 가져가는 것도 만만치가 않다. 바로바로 배송되고 배달도 되고 없는 것 빼고 다 있는 한국에 비해 하와이는 비교할 수 없는 불편함이 있다. 하와이에서 지내다 보면 아쉬운 것들이 한두 개가 아니다. 작년의 기억이 희미해 곰곰이 앉아 하나씩 적어보면 생각이 나려나 싶었으나 세 아이를 돌보며 짐을 싸니 정신이 없는 건 매한가지다. 지난해는 일주일 전에 가방을 펴놓았지만, 이번에는 한 달 전부터 방 한구석에 여행 가방을 펼쳐놓고 생각날 때 하나씩 던져 놓았다. 작년처럼 아이들이 오고 가며 본인들 물건을 빼서 들고 갔다. 아이들이 옆에서 놀고 있으니 제대로 짐을 싸는 건 여전히 쉽지 않다. 내가 넣으면 아이들이 빼가고 내가 다시 넣으면 아이들이 빼가고를 이렇게 한 달여간 하면 하와이에서 지낼 짐이 거의 다 싸진다. 더군다나 올해는 두 달 조금 넘는다. 두 달여간 하와이에서 지낼 생각 하니 헉 소리가 나지만 그래도 살짝 기대된다. 10주간 지내면 조금이라도 하와이 사람이 될까 해서 말이다. 작년 한 달 살기는 모든 사람이 천국이라고 할 만큼 하와이가 아름다운지 충분히 경험하지는 못했다. 하지만 아무 계획 없이, 아무 방해 없이 아이들에게만 집중할 수 있는 시간이 나쁘지 않았다. 아니, 나에게는 그 시간이 꼭 필요했다. 몸은 고된 시간이었을지언정 말이다.

두 번째 하와이 해외 육아는 숙소에 대한 고민도, 차 대여에 관한 것도, 아이들과 시간을 보낼 것도 다 쉽게 쉽게 결정이 된다. 아무래도 작년에 대한 경험이 있어 더 수월하게 가지치기가 된 것이다. 첫해는 가보지 않았던 곳이기에 그저 인터넷 정보와 내 감만으로 결정해야 해서 계속 갈팡질팡했었다. 이게 더 괜찮아 보이고 저것이 더 좋은 선택 같아 보였기 때문이다. 하지만 첫해의 경험으로 내가 할 수 있는 것과 아이들에게 좋은 것을 거를 수 있었다.

대신 그토록 힘들었던 식사 준비에 대해 단단히 각오하고 떠난다. 부실한 현지 식재료 조달(?)에 대해 한국에서도 어느 정도 준비를 했다. 특히 멸치가 아주 아쉬웠다. 아이들은 아주 작은 크기의 멸치볶음을 좋아하는데 하와이에서는 구하기 힘들었다. 멸치를 팔지만 작은 오징어, 새우들도 많이 섞여 있었고 아이들이 원하는 크기의 멸치가 없었다. 그래서 한국에서 멸치 네 봉지를 사 갔다. 하와이에 있으면서 아이들이 먹을 만한 이런 밑반찬들을 구하기 힘들어서 애를 먹었기에 한국에서부터 가져갔다. 또 국을 끓이고 찌개를 끓일 때 아쉬운 게 육수였다. 육수를 위한 재료를 바리바리 싸 들고 가기는 어려워서 한국에서 코인 육수를 가지고 갔다. 한결 식사 준비 시간이 간편해지면서 맛도 좋았다. 첫해는 아무것도 모르고 필요할 것으로 보이는 모든 것을 들고 갔다면, 두 번째 해외 육아의 짐은 꼭 필요한 것들을 챙겼다. 이것만으로도 우리 가족의 장기 여행의 루틴이 생겼다고나 할까?

작년의 해외 육아는 예상과 달리 아주 힘들었으나 다녀와서 꼭 필요한 시간이었다는 생각이 들었고, 그래서 두 번째 한 달 살기는 한 달을 더 지내보기로 했다. 한결 편안해진 하와이 준비를 했으나 설렘만큼은 작년과 똑같이, 아니 더 많은 설렘을 안고 하와이에 도착했다. 한 번 경험했으나 그래도 1년 만이니 기억이 날까, 생각했지만 비행기에서 착륙하고 입국심사 하는 곳까지 걸어가는 그 길을 한 발 내딛는 순간 거짓말처럼 다 떠올랐다. 하와이 특유의 냄새와 우쿨렐레 반주 음악까지. 역시 이곳은 하와이라는 말이 절로 나왔다. 이제는 하얀 구름이 잔뜩 있는 파란 하늘이 익숙하고 작년 하와이를 다녀온 이후 우쿨렐레가 좋아져 하와이 생각을 할 때면 들었던 음악들, 그리고 지나가다가 눈만 마주치면 미소 지어주던 사람들까지 친숙했다. 아이들조차도 발걸음이 가볍다.

첫해는 코올리나 지역에 있어 좋은 점도 있었고 불편한 점도 있었기에 두 번째 우리의 숙소는 와이키키 쪽과 하와이의 동쪽에 해당하는 하와이 카이 지역에 머물렀다. 두 번째 하와이라 익숙한 듯했지만 새로운 숙소라 여전히 긴장되었다. 또 하와이 카이 지역은 관광지라기보다 현지 사람들이 많이 사는 곳으로 하와이에 한 발 더 깊숙이 들어간 것이다.

하와이 카이에서 우리는 아파트에 머물렀다. 그러다 보니 현지 아이들이 학교에 다니고, 그곳의 부모들은 어떻게 지내며 하교 후의 일상도 관찰할 수 있었다. 가까이에서 그들의 일상을 자세히 볼 수 있는 귀한 시간이었다. 우리네와 크게 다르지 않지만 새로운 건 왜였을까? 이른 등교로 아침을 일찍 시작하고 학원 문화가 없는 이곳이기에 조금 더 여유롭게 느껴진 걸까? 빨리해야 할 것도, 할 이유도 없는 이곳에서 나도 아이들에게 재촉하는 것이 없었다. 그저 아이들을 기다려주기만 하면 되는 것이었다.

온몸에 들어간 힘을 빼러 온 거다. 그저 아이들과 선선하지만, 이글이글한 이 날씨의 하늘을 보려고 온 것이었다. 깜빡 잊고 있던 사실을 두 번째에는 좀 더 빨리 깨닫게 되었다. 그렇게 두 번째 해외 육아는 조금 더 빨리 하늘을 바라보고, 바다를 보며 감탄했다.

하와이는 변함없이 똑같았고, 대신 우리 아이들이 조금 더 컸을 뿐이었다. 빠르게 달려오느라 옆도 뒤도 돌아보지 않고 달려왔었다. 두 번째 하와이 해외 육아는 한국에서의 모든 시간을 멈추고, 모든 관계를 접어두고 아이들이 어떻게 컸는지 찬찬히 지켜보는 시간이었다. 더불어 나도 내 마음을 챙기기에 딱 좋은 시간이었다. 한국에서처럼 여전히 밥을 하고 아이들을 돌보는 일상이지만, 온전히 육아에 집중하면서 그러기에 두 달은 너무나 충분한 시간이었다.

4.

죽었다 깨어나도 이건 적응이 안 된다고!

친정 아빠는 텃밭을 가꾸고 과일나무 가꾸는 것을 좋아하셨다. 어렸을 때 집에 잔디밭과 텃밭도 있고 계절별로 과일이 열리는 그런 너른 주택에 살았었다. 때때마다 포도가 열리고 감이 열리고 딸기도 키우는 그런 재미가 기억난다. 풍성한 수확을 할 만큼은 아니었지만, 어린 마음에 신기하기도 하고 재밌기도 했다. 문제는 엄마였다. 벌레를 무서워하는, 그냥 무서워하는 정도가 아니라 소리를 지르고 벌레를 절대 잡지 못하는 엄마였다. 주택에 살고 과일나무와 텃밭이 있는데 어떻게 벌레가 없겠나. 하루는 집에 바퀴벌레가 나타났다. 친정엄마는 깜짝 놀라 외마디 소리를 질렀다. 비명에 바퀴벌레가 더 놀랄 정도로 소리쳤다. 더 슬픈 소식은 친정 아빠가 없을 때 바퀴벌레가 출현한 것이다. 평소에도 엄마는 아빠가 없으면 아무것도 못 한다고 입버릇처럼 말씀하셨는데 이럴 때 바퀴벌레가 나올 줄이야. 기억으로는 그때가 내가 4살? 5살 정도였던 것 같은데 엄마는 나보고 잡으라고 할 정도였으니 어지간히도 벌레를 무서워하셨다.

그래서 우리는 바퀴벌레가 나온 그 방의 문을 걸어 잠그고 친정 아빠가 올 때까지 그 방에 들어가지 않았던 기억이 있다. 바퀴벌레는 그 방에 그대로 있지 않았겠지만, 친정엄마와 나는 그것 말고는 할 도리가 없었다. 지금 생각해도 엄마나 나나 정말 웃긴 일이었다. 아직도 그 이야기를 하면 친정엄마는 여전히 손사래를 치신다. 그때로 돌아간다 한들 여전히 방문을 걸어 잠그고 우리는 아빠를 기다릴 것이다. 그런데 내가 엄마랑 똑같다. 나는 작은 벌레 하나조차 잡지 못한다. 잘 때 모기가 있으면 잡는 게 아니라, 모기가 무서워 이불을 머리끝까지 덮고 자는 나였다. 아이들을 낳고 엄마가 되었어도 모기를 잡아 달라며 남편을 부른다. 그나마 요즘이야 집에서 바퀴벌레를 볼 일이 없으니 천만다행인 것이다.

그런데 하와이에서 바퀴벌레를 만날 줄은 꿈에도 몰랐다. 개미만한 벌레에도 소리소리 지르고 도망 다니고 남편을 찾는 내가 하와이에서 바퀴벌레를 마주했다. 글을 쓰는 지금도 소름이 돋고 징그러웠던 그 자태가 생생하게 떠오른다. 으.

첫해에 하와이 도착해서 바닷가로 산책하러 나가는 길이었다. 해가 뉘엇뉘엇 지면서 오렌지 빛 하늘로 물들어가는 그 장면이 '이곳이 파라다이스인가?' 하는 마음이 절로 들었다. 특히 코올리나 지역은 석양이 아름다운 지역이라 저녁 산책이 매일의 루틴이었다. 어둑어둑해지는 잔디밭을 지나 바닷가를 걷는데 저 멀리 뭔가가 땅에 있다. 돌멩이는 아니다. 움직이고 있었으니까. 30여 년을 살아온 느낌상 그건 벌레였다. 그런데 벌레라고 하기엔 크다. 작은 벌새인가 생각했는데 경험상, 느낌상 벌레라는 확신이 들면서 앞으로 나아가지 못하고 주저주저하고 있었다. 가까이 가지도 못하고 주저하는데 우리 아이가 다가가길래 소리를 지르며 아이를 제지했다. 그건 바.퀴.벌.레였다. 아니, 그래 보였다. 내가 알고 있는 그 형태의 바퀴벌레였다. 그 순간 갑자기 푸드덕하면서 날아가는 정체를 알 수 없는 벌레. 소리도 지르지 못하고 어안이 벙벙했다. 바퀴벌레가 난다고? 내가 알고 있는 바퀴벌레가 아닌가 싶어 인터넷 검색을 했더니 하와이 바퀴벌레는 날아다닌단다. 소름 돋는다. 땅을 보고 다닐 게 아니라 이젠 허공도 조심하며 다녀야 하나? 해변에서 마주한 하와이 바퀴벌레는 크기도 남달랐다. 거짓말 조금 보태서 내 손바닥만 하다. 그 뒤로 바로 마트에 가서 바퀴벌레 잡는 약을 여러 개 샀다. 그리고 각 방에 비치해 두고 벌벌 떨며 살았다. '제발 나타나지 마라!'라고 기도하면서 말이다.

첫해의 산책길에서 만난 바퀴벌레 말고는 다행히 우리가 지내는 동안은 만난 적이 없었다. 비록 바퀴벌레 약을 개시하지 못한 채 다 두고 왔지만 얼마나 다행인지. 그 약을 한 번도 안 썼다는 것이 말이다.

매년 하와이에 도착해서 정착 쇼핑을 한다. 마트에서 장을 볼 때 부엌 용품과 식품들을 주로 사는데 꼭 바퀴벌레 약은 산다. 언제 어디서 나올지 모르는 바퀴벌레. 남편 없이 지내는 동안 나타나지 않기를 간절히 비는 심정으로 말이다.

작년 하와이에서의 일이다. 하와이에 막 도착한 우리 가족, 남편과 아이들 그리고 나는 빌린 차를 가지고 드라이브 겸 마트에 장을 보러 가는 길이었다. 남편이 내 좌석 위 천정에 벌레가 있다며 물티슈를 가지고 쓱 잡았다. 그리고 마트에 가서 으레 사는 바퀴벌레 약을 샀더랬다. 다음 날 바다에 가는 길에 이번엔 자기 자리에서 벌레가 있다며 또 잡는 게 아닌가. 순간 불길한 생각이 들었다. 남편에게 무슨 벌레냐 물었더니, 그제야 바퀴벌레라고 하는 게 아닌가. 올 것이 왔다. 이틀 연속 차에 바퀴벌레라니. 이 차를 앞으로 한 달 넘게 써야 하는데 애써 모르는 척하고 싶었다. 남편이 두 마리나 잡았으니 이제 나타나지 않으리라는 바람을 담고 나지막이 말했다.

여기에 있다 보면 하와이 현지 아이들은 바퀴벌레를 애완동물이라며 가지고 논다. 정말 가지고 논다. 손에 올리고 어깨에 올리고 물에 빠트리기도 하고 그렇게 논다. 우리 아이들도 처음엔 기겁했지만, 그냥 그런가 보다 하고 지나갈 정도로 현지 아이들은 익숙하게 바퀴벌레를 대했다. 우리 아이들은 그렇게 바퀴벌레를 가지고 놀지 않았지만, 처음보다는 좀 적응이 된 모양이다. 하지만 나는 그 이야기를 듣고 기겁했다. 더러운 바퀴벌레를 손에 올리고 가끔 얼굴에도 둔다는 이야기에 문화적 충격이지만 뭐 어쩌겠나. 내 얼굴에 올리는 것도 아니니 징그러워하고 끝날 일이었다.

벌레가 끔찍이도 싫은 나는 벌레 걱정 없이 살고 싶지만 뭐 내 맘대로 되는 일은 아니었다. 한국에서는 거의 본 적도 없는 바퀴벌레를 이 천국 하와이에서 날아다니는, 애완동물 취급받는 바퀴벌레를 만날 줄 정말 꿈에도 몰랐던 일이다.

남편은 우리의 정착을 도와주며 짧은 휴가를 즐기고 다시 한국으로 돌아갔고, 우리 넷은 남아서 천국을 체험하고 있었다. 한동안 바퀴벌레의 출현을 잊고 다시 룰라랄라 잘 지내고 있었다. 그날도 여느 때와 마찬가지로 아이들과 장난치며 노래 부르며 골프 연습하러 가는 길이었다. 신호 대기 중에 서 있는데 뒷자리에 앉은 첫째 아이가 소리를 질렀다. "엄마 머리 위에 바퀴벌레!" 그 외침을 듣고 위를 쳐다봤는데 새끼손톱 크기의 갈색 바퀴벌레가 차 천정을 기어가고 있었다. 내 머리에서 오른쪽으로 불과 10cm 정도 떨어진 차 천정에 말이다. 비명을 지르며 나는 내 무릎에 있던 카디건을 뒤집어썼다. 내 비명과는 상관없이 유유히 보조석으로 바퀴벌레는 기어갔다. 나는 오만가지 생각이 들었다. 도저히 내가 저 바퀴벌레를 잡을 자신은 없고 첫째 아이 이름을 애타게 불렀다. 마치 남편을 부르듯 말이다. 엄마의 호들갑에 우리 첫째 아이는 자기도 무섭지만, 우리 넷 중 이 바퀴벌레를 잡을 사람은 자기밖에 없음을 감지했나 보다. 물티슈로 벌벌 떨며 바퀴벌레를 잡았다. 그래도 벌레가 꽤 커서 본인도 뭘 어쩌지는 못하고 창밖으로 휙 던져버렸다. 나는 그 와중에 창밖으로 쓰레기 버리면 안 된다는 생각이 든 걸 보면 정신을 놓진 않았나 보다. 뭐 어찌 되었든 운전하는 도중이었으면 정말 사고 날 뻔했다. 신호 대기 중이라 천만다행이었다. 그 짧은 시간에 온몸에 소름이 돋고 땀을 뻘뻘 흘렸다. 나는 골프장 가는 길을 돌려 바퀴벌레 약을 사기 위해 곧장 마트로 달려갔다. 이번엔 뿌리는 거 말고 비치해 두는 바퀴벌레 약으로 말이다. 20개쯤 사서 앞좌석 뒷좌석 트렁크 구석구석에 뒀다. 차에서 벌써 세 번째 나온 바퀴벌레는 분명 또 나올 가능성이 있다고 생각했다.

다행히 이 이후로 바퀴벌레는 본 적 없으니, 약이 효과를 발휘했는지 모르겠다. 이 약을 먹은 바퀴벌레가 차에서 사체로 발견된 적도 없긴 한데 아직도 그 생각을 하면 정말 소름이 돋는다.

10년, 20년을 하와이에 살아도 날아다니는 바퀴벌레는 적응이 안 될 것 같다.

5.

하와이가 아니어도 되는 거였어?

우리가 여러 차례 하와이를 다니면서, 자주 다녔던 곳이 몇 군데 있다. 매년 다녔으니 웬만한 곳은 다 다녀봤고 그다음 해에는 가지치기하며 다녔다. 하와이가 관광지이다 보니, 가볼 곳은 많았지만, 두 번은 가지 않아도 될 그런 곳들도 꽤 있었기 때문이다. 그리고 하와이 여행을 간다고 하면 아이들이 꼭 가야 한다고 벼르는 곳이 있다. 각자 취향에 따라 달랐지만 셋 다 공통으로 말하는 곳이 있었다.

바로 'JUNGLE FUN'이라는 곳이다. 한마디로 오락실인데 난 여기만 가면 정신이 쏙 빠진다. 휘황찬란한 소리와 조명들로 머리가 아프다. 돈을 기계에 직접 넣는 것이 아니고, 세 장의 카드에 돈을 충전해서 세 아이에게 나누어준다. 그럼, 아이들이 그 카드를 쥐고 돈이 다 떨어질 때까지 여러 오락기를 다니며 오락하는 거다. 어떤 오락기는 동전이 무더기로 나오기도 한다. 그 동전이 짤랑짤랑 떨어지는 소리에 흥분한 아이들이 환호성까지 지르니 이거 이렇게 둬도 되나 싶을 정도로 좋아한다. 또 그 카드로 농구도 하고, 볼링도 치고, 망치로 두드리는 게임도 있고 아주 다양하다. 아이들이 매번 도전하는 인형 뽑기도 있으니, 이곳은 아이들에게 천국 같은 곳이었다.

게다가 게임을 하며 포인트들을 쌓을 수가 있는데 포인트 점수별로 장난감을 고를 수도 있다. 물론 포인트를 많이 모을수록 크고 보암직한 장난감을 획득할 수 있었다. 오락실에 쓰는 돈으로 저것보다 훨씬 더 좋은 장난감을 살 수 있을 것 같다는 생각을 하기도 한다. 무조건 기차나 공구 놀이같이 큰 걸 고르며 포인트를 열심히 적립하자며 의지를 다지는 세 아이들이었다. 근데 아이들이 찜해놓은 저 큰 장난감은 절대 한국으로 들고 갈 수 없다는 생각부터 드는 거 보면 아이들과 큰 괴리를 느낀다. 한번 여길 오면 몇백 달러를 우습게 쓰니 자주 올 수 있는 곳도 아니다. 하지만 여길 오고 싶다고 하와이로 떠나기 전 할아버지, 할머니께 용돈을 받아 가는 세 아이에게 한숨이 나왔지만, 이곳도 아이들에게 큰 추억이지 싶다. 아무리 그래도 유익한 곳은 아니라는 생각이 들지만 말이다.

하와이에 머무는 동안, 이 '정글펀'은 아이들에게 당근처럼 쓰인 곳이었다. 예를 들면 침대 정리를 하거나 빨래 개는 것, 청소하는 등 집안일을 도와주면 주말에 정글펀을 가겠다고 공략을 건다. 그러면 우리 단순한 세 아이는 일사불란이다. 유치원 꼬맹이도 칼각을 잡으며 이불을 접는다. 또 정해진 책을 다 읽으면 정글펀을 가겠다고 한다. 그 말이 떨어지는 순간부터 아이들은 눈에 불을 켜고 책을 우걱우걱 읽는다. 찬찬히 읽는 것이 아니다. 아주 전투적으로 열심히 읽는다. 더불어 말도 얼마나 잘 듣는지. 정글펀이 아이들에게 이토록 소중한 곳일 수 있다니 귀여워서 웃음이 나온다. 아이들의 소중한 장소를 가지고 이렇게 내가 장난치는 것이 미안할 정도로 아이들은 정글펀에 진심이었다.

정글펀을 갈 때마다 아이들의 실력이 늘어 같은 돈으로도 제법 오래 머문다. 또 매년 실력이 향상되는 듯해서 나도 한번 갈 때마다 마음을 다잡고 간다. 거기엔 앉을 곳이 없어 아이들이 게임을 하는 동안 구석 벽에서 최대한 바른 자세로 서 있어야 한다. 나는 혼란스러운 그곳에서 영혼이 나간 눈으로 두 손 벌리고 있으면 아이들이 획득한 장난감과 티켓 등을 나에게 주고 간다. 그러면 그것들을 들고 꽤 오래 서 있어야 했다.

세 녀석이 이리 뛰고 저리 뛰며 서로를 부른다. 그리고 자기가 하는 게임을 설명하는 둘째 녀석이나, 잘 보이지도 않아 까치발 들고 게임을 하는 막내, 매의 눈으로 조심조심 성공률을 높이는 첫째 아이까지 그렇게 진지할 수 없다. 나는 이렇게 단순한 남자아이들을 사랑한다. 집중한 눈빛, 집중하느라 살짝 벌어진 입까지 귀여워서 어쩔 줄 모르겠다! 그래도 아이들을 기다리며 서 있는 것이 힘든 건 힘든 거다. 그만 가자는 나의 말에 이구동성 합창으로 아니라고 외치는 그 모습도 피식 웃음이 난다.

매번 가는 이 정글펀이 지겨워진 나는 다른 오락실이 없는지 찾아보기도 했다. 그래서 다른 오락실도 다녀봤는데 아이들의 첫사랑인 정글펀만큼 재밌어하지 않았다. 규모도 더 크고 다양한 오락실 기계가 있었건만 아이들은 '정글펀'이 최고라고 치켜세운다. 작년이었나? 작년 정글펀에서 보니 아이들의 실력이 엄청나게 늘었더라. 1년 만에 와도 녹슬지 않았다는 사실에 쓸데없이 뿌듯했다. 애쓰지 않아도 쉽게 포인트를 따고 놀랍도록 많이 쌓인 포인트를 나에게 보여주며 자랑스러워하는 아이들의 눈빛을 나는 놓치지 않았다. 우쭐우쭐하며 씰룩거리는 셋의 입술을 보고 이런 것도 귀엽다고 하는 걸 보면, 난 정말 아이들에게 홀딱 빠져있나 보다. 하와이를 떠나기 전날 위풍당당하게 정글펀으로 가서 그 많은 포인트를 장난감으로 교환했다. 많은 줄을 알고 있었지만, 세상에 거기에 있는 상품 중 반은 쓸어올 줄을 몰랐다. 아이들이 더 이상 갖고 싶은 게 없고, 고를 것이 없을 정도로 다 쓸어왔다. 공, 가방, 색연필, 사인펜, 노트, 인형, 블루투스 키보드, 카메라, 오락기, 시계, 공구 놀이, 기차 등등 그걸 어떻게 다 들고 가나 걱정될 정도로 말이다. 아이들이 일사불란하게 나눠서 끙끙대며 주차장까지 들고 왔고 숙소로 옮겼다. 트렁크 한가득 채워온 물건들을 무사히 한국까지 들고 와 친구들, 가족들 다 나눠주었다. 그러고도 아직 집 창고 안에 남아있다. 아마도 저건 평생 다 쓰지 못할 것 같고, 여전히 집 창고를 한가득 차지하고 있지만 그걸 바라볼 때마다 하와이 정글펀에서 아이들의 활약상을 떠올린다. 또 정글펀을 나서면서 실컷 놀아 만족스러운 표정을 짓는 세 아이의 얼굴까지 곁들여서 말이다.

한 달, 또는 두 달간 하와이에서 실컷 놀고 한국에 돌아오면 항상 남편이 아이들에게 묻는다.

"이번 하와이에서 제일 재밌었던 건 뭐야?"

세 아이의 답은 짠 듯이 동일했다.

"정글펀!"

그토록 눈부신 하와이 바다에서 실컷 놀았고 배도 탔고, 물개도 보고 거북이 떼도 보고 돌고래도 봤다. 물고기도 잡았고, 스노클링도 했고 골프도 치고 서점도 가고 한 거 많은데 정글펀이라니, 정글펀이라니? 저런 오락실은 우리나라에 더 재미난 곳이 많잖아? 굳이 하와이까지 가지 않아도 되는 거잖아?

"우리 굳이 하와이에 오지 않아도 되는 거였니?"

역시 하와이 한 달 살기는 나 때문에 오는 것이 맞나보다.

6.

여행지에서 일상을 살다

　우리의 이번 해외 육아 숙소는 하와이 카이 지역이다. 하와이 카이 지역은 오하우섬의 동쪽에 자리 잡고 있고 오하우섬을 반으로 접었을 때 첫해의 숙소인 코올리나가 왼쪽, 하와이 카이가 오른쪽에 있다고 보면 되겠다. 와이키키 해변만큼의 관광지는 아니었으나 코올리나도 관광 단지였다. 반면 하와이 카이 지역은 하와이 사람들의 주거지역이라고 보면 좋겠다. 하와이라는 여행지에서 관광객 모드가 아니라 일상을 누릴 수 있게 된 것이다. 샤랄라 원피스를 입고 챙이 넓은 모자를 쓰며 뽀얀 피부를 가진 동양인이 걸어가면 누가 봐도 관광객임을 알 수 있다. 연신 카메라를 꺼내 하늘 사진도 찍고 길거리의 빨갛고 노란 꽃도 찍고 커피 한 잔을 사도 사진을 찍고, 찍고, 또 찍는 것이 관광객이 아니던가. 나도 분명 그러했지만, 하와이에 온 지 일주일이 지나기도 전에 더 이상 카메라는 꺼내지 않았다. 매일 보는 하와이의 하늘은 쾌청했으나 더 이상 찍지 않아도 되었고, 하와이도 가끔은 흐리고 비가 올 때도 있었으며 매일 마시는 커피가 익숙해진 것이다. 여행지에서 마냥 붕붕 떠다니며 살 수는 없는 나는 장기 여행객이었다. 또한 마냥 좋다고 뒹굴기에는 아무것도 할 줄 모르는 아이가 셋이나 있었기 때문이다. 자기 혼자 밥조차 먹기 힘든 막내 아이를 데리고 여행객 모드는 어불성설이었다. 가장 편한 파자마를 입고 머리를 질끈 묶고 아기 띠와 포대기를 번갈아 가며 쓰는 건 서울의 삶과 크게 다르지 않았다. 코올리나 지역이나 와이키키 해변 쪽에 숙소가 있을 때는 괴리감이 컸다. 다들 상큼하게 꾸미며 여행을 만끽하고 있는데 나는 포대기에 아이를 업고 있으니 말이다.

아이의 밥을 해주고 다음 끼니를 걱정하고 있다는 사실이 참 서글펐다고나 할까. 또 한 달이라는 장기 여행인데 하와이 삶에 깊숙이 들어가지 못하고 겉만 뱅뱅 돌고 있다는 사실도 좀 아까웠다. 이런 기회가 흔한 것도 아닌데. 이 좋은 기회에 하와이의 문화를 전혀 못 누리고 있는 것도 아쉬웠다.

그래서 두 번째 하와이 해외 육아할 지역으로 선택한 곳이 하와이 카이였다. 숙소는 하와이 사람들의 주거 형태 중 아파트를 선택했다. 일반 하우스는 보안이 신경이 쓰였고 무엇보다 벌레가 많다는 사실에 쉽게 포기할 수 있었다. 지은 지 얼마 안 된 아파트라 내부 시설도 깔끔해 보였고 보안도 서울과 비슷한 수준인 듯해서 어린아이 셋과 지내기에 충분해 보였다. 그 아파트 내에 아이들이 축구할 만큼 넓은 잔디밭이 있었고, 수영장도 있어 그것도 마음에 들었다. 하와이 하면 해변에서 노는 것을 빼놓을 수 없는데 나는 해변에서 노는 것이 살짝 겁이 난다. 우리 아이들은 겁이 많아 해변에서 위험하게 놀지 않는다. 그런 건 괜찮았지만 문제는 해변에서 놀고 난 후이다. 바다에서 실컷 논 아이들 수영복을 보면 수영복 안에 모래가 잔뜩 들어 있다. 일부러 호주머니에 모래를 넣었나 싶을 정도이다. 그 모래를 제거하는 것이 제일 무섭다. 아무리 물에 흔들어 씻어도 모래가 나오고 온 집에 버석버석 모래가 밟히는 것이 화가 날 정도였다. 그런데 수영장이 있으니, 바다에 가지 않아도 물놀이를 할 수 있다는 사실이 너무나 반가웠다.

그리고 올해는 아이들을 하와이에 있는 기관에 보내 볼 수 있을 것 같았다. 비록 2시간~3시간 정도였지만 아이들도 현지 교육기관에 가 볼 수 있는 좋은 기회였다. 나도 아이들이 기관에 간 2~3시간 숨 좀 돌릴 수 있기도 하고 장을 보기도, 편안하게 집안 살림을 할 수 있기에 기대가 되었다. 아이들이 집에 있는 시간 동안 집안일을 한다는 것은 안 하는 것도 아니고 하는 것도 아닌 어중이떠중이 상태이다. 물론 영어가 불편한 아이들이 아니었다고는 하지만 낯선 환경에서 낯선 선생님과 친구들이 불편할 것이다. 그래도 다 호의를 가진 사람들이고 아이들에게도 짧지만, 큰 경험이 될 거라 믿고 보냈다. 문제는 또 막내다. 낯가림이 가시지 않는 우리 막내 아이는 세상이 무너져라, 울고불고해서 내가 2시간을 교실 뒤편에 앉아 있어야 했다. 교실에서 놀다가도 쪼르륵 나에게 뛰어오고 또 장난감을 가지고 놀다가도 내가 있는지 힐끔 보고 또 쪼르륵 나에게 오고. 환장하겠다는 표현이 딱 적당했다. 내가 이렇게 교실 뒤편에 앉아 막내를 바라볼 것이라고는 생각도 못 했다. 마음 깊은 곳에서부터 화가 나려고 했다가도 막내는 아직 이런 곳을 오기에는 어렸나보다라고 마음을 다잡았다. 또 셋째이다 보니 이 아이는 떼를 쓰고 울고불고해도 정말 귀엽다. 마냥 다 오냐오냐해주는 그 마음에 더 이상 기관을 보내지 않기로 했다. 기관에 적응한다며, 한 일주일 서로 고생하고 결국 막내와 놀러 다니기로 했다. 형들 기관 간 사이 우리 둘이 낮잠도 더 자고 장도 보러 다니고 바다 드라이브도 하고 말이다. 집안일은 무슨, 그냥 둘이 놀았다. 아직은 아기 냄새나는 막내 아이를 끌어안고 말이다. 아이들이 기관을 다녀오면, 간단히 간식을 챙겨서 수영장으로 내려갔다. 이때 선글라스와 챙이 넓은 모자는 필수다. 하와이에 계속 살 거라면 모자를 내던졌겠지만 나는 두 달 후 한국으로 돌아가야 하니까. 아이들은 신이 나서 노래 부르고 깡충깡충 뛰면서 수영장으로 간다. 이제 엘리베이터에서나 아파트 복도 오며 가며 마주치는 주민들과 나누는 인사는 자연스러워졌다. 동그란 모양의 수영장이었고 오른쪽으로 갈수록 깊어져 아이들이 놀기에 수심이 깊었고 왼쪽은 점점 낮아졌지만 그래도 막내 아이에게는 터무니없이 깊은 수영장이었다. 수영장 한편에 스파 구역이 있어 여기가 딱 맞는 깊이였지만 우리 막내는 한사코 형아들과 동그란 깊은 수영장을 가겠다고 우긴다. 짧은 손가락으로 형아들을 가리키면서 말이다. 호텔, 레지던스 수영장에서는 할 수 없었던 점프도 많이 하고 튜브 타고 둥실둥실 떠다니며 실컷 물놀이했다. 다들 학교 간 시간이라 이 수영장엔 늘 우리밖에 없었다. 때론 우리가 늦게 나오면 하교후 놀러 나온 현지 아이들이 많다. 여기 아이들은 제대로 수영을 배운 것 같지 않지만, 물고기 같았다. 그냥 수경만 있으면 뛰어 들어가 잠수하고 물속에서 거꾸로 서고 물속에서 온몸을 휘감고 말이다. 그냥 되는대로 노는 것처럼 보인다. 우리는 발차기, 음파부터 수영을 차근차근 배우지만 이들은 말 그대로 물에서 노는 것이다. 친구들과 삼삼오오 하교하다가 수영장에 들러 간식도 먹고 수영장에 발도 담그고 찰방찰방 장난치다가 집으로 돌아가기도 했다. 그렇게 3~4시간 놀다가 다시 우리 숙소로 와 샤워하고 아이들과 낮잠을 자곤 했다. 나에게는 이 시간이 얼마나 달콤한지 모른다. 아이들은 뜨거우리만큼 따뜻한 햇살 아래 물놀이를 실컷 했고 샤워한후 깨끗해진 잠옷을 입고 실링팬이 돌아가는 침실에서 넷이 누우면 그 어떤 것이 부럽지 않다. 아이들 표정이 말해주니까. 서로 엄마 옆에 눕겠다고 아웅다웅하는 걸 보는 것도 행복하고 결국에 첫째는 내 배 위에, 오른편엔 막내가, 왼편엔 둘째가 누워 다 같이 달콤한 시간을 갖는다. 낮잠 치고는 긴 2시간을 자고 간단하게 저녁 식사를 준비하는 동안 아이들은 텔레비전을 본다. 주로 파페트롤, 페파피그를 봤는데 이걸 통해서 아이들 영어도 많이 늘었다. 매일 보는데 어찌 영어가 안 늘겠나. 한국말이 서툰 우리 막내조차도 이 프로그램을 즐겨 봤다. 이른 저녁을 먹고 우리는 다시

제4장 매년 같은 해외 육아는 없었다 **191**

아파트 잔디밭으로 내려간다. 책 한 권씩 들고 줄넘기도 들고 탱탱볼도 들고 말이다. 잔디밭 한편에 테이블이 있어 거기에 앉아 숙제를 하기도 하고 책도 읽고 줄넘기도 하고 축구도 하고 말이다. 슬리퍼 신어서 공이 잘 안 차지니 신발을 벗고 맨발로 공도 차고 던지고 뛰어다녔다. 이건 우리 집뿐 아니라 다른 집들도 엄마와 아이가 내려와 같이 숙제하는 모습을 종종 볼 수 있었다. 우리는 어리기도 어리고 반드시 해야 하는 숙제가 있는 것이 아니라 자유롭게 놀기도 하고 책을 보기도 했지만, 엄마와 숙제하는 이들의 모습을 보며 참 편안하다고 생각했다. 좁은 방에서 숙제하는 게 아니고 노을도 보고 살랑이는 바람을 맞으며 숙제한다는 것이 말이다. 물론 자세히 들어가 보면 이들도 숙제 전쟁이겠지?

주말이 되면 이 수영장 한편의 바비큐장이 성황리에 운영이 된다. 여러 집들이 모여 고기를 굽고 맥주를 마시고 와인을 마시며 논다. 비트가 빠른 음악이 흘러나온다. 그들의 모습을 보면 절로 흥겹다. 수영장에서 놀고 있으면 고기 냄새가 솔솔 나면서 우리 아이들이 나에게 어김없이 고기를 주문한다. 수영장에서 당최 나올 생각을 안 하는 아이들에게 우리도 집에 가서 고기 파티하자고 하면 후다닥 나오는 아이들이었다.

그렇게 우리는 여행지에서 유유히 시간을 보내며 느긋하고 특별한 것 없는 일상을 살아갔다. 무언가를 찾아 떠나는 한 달 살기, 일상이 다소 지겨워 무언가를 꿈꾸며 떠나는 한 달 살기이건만, 우리에게 편안함을 주는 것은 다름 아닌 아이와 엄마가 살아가는 소소한 일상이었다. 너무 평범해서, 매일 똑같아서 더 편안함을 느꼈던 해외 육아. 그렇게 우리는 여행지에서 지금껏 그랬듯 당연한 일상을 살아갔다.

7.

부부싸움은 답도 없다

　내가 결혼할 당시만 해도 7살은 꽤 많은 나이 차였다. 지금은 그리 개의치 않는 나이 차이지만 말이다. 그땐 그랬다. 나에게 남편과의 나이 차이는 일종의 무기였다. 온갖 생떼와 힘들고 어려운 일을 남편에게 미룰 수 있는 막강한 무기였다. 남편이 워낙 뭐든지 척척 잘하고 항상 위험하고 힘한 일은 본인이 도맡아 하다 보니 나는 점점 바보가 되어갔지만, 한편으로는 편했다. 남편의 보호 아래 천방지축으로 날뛰어도 남편이 다 지켜주고 해결해 줬으니까. 내가 애를 셋이나 낳을 수 있었던 것도, 그것도 아들들이었는데 셋째까지 낳을 수 있었던 것은 남편의 육아 참여도가 매우 높았기 때문이었다. 그런데 그러했던 관계가 슬슬 바뀌었다. 아이들과 내가 하와이를 다니기 시작하면서부터 말이다. 내가 해야만 하고 직접 해결해야 하는 것들이 점차 늘어가면서 남편을 필요로 하는 일이 줄었다. 그래도 다른 부부들에 비해 남편이 도맡아 하는 일이 절대적으로 많았지만 한 달 살기를 하는 동안에는 어쩔 수 없이 내가 해야만 했다.

처음 하와이로 떠난 것은 약간의 도피성 여행이었고 이 힘든 생활이 중독처럼 매년 지속되면서 남편에게 서운한 것도 생겼다. 나와 아이들 없는 시간 동안 한국에서 남편은 물리적으로 쉬었다. 그동안 못 했던 운동도 하고 그동안 만나지 못했던 친구들과 지인들을 만나고 일요일에는 늦잠도 실컷 자겠다고 계획을 세우는 남편을 보면서 내가 1년 중 이 한두 달을 기다린 것처럼 남편도 우리가 가기만을 기다린 것 같아 서운하기도 했다.

하와이로 떠나는 길에 남편이 항상 함께했다. 짐을 싸고 아이들과 함께 온 가족이 휴가를 가는 것처럼 같이 떠났다. 남편은 하와이에 머무는 동안 하와이 햇살을 받으며 바다에서 시간을 보내는 것이 아니라 부지런히 마트를 다니며 우리들의 한두 달의 정착을 준비해 줬다. 남편이 가장 신경 쓰는 것 중 하나가 숙소의 안전과 시설물에 대한 점검이었다. 내가 만지는 많은 것들이 문제없이 잘 작동하는지, 아이들이 지내면서 다칠 만한 것들이 있을지 확인하는 것이다. 또 마트에서 장을 볼 때 눈에 보이는 대로 물을 사서 쟁여놓는다. 아이가 셋이고 매일 집에서 밥을 해 먹으니 물 사용량은 상상 이상으로 많다. 남편이 마트에서 장을 볼 때 들고 올 수 있을 만큼 최대치의 물을 사서 숙소의 벽 한 칸에 물을 쌓아놓는다. 이러한 일을 한 4일~5일 정도 하면 한 달 치 물은 걱정 없이 마실 수 있었다. 남편이 돌아가고 나 혼자 장을 볼 때 무거운 물은 제외하고 장을 보면 되니 이것 또한 나를 위한 배려였다. 남편이 돌아가기 전날에는 나도 살짝 우울하다.

같이 시간을 보내면 좋으련만 생계를 위해 다시 돌아가야 한다는 사실도 서글프고 나의 욕심으로 아이들과 이곳에 왔다는 생각도 들었다. 내가 가고 싶다고 해서 온 여행인데도 말이다. 남편 없이 지낼 이곳에서 정신 바짝 차리고 살아야겠다고 각오도 다진다.

한 달 살기 해외 육아를 시작할 때는 살짝 긴장감도 있고 오랜만에 아이들과 내가 고립되었다는 기대감도 있었다. 익숙했던 서울과 제주도가 아니라 더 뜨겁고 이국적인 모습에 여행 같기도 일상 같기도 한 시간을 보내게 된다.

하와이는 한국과는 시차가 불편하지 않을 정도다. 하와이는 한국보다 하루 늦고 4시간 정도 하와이가 더 빠르다고 생각하면 된다. 날짜는 다르지만, 시간대가 얼추 비슷하다. 남편이 출근할 시간에 나는 오전 11시쯤이 되니 아이들이 기관을 가기도 하는 시간이고 이미 하와이 바다로 인해 마음이 넓어질 대로 넓어진 상태였다. 바다를 바라보며 커피 한 잔도 했고 집 청소도 했고 빨래 돌아가는 소리를 들으며 책을 보고 있을 시간이다. 출근 준비하는 남편과 통화하며 농담처럼 남편에게 화이팅을 외치지만 한편으로는 미안하기도 하고 고맙기도 하고 그랬다. 어찌 되었든 남편의 노력으로 우리가 이렇게 하와이를 누리고 있으니 말이다.

문제는 주말이었다. 주말이라고는 하지만 토요일도 반나절 출근을 하는 남편이 온종일 쉴 수 있는 시간은 일요일 하루였다. 늘 피곤하다고 노래를 부르는 남편이건만 기어코 토요일 퇴근 후 운전해서 강원도도 가고 남해도 가고 전라도도 갔다. 그렇게 다녀오면 더 힘들 텐데 가야 하나 싶었다.

나는 웬만하면 잔소리하지 않는다. 그냥 화를 내지. 화를 낼 때도 약간은 빈정대면서 화를 내게 될 때가 있다. 그 이면에는 늘 피곤하다는 남편이 더 피곤해질까 봐, 그냥 쉬었으면 하는 마음도 있었다. 하지만 더 큰 마음은 억울하기도, 부럽기도 했나 보다. 나는 하와이라는 천국에서 놀지도 못하고 있는데. 아이들과 여기저기 다니기 힘들고 위험해 숙소 내에 있는 수영장과 근처 바닷가만 다니고 있는데. 삼시 세끼 밥 해대느라 힘든데 남편은 주말에 멀리 놀러 가는 것 같아 심통이 난 것이다. 그런 마음으로 통화를 하니 서로 좋은 말이 오고 갈 리 만무하다. 남편도 그날따라 세게 반응했다. 그게 또 속상해서 언쟁이 길어졌고 목소리도 높아져만 갔다. 날카로운 대화를 한 우리는 안 좋은 상태에서 서로 전화를 종료했다. 그리고 주말 내내 안 좋은 기분으로 아이들과 함께 있다 보니 몸은 더 힘들어지고 기분은 더 안 좋아지고 걷잡을 수 없었다. 그 영향이 아이들에게도 미쳤다. 집에 돌아가서 2차전을 하리라 전열을 가다듬기까지 했다. 이제 왜 싸웠는지보다 싸움 그 자체로 집중이 되었다.

하와이는 왜 그렇게 카카오톡 무료 통화가 잘 끊기는지, 흥분해서 마구 쏟아내는데 못 듣고 있는 남편에게 더 화가 났다. 진짜 안 들리는 거 맞나 싶기도 하고 말이다.

한국과 하와이에 떨어져 있다 보니 화가 났을 때, 서운할 때 바로바로 이야기되지 않았다. 그처럼 답답한 게 없었다. 시차도 있고 전화로 싸워야 하다 보니 서로 대화 없이 넘겨짚고 혼자 일을 더 앞서 나가 생각하고 도를 넘게 되니 별것도 아닌 일에 이미 화를 주체할 수 없게 되었다. 부부 싸움도 얼굴 보고 화끈하게 싸워야 하는데 참 힘들게도 싸웠다. 매년 이렇게 나와 있는 동안 한 번씩은 싸운 것 같다. 무엇 때문이었는지 기억도 안 나는 일로, 그저 싸웠었다는 기억만 남았다.

세상을 구하는 문제를 가지고 건설적인 방향으로 나아가기 위해 싸우는 것이 결단코 아니다. 그저 멀리 떨어져 있으니 쉽게 풀 수 있는 문제를 가지고 배배 꼬아서 억지로 서운해하며 싸우게 되는 것이다. 이렇게 떨어져 있으면서 잘 싸우는 방법에 대해서도 고민해 본다. 아주 심오한 문제를 가지고 싸우는 것이 아니다 보니 옳고 그름이 있는 싸움이 아니다. 서로 한 발짝만 이해하고 져주면서 물러서면 될 것을 서로 자기가 더 힘든 상황이라고 자신의 처지만을 내세웠다. 그런 마음에 더 과격하게 나쁜 말을 했다.

몸이 떨어져 있으면 시시콜콜 모든 이야기를 할 수 없다. 오히려 한국에서도 그렇게 미주알고주알 이야기하지 않았겠지만, 해외에 나가 있다는 이유만으로 그런 것을 원했던 건지도 모르겠다. 해외 육아를 하는 동안 서로 함께 있을 수 없음에 아쉬워하고 서로에게 고마워하며 한 걸음씩만 물러서면 되지 않았을까?

다음번 해외 육아를 준비하면서 부부 싸움을 어떻게 하면 효과적으로 할 수 있을지 그것도 포함해야겠다.

8.

항상 모든 것이 도전이다

　서울에서 살다가 결혼했다. 아이를 낳고 기르기 시작했다. 준비했다고 생각했지만, 준비가 덜 된 엄마였고 남편 없이는 아무것도 못 하는 초보 엄마로 지냈다. 그러다가 삶의 터전을 어느 날 갑자기 제주로 옮겼다. 게다가 남편 없이 아이들과 나만 제주에서 지냈다. 남편과는 주말부부가 되었다. 제주도민으로 5년을 살았다. 이것 또한 큰 결심이었는데 오히려 쉽게 결정을 내릴 수 있었던 것은 바로 〈하와이 한 달 살기, 해외 육아〉 덕분이었다. 막상 도전하기 전에는 두렵고 주저되었지만, 생각한 것보다 얻는 것이 훨씬 더 많았음을 경험적으로 알았기 때문이었다. 해외에서 육아한다는 건 육체적으로도 정신적으로도 에너지 소비가 많았다. 그럼에도 고립되어 아이들과 나에게만 집중할 수 있다는 것이 여러모로 좋은 기회였다. 게다가 제주도는 한국의 하와이 아니겠나. 그저 하와이가 들어가면 다 좋았던 나는 제주도민이 되는 것이 그다지 어렵지 않았다. 도전을 좋아하고 새로운 환경에 나를 놓아두는 것을 즐겼기에 제주도행은 어려운 선택도 아니었다.

처음 하와이 해외 육아는 뭣도 모르고 떠났다. 첫 한 달 살기하고 돌아올 때는 얼굴부터 온몸이 다 시꺼메져서 원주민처럼 되어 돌아왔고 마음도 쪼그라들 대로 쪼그라들어 헉헉댔다. 두 번째 하와이 해외 육아는 그곳에서 어떠할지 미리 다 훤히 그려져서 주저했지만 조금은 다르리라 기대하며 떠났다. 그저 하와이를 다시 간다는 생각에 모른 척한 걸지도 모르겠다. 출산도 똑같지 않은가. 첫아이 출산은 책으로만 공부한 출산이기에 진통의 정도를 모르다가 직접 겪어보면 상상 그 이상이다. 둘째 출산은 첫출산을 알기에 두렵다. 내가 하나서부터 열까지 다 챙기고 책임을 져야 하는 해외 육아는 나에게 큰 도전이었다. 아무도 도와줄 수 없다고 생각하면서 내가 할 수 있는 힘껏 나아가 보는 것. 그 결과 이 아이들과 못 할 것이 없다는 자신감이 한 해 한 해 겹겹이 쌓여갔다.

이제 매년 다니는 하와이가 더 이상 낯설지 않고 1년 만에 와도 구석구석 길이 다 기억나는 것 보면 경험이라는 것이 참 무서운 거다. 내비게이션의 도움 없이 다녔고 어느 차선으로 가다가 언제 차선을 바꾸고 언제 좌회전, 우회전해야 빨리 가는지 현지인들이 아니면 알 수 없는 길로 다닌다. 이 모든 것들이 점차 익숙해질 때쯤 새로운 도전을 했다. 우리가 계속 매년 하와이에 갔던 이유는 몇 가지가 있다. 한곳을 짧게 여행을 가면 그 나라를 갔다고는 하지만 그 나라의 것을 다 보고 올 수는 없다. 물론 한 달을 살고 두 달을 산다고 해서 다 알 수는 없지만 그래도 일주일 여행보다는 많은 것을 보고 느끼고 경험할 수는 있다. 여행이 아니라 직접 일상을 사는 것이기에. 아이들은 현지 학교에 다니고 그 나라 아이들과 함께 어울리며 문화를 배우는 것, 어른들은 그곳에서 일을 하며 소통하는 것 이상으로 그 나라를 알 수 있는 것이 있을까? 하지만 외국인으로서 경험할 수 있는 최대한의 노력은 한 달 두 달씩 머물면서 매년 가보는 것으로 생각했다. 아이들은 1년, 1년을 몰라보게 훌쩍 자란다. 우리가 하와이에서 고군분투했다는 걸 전혀 기억 못 하리라 여겼지만 매년 다니면서 아이들도 기억하는 것이 많아지고 옅은 기억이 점차 진해졌다.

제법 아이들이 제 앞가림을 하고 낯선 곳에서의 삶에 더 이상 주저함이 없게 되었을 때 우리는 다음 목적지로 하와이가 아닌 다른 곳을 쳐다보게 되었다.

아이들과 이렇게 해외 육아를 할 때 가장 우선순위에 두는 것이 아이들과의 안전이다. 내 한 몸 건사하는 것도 아슬아슬한데 아이들을 위험에 노출되게 할 수는 없는 노릇 아니겠나. 그래서 미국 본토를 보면서도 안전한 곳을 찾았다. 그나마 한국 사람들이 많은 곳을 찾았고 한국 사람들이 많다는 건 깨끗하고 안전이 평균 이상 된다고 생각했다. 그렇게 선택한 곳은 어바인이었다. LA의 한인타운도 한국 사람이 많지만, 아이들과 지내기에는 다소 위험해 보였다. 캘리포니아주는 한국과 제일 가깝고 날씨도 따뜻하니까 아이들과 저녁 먹고 산책도 좋고 야외 활동하기에도 적당할 것이라 여겼다. 그렇게 어바인으로 목적지를 설정한 우리는 그 이후 여정이 그렇게 어렵지 않았다. 하와이도 미국, 어바인도 미국이라 준비는 크게 다르지 않았고 준비물 또한 이제 후다닥 쌀 수 있었다. 어바인 갈 때는 하루 안에 모든 걸 다 쌌다. 물론 도착해서 가방을 열어보니 미처 챙기지 못한 물건도 꽤 있었지만. 들고 와야 할 것을 안 들고 와도, 낯선 곳에 와도 두렵지 않고, 당황하지 않는 것은 이런 경험이 처음이 아니라는 것이다. 도전하는 것도 경험이다. 도전이라는 그 경험이 도전을 더 이상 두렵지 않게 해주는 것이다. 도전이라는 것 자체가 그리 대단한 일이 아니고 문을 열고 한 발짝 나서는 경험이기에 그리 어려운 것도, 힘든 것도 아니다. 그곳도 다 사람 사는 곳이고 우리는 낯선 이방인이지만 미국은 워낙 다민족이라 크게 개의치 않는다는 것도 알고 있다. 모두의 개성을 존중해 주고 남을 평가하거나 내 기준에 맞춰 강요하는 나라가 아니기에 느리지만 천천히 하면 되었다. 그리고 완벽한 삶을 살기 위해 어바인을 간 것이 아니고 완벽한 휴가를 즐기기 위해 하와이를 간 것이 아니다. 한 달 살기 하는 동안 아이들과 내가 잘 지내면 그뿐. 문제가 생기고 힘들 때마다 무엇이 더 중요한가를 생각하고 다시 마음을 잡으면 된다. 차가 고장 나더라도 우리가 안전하다면 더 이상 큰 문제가 아니고 집에 조금 불편한 것이 있더라도 우리는 여행객이고 한 달 후면 한국으로 돌아갈 거니 이 정도의 불편함은 여행객으로서 당연한 거라고 여기면 그것 또한 추억거리가 될 수 있었다.

아이들도 낯선 사람과 만나는 것을 두려워했고 조심스러워했다. 하지만 점차 이들의 문화를 조금씩 받아들이며 그들의 유머를 이해하고 흉내를 내고, 그들 특유의 친절을 감사히 받고 또 고마움을 표현하며 지냈다. 물론 아이들은 새로운 곳에 대한 스트레스가 있었지만 처음 하와이 갈 때보다 많이 줄었다. 왜냐하면 아이들도 경험상 알게 된 거다. 그들도 똑같은 아이들이고 무엇을 좋아하고 무엇을 싫어하는지 몸소 겪어보았으니 말이다.

우리 인생은 모든 것이 도전이다. 도전 아닌 것이 없다. 실패도 성공도 모두 도전인 것이다. 도전이 무섭다고 문밖을 나가지 않을 것인가? 그보다 세상은 재미있고 흥미진진한 것들이 넘쳐난다. 그러한 것들이 있음을 아이들이 어릴 때 알려줄 수 있었고, 성공도 실패도 그리 중요하지 않다는 것. 그저 삶의 연속이라는 것을 알려줄 수 있어 감사할 뿐이다. 더불어 나도 아이들 덕분에 이런 귀한 경험을 하고 무슨 일을 하든 그 속에서 재미있는 요소부터 찾으려는 시도, 차선에서 최선을 다하는 삶의 태도를 얻었다.

제5장

그럼에도
불구하고

1.

하와이 푸어

하와이 푸어. 우스갯소리로 남편이 만든 말이다. 카푸어, 하우스푸어처럼 차나 집에 모든 재산을 집중하여 가난하게 되었다는 이야기인데, 우리집은 이 해외 육아에 돈을 다 써서 나머지 1년을 가난하게 지낸다고 해서하는 말이다.

계속 이야기하지만 한 달 살기 해외 육아는 돈이 깜짝 놀라게 많이 든다. 처음 하와이에 갈 때는 아무것도 몰랐기에 무턱대고 예약하고 사고 준비하느라 제일 돈을 많이 썼다. 하지만 해를 거듭할수록 비용을 줄일 수있었다. 나도 대충 알 만큼 알고 줄일 수 있는 건 줄여갔으니 말이다. 그래도 여전히 헉 소리 나게 큰 비용이 들어간다. 돈을 아끼는 만큼 수고가많이 들어갈 것이고 조금씩 위험을 감수해야 할 일이 생긴다고 생각한다. 나는 아이들이 셋이니만큼 절대적인 사람의 수도 많고 아이들이 자기 한몫을 할 수 있는 나이가 아니라 나는 돈을 조금 더 쓰기로 했었다.

첫해는 하와이라는 곳에서 정신 쏙 빠지게 숙소에서 아이들만 봤었기에 그런 것도 있었지만, 나를 위한, 아이들을 위한 단순 소비는 거의 안 했다. 지인들과 가족들을 위한 기념품 등을 사긴 했다. 쇼핑하다 보면 하와이 분위기에 취해 예뻐 보이는 것들이 분명히 있다. 한두 개 사서 왔는데 서울 집, 제주 집에는 도무지 어울리지 않았다. 기념될 만한 소품이지만 두고두고 볼 만큼의 기념품은 아니었다. 또 단순히 맛집을 찾아다니거나 쇼핑몰을 간다거나 말 그대로 쇼핑 항목에는 돈을 거의 쓰지 않았다.

첫해 하와이를 다녀와서 소비에 대한 관점이 바뀌었다. 첫애를 낳고 둘째, 셋째까지 출산한 지 거의 6년이 되어 가는데 해외여행 간 횟수는 손꼽았고 더군다나 오랜만에 가는 여행지가 하와이라니 나도 설레어서 이것저것 많이 샀었다. 세 아이의 옷, 신발, 모자, 수영복, 내 원피스, 챙이 넓은 모자도 서너 개 챙겼다. 각 옷에 어울리는 신발까지 준비해서 하와이에 도착했다. 그러나 나의 그 모든 준비물은 숙소의 옷장에 들어가 거의 나오지 않았다. 그도 그럴 것이, 첫해는 정말 거의 집에서 아이들과 뒹굴뒹굴하고 산책하며 수영장, 바닷가 가는 게 내 일상의 전부였으니 그런 옷이나 용품들을 쓸 기회가 없었다는 게 더 정확한 표현이다.

한 주 두 주가 지나가면서 해변에 앉아 있다 보면 머리부터 발끝까지 멋을 낸 사람들이 있다. 해변이 아니라 길을 걸어가다가도 머리는 드라이하거나 고데기를 했고, 뽀얀 피부를 위해 챙이 넓은 모자를 쓰며 멋쟁이 명품 선글라스까지 완벽한 자태의 사람들이 있다. 형형색색의 예쁜 원피스를 입고 굽이 있는 멋쟁이 슬리퍼나 샌들을 신은 사람은 분명 관광객이다. 간혹 남자들은 명품의 허리띠까지 한 사람도 있다. 나도 명품과 보세를 아울러 옷을 좋아하는 사람이라 웬만한 브랜드는 스치듯 보아도 안다. 근데 더 웃긴 건, 명품의 로고가 크게 있거나 각 잡힌 옷을 입은 사람은 중국 사람들과 우리나라 사람 그리고 소수의 일본인이었다. 죄다 동양인이었다. 하와이에서 안 그래도 눈에 띄는 사람들이 동양인인데 하고 다니는 복장도 딱 동양인이었다. 그러다 보니 멋쟁이인 동시에 이곳과 이질감이 느껴지는 이방인이기도 했다. 그 이질감을 느끼는 순간 주변을 보니 이곳 현지인들, 즉 하와이 거주자들의 행색이 눈에 들어왔다. 분명 근처 타겟(현지 쇼핑몰)이나 월마트 이런 곳에서 샀을 법한 반바지, 팔 없는 티셔츠, 발바닥만 겨우 보호할 신발이 끝이다. 위아래 조화를 맞춘 코디가 아닌, 그냥 세탁하고 제일 위에 올려놓으면 그것만 주야장천 입는 것 같은 코디였다. 강하게 내리쬐는 햇볕으로부터 피부를 보호하기 위한 모자가 아니라 눈이 부셔 쓰는 선글라스 정도가 끝이었다. 매일매일 선크림을 바르고 심지어 4시간마다 덧발라야 한다는 것은 우리만의 이야기였다. 해변에 있어 보면 가끔 몸에 무언가를 바르는 사람이 있는데 두 부류다. 동양인들은 이미 온몸에 선크림을 바르고 얼굴에 수시로 선크림을 덧바르고 있다. 게다가 이미 스윔슈트가 온몸을 보호하고 있다. 또 한 부류는 어떻게 하면 까맣게 태울까, 예쁘게 태울까 하여 바르는 태닝용 오일이다. 이 태닝용 오일도 현지 사람들은 잘 안 바르더라. 여행 온 서양인들이 주로 바르는 것이었다. 이러한 행색이 하와이 거주민들과 가장 큰 차이가 났다. 나는 외모는 동양인이었지만 하와이 거주민이 되고 싶었다. 왜냐하면 그런 모든 것들이 거추장스럽고 이곳과 어울리지 않는다는 생각이 들면서 뭔가 애를 쓰고 있다는 느낌을 지울 수 없었기 때문이다.

정말 딱 필요한 곳만 가린 듯한 현지인들의 옷 의상부터가 그들의 생각이 아닐까 싶다. 그들은 외모가 그다지 중요하지 않았다. 행색은 비록 아무렇게나 입고 머리도 단정한 머리가 아닌 헝클어진 채 다니지만, 그들이 남루하다거나 불쌍해 보이지 않았다. 오히려 더 활기차고 심지어 이 자연과 더 어울린다는 느낌도 받았다.

이들도 멋을 알 텐데 이다지도 대충 입고 대충 걸치는 이유는 뭘까? 사실 멋을 부린다는 것은 에너지 소모가 크고 활동에도 제약이 많다. 아이들을 보면 알 수 있다. 아이들은 내복 입고 뛰어다닐 때 제일 편해한다. 구두, 셔츠, 정장에는 따로 필요한 애티튜드도 있고 코디하는 데에도 돈, 시간과 고민, 정성이 들어간다. 그들은 그걸 죄다 생략한 것이다. 사실 그 생략한 돈과 시간, 고민, 정성들을 다른 생산적인 곳으로 쓰면 더 좋겠지만 그것까진 알 수 없으니 내가 판단할 문제는 아니었다. 하지만 남은 그 에너지들이 있지 않은가. 생산적인 곳에 쓰일 수도 있고, 나를 여유롭게 돌아볼 수도 있고 가정이 있다면 가족들에게 더 쓸 수도 있고. 그렇지 않을까? 그렇게 생각이 닿자 그러면 우리는 어디에 소비하면 좋을까 생각을 해봤다. 중요하다고 생각하는 그 가치에 소비해야겠다는 결론에 닿았다. 나의 철학이 내포된 가장 중요한 가치.

우리는 궁극적으로 행복해지려고 한다. 행복해지려고 돈을 벌고 행복해지려고 여행을 가고 행복해지려고 무언가를 소비하며 산다. 그리고 그 행복은 나 혼자 누리려 하지 않는 것이 기본적인 인간의 욕구이다. 누군가와 함께 행복해지려 한다. 그러면 그 누군가는 아마 대부분이 가족이겠지. 나는 가족과 함께하는 것에 소비하는 것이 답이라 여겼다. 가족과 함께라면 좋은 식당에서 밥을 먹든, 떡볶이를 먹든, 집에서 라면을 끓여 먹든 중요한 것은 아닐 거다. 내가 멋있는 옷을 입고 좋은 곳을 여행하는 건 한계가 있다. 그런 소비는 후에 허탈감이 생기기 십상이었다.

하와이든, 어바인이든 장기간 머물면서 해외 육아를 하는 것은 많은 돈이 든다. 하지만 어디에 가치를 두느냐에 따라 그 소비는 의미가 있는 것이 되기도 하고 낭비가 되기도 한다. 많은 이들은 그 돈을 주고 왜 가냐고 묻는다. 남편 또한 우스갯소리로 하와이푸어라고 하지만 우리 부부는 도전과 경험에 가치를 두고, 가족이라는 가치에 소비하기로 했다.

그러니, 한 달 살기를 한다는 것은 단순 여행이라 여기기보다 먼저 어디에 가족의 가치를 둘 것인지 생각해 보는 기회이기도 했고 생각한 것을 직

접 실천한 것이기도 했다. 그러기에 하와이푸어는 더 이상 푸어가 아니었
다.

2.

이러려고 온 거 아닌데

돈을 쓰는 이유가 무엇일까? 돈 자랑하는 것은 절대 아니다. 나 또한 돈 자랑할 만큼 갖고 있지도 않고, 그만큼 많이 가지고 있는 사람도 별로 없을 것이다. 한 달 살기의 경비를 생각해 보면, 내가 한 번 더 움직이고 좀 돌아간다면 더 낮은 가격으로 해결할 수 있는 것들이 많았다. 하지만 세 아이를 데리고 움직일 때는 무리가 있다. 더군다나 아이들이 어릴수록 그 노동 강도가 더 세기 때문에 육아에 대한 내 체력 안배도 무시할 수 없었다. 그런 의미에서 여행경비는 단순히 즐기기 위한 경비가 아니었다. 나를 위해 돈을 쓰는 것은 내 노력을 아끼고 나의 시간을 아껴주는 것으로 생각했다. 그런데도 여행경비는 어마어마하다.

그렇게 많은 돈을 들여가는데 그다지도 힘들 줄은 몰랐다. 그도 그럴 것이, 집은 내 집이 아니었고 룸 세 개에다가 바다 바로 앞에 있는 리조트 단지니 얼마나 비쌌겠는가. 내 집은 아니라 불편했고 내 손에 익지 않은 물품들이었기에 적응하느라 힘들었다. 집이 넓고 쾌적한 만큼 청소는 힘들었다. 하지만 아이들이 어린 관계로 전적으로 혼자 해야 하는 일들이었다. 남편이 도와줄 수 있는 것도 없고 눈 뜨면서 눈 감을 때까지 백 프로 다 혼자 말이다.

많은 돈을 들여 하와이까지 왔는데 하와이를 돌아보지도 못한다면 그게 무슨 소용이 있나? 그 생각에 억지로 애들을 끌고 다니고 싶고, 자꾸 본전 생각이 났다. 그때부터 나는 병에 걸렸다. '본전병'. 바로 주객이 전도되는 그 병이다. 아이들과 나에게 집중하는 시간, 아이와 내가 더 가까워지기 위해 온 시간인데 이 본전병 때문에 마음 깊은 곳에서부터 조바심과 화가 생기기 시작했다. 첫째와 둘째가 유치원에 간 동안 막내만 잘 보면 될 것을 잘 다니던 두 아이의 유치원을 관두고 하와이로 왔다. 이런 걸 두고 사서 고생한다는 말이 딱 맞는 표현 아닐까. 24시간 세 아이와 함께 있다는 것이 이렇게 어려운 일일까. 더군다나 나는 이 세 아이의 엄마인데. 하루 종일 집에서 놀다 보니 청소를 제대로 할 수도 없고 정리해도 항상 어수선한 숙소였다. 아이들 말고는 대화할 사람이 없다 보니 나도 딱 6살 수준의 꼬맹이가 되었다. 한국에서는 10분이면 갈 수 있던 마트는 하와이에서는 멀기만 했다. 배송도 안 되고 마음처럼 되는 게 없었다. 식문화가 다르니 외식하기도 쉽지 않다.

불평불만이 쌓이기 시작했다. 이 천국 같은 하와이에서 감옥에 갇힌 기

분이었다. 어떤 날은 그저 애들에게 텔레비전만 틀어주고 나는 계속 못다
잔 잠을 자고만 싶었다. 그때 당시만 하더라도 막내 아이는 매일 밤에 두
어 번 깼다. 분명 통잠을 잘 수 있는 8개월~ 9개월 아가였는데도 말이다.
첫째 아이였다면 상상도 못 했을 일이었지만 셋째 아이의 육아다 보니 조
금은 너그러워져서 아이의 통잠을 엄격하기 교육하지 않은 탓이었을까?
그 대가를 톡톡히 치르는 중이었다. 워낙 잠이 많은 나와 통잠을 자지 않
아 꼭 밤에 두어 번은 깨는 셋째 아이의 조합으로 피로도가 급속도로 쌓였
다. 그 피로도가 쌓일수록 나의 짜증을 내는 빈도가 잦아지고, 강도가 점
점 세져 가는 거다. 나의 짜증을 풀어줄 남편도 없으니 그저 폭주하는 기
관차 같았다. 꿈꿨던 하와이 한 달 살기를 통한 해외 육아는 오히려 더 악
영향을 미치는 것 같았다.

그날도 아이들 재우면서 지금 내 처지가 너무나 한심해 눈물 한 방울 흘
렸던 밤이었다. 다 포기하고 아이들과 한국으로 돌아가고 싶다는 생각을
수도 없이 했다. 동시에 내 옆에 올망졸망 자는 아이들을 보니 미안함이
더 밀려왔다. 한국에서 잠든 아이들을 두고 미안해하는 순간을 잘 갖지 않
았지만, 하와이 와서는 그 시간이 잦았다. 아이들한테 미안해지려고 이곳
에 온 건 절대 아니었다. 이렇게 울면서 잠자리에 들려고 온 것도 아니었
다.
내가 그토록 힘들었던 것은 한국에서처럼 각 잡힌 생활을 하와이에서도

똑같이 유지하려던 허무맹랑한 생각 때문이었다. 한국에서처럼 바쁘고 정신없는 그 생활을 그대로 하와이로 가지고 와서 혼자 하려니 두 배, 세 배로 힘들었다. 여행자의 자세가 다 사라졌었다. 다 잊고 있었다. 돌변 사항이 언제든지 나타나고, 분명 현실의 삶에서 떨어져 새로운 상황과 다양한 변수들을 즐기기 위한 여행이었다. 여행자의 기본을 잊고 있었다.

아이들도 완벽하게 돌보며 집안일도 문제없이 하고, 하와이도 즐기겠다고 마음먹었으니, 그것이 얼마나 힘들었겠나. 나에게는 도대체 이룰 수 없는 목표였다. 내가 나를 과대평가한 결과는 처참하게 망가졌었다. 나는 그럴 깜냥이 아니었다.

한 달, 두 달이라는 시간은 길면서도 짧은 시간이었고 이 시간은 또 돌아오지 않는다. 다 때가 있는 법이다. 내가 또 하와이에 올 수 있겠나? 그러면 그냥 좀 내려놓고 지내보자. 아이들이 다치는 것 아니고 아픈 거 아니면 내려놓자. 꼭 정해진 시간에 밥을 먹어야 하고 정해진 시간에 낮잠을 자야 하고 루틴을 다 지켜야 하는 것은 아니다. 남에게 보여줘야 할 것들이 아니라 내 아이들과 내게 맞추자. 모든 초점을 우리에게 맞추려고 온 것이라고 되뇌었다. 그렇게 애들이 자는 한밤중에 참회의 시간을 가지고 마음을 잡아도 금세 바뀌지 않았다. 지금 당장 돌아갈 수 없고 돌아간다 해도 더 후회할 것이 눈에 훤했다. 힘들 때마다, 힘들어지려고 할 때마다, 말도 안 되지만 내 처지를 비관하려고 할 때마다 주문처럼 외웠다. "이러려고 온 거 아니야!"

여행 초반에 이러려고 온 거 아니라고 했었다. 하와이는 하나도 즐기지 못하고 숙소에 갇혀 육아만 하려고 온 게 아니라는 말이었다. 하지만 그날 밤에 다짐한 '이러려고 온 거 아니다.'라는 말의 의미는 한국에서처럼 살기 위해 온 것이 아니라는 뜻이었다.

처음부터 곧바로 내 뜻대로 되진 않았지만, 한국에서처럼 똑같이 살지 않겠다고 수없이 다짐하면서 조금씩 나는 웃음을 찾아가기 시작했다. 조금씩 아이들이 보이기 시작했고 하와이가 눈에 들어오기 시작했다. 하지만, 한 달 살기 해외 육아는 기대만큼 아름답고 마냥 즐거운 것도 아니었다. 그저 매일 매일이 어렵기만 했다. 역시 여행과 삶은 다른 법이다.

3.

Dear. 해님 같은 첫째 아이에게

　나의 해님 같은 의연아, 엄마가 너에게 불러주는 이 별명을 기억하니? 엄마랑 처음 하와이에 가서 어린 너와 고군분투하며 지내면서 느낀 거란다. 네가 너무 눈부셔서 이렇게 별명을 지었지. 너의 그 환한 미소가 해님 같이 눈부셨거든. 주변을 환하게 비춰주고 엄마의 마음도 무장해제 시켜주는 너의 미소였지. 그래서 가끔 너에게 쓰는 편지에도, 너의 모든 물건에도 이렇게 '해님 같은 의연이'라고 써줬는데 이런 엄마의 마음을 알려나 모르겠다.

　엄마를 처음 엄마로 만들어준 너. 처음 너와의 만남부터 이야기하자면 한도 끝도 없을 것 같아. 뱃속에 있을 때부터도 남다르게 겁이 많았던 우리 의연이. 요란한 태풍 속 궂은 날씨에 엄마도 놀라고 뱃속에서 그리 활발히 놀다가도 꼼짝도 안 하던 겁보, 너는 엄마에게 그때부터 더없이 귀하고 귀여운 아들이었어. 어떻게 생각하면 너로 인해 엄마는 세 아들의 엄마가 된 것일 수도 있어. 네가 정말 소중했고 엄마와 잘 지냈기에 나도 용기를 낼 수 있었지.

우리 처음 하와이 갔을 때 네가 6살이었나? 5살이었나? 아빠 없이 우리끼리 지내면서 난 네가 참 많이 의지가 되었는데 지금 생각해 보면 6살은 한없이 아기였네. 그 꼬맹이에게 많이도 의지했다는 생각이 들어. 그땐 네가 엄청 의젓해 보였거든. 두 동생을 데리고 잘 놀고, 엄마의 부탁도 척척 들어주고 또 할 줄 아는 것도 많았고.

물론 지금도 엄마는 네가 무척 든든한데 그때도 매한가지였어. 훗날 지나 보면 똑같이 생각하겠지? "고작 13살이었는데 그렇게도 너의 존재가 컸구나!"라고 하면서 말이야.

처음엔 엄마랑 정반대의 성격인 네가 신기했어. 조금이라도 비슷했으면 오히려 너를 더 이해 못 했을 수도 있었을 것 같아. 하지만 모든 것이 엄마와 다르다고 생각하니 너를 더 있는 그대로 받아들이게 된 것 같아. 나와는 다른 아이라는 마음으로 너를 본 거지. 물론 처음부터 그랬던 건 아니지만 너를 키우면서 조금씩 너의 색을 발견했고 결정적으로 하와이를 다니기 시작하면서부터 너를 더 잘 이해하게 되었어. 동생들 때문에 본의 아니게 너는 어릴 때부터 기관을 다니기 시작했고 엄마와 함께 있는 시간보다 다른 어른들과 더불어 있게 되면서 온전히 너만 보았던 시간이 짧았지.

하지만 하와이 여행이 엄마에게 큰 기회를 줬다고 생각해.

　보통 엄마 나이는 첫 아이의 나이와 같다고 하더라고. 네가 6살일 땐 엄마 나이도 6살, 네가 14살일 때 나도 14살. 엄만 지금 너와 함께 14살의 나이로 나아가고 있단다.

　그렇게 함께 자라다 보니 엄마도 늘 처음이라, 실수투성이다. 가끔 네가 먼저 자라서 뒤늦게 따라가기도 하지만 그래도 엄마는 늘 너와 함께 있고 젖 먹이던 그 시절이 생각이 나. 애벌레처럼 꼬물거리던 네 모습이 아른아른하고 그리워. 아직도 너의 그 아기 냄새가 또렷이 기억나거든. 너를 안았을 때 따스한 느낌과 주먹을 쥐고 있던 너의 다부진 모습, 기저귀를 찬 너의 통통한 엉덩이도 그리워. 너의 성장 중 그 어떤 것도 느린 것 없이 딱딱 교과서에 맞게 성장해 나갔던 너는 엄마의 안심이었어. 너에 대한 걱정은 그 어떤 것도 한 적이 없지. 모든 발달에 빠르면 빨랐지, 느린 것이 없었고 어렸지만, 자기에게 주어진 모든 것에 최선을 다하려 애쓰는 모습을 보여줬지. 우리가 하와이에 가서도 그런 너의 모습이 엄마에겐 가장 든든한 도움이 되었단다.

　벌레를 보고 소리나 지르고 도망가는 엄마를 위해 대신 잡아주겠다고 나서주는 꼬맹이를 엄마는 얼마나 의지했는지 몰라. 하와이에서 부쩍 화가 많아진 엄마를 위로해 주고 엄마를 도와주느라 애 많이 썼다. 자기 전에 항상 문단속도 함께해 주고, 무거운 것도 함께 들어줬었지.

우리가 하와이를 다니면서 엄마를 정신 차리게 해준 것도 사실 너란다. 하와이에서 잠자리에 들어 우리끼리 두런두런 이야기를 나누다가 "엄마는 하와이에 오니까 무서워졌어!"라고 네가 말했던 것, 기억나니? 엄마는 그때 정신이 번쩍 들었단다. 이 어린아이도 처음 하와이에 와서 낯설고 무서울 텐데 엄마가 더 우왕좌왕하고 힘들어서 힘든 티를 팍팍 내고, 막아줄 아빠 없이 엄마의 긴장을 어린 네가 온몸으로 받아왔다는 생각에 정말 미안하고 또 미안했단다. 그때부터 엄마는 오로지 너희들만 보기로 했단다. 물론 금세 되진 않았었지만, 고집하던 일상의 루틴들을 다 접고 너희와 있는 시간만, 무조건 너희 셋과 내가 최우선인 여행으로 바꾸어가기로 했었지. 너희 삼 형제를 통해 하와이 한 달 살기 해외 육아의 본질을 다시금 깨닫게 된 거지.

매년 생각보다 네가 더 빨리 자라서 당황스러울 때가 있긴 하지만 앞으로 너의 성장이 엄마는 기대가 되고 앞으로 얼마나 더 멋지게 클지 설렌단다.

우리의 7년간의 해외 육아 덕분이었을까? 엄마는 너와 대화하는 시간이 참 재미있어. 한국에서는 학원 데려다주고 학원이 끝나고 집으로 오는 길에 차에서 대화하고 네가 숙제하는 동안, 밥 먹는 동안 엄마가 네 옆에 앉아 쫑알거리며 이야기하는 게 왜 이렇게 재밌니? 아직은 엄마한테 자랑할 것도 많고 속상한 것도 서슴지 않고 이야기할 수 있었던 건 아마 우리의 그런 찐한 시간이 있어서가 아닐까 싶어. 바쁘게 일상을 살아가지만, 그 중간에 우리에겐 그런 의도적인 쉼이 있었고, 그런 멈춤의 시간 동안 우리는 함께 했었으니까!

이제 멋진 중학생이 되어 교복을 입고 조금은 더 크고 무거운 책가방을 멘 나의 해님 같은 의연아. 친구들과 초코아이스크림을 사 먹고 동생들과 딱지치기하며 뒹굴고 있는 아이 같은 너의 모습도 사랑스럽고, 대치동에서 학교 수업에 충실히 따라가고 학원도 다니고 밤늦게 숙제도 하는 너의 형아 같은 모습도 대견해! 슬슬 엄마에게 나쁜 눈을 하기도 할 테고, 사춘기의 모습도 보이겠지. 그래서 더더욱 매년 방학 때마다 엄마는 기어코 너를 데리고 떠날 거야. 그때 또 한껏 성장한 너의 눈부신 모습을 엄마에게 보여줘! 너를 이해할 준비는, 깜짝 놀랄 준비는 이미 되어 있단다!

4.

Dear. 사랑스러운 둘째 아이에게

머리부터 발끝까지 사랑스러운 우리 제연아! 엄마는 제연이를 볼 때마다 어쩜 머릿속에서 저렇게 재미있는 생각이 샘솟는지 신기해! 흉내도 잘 내고 재미있는 것은 정말 귀신같이 찾아내는 널 보면서 가끔 천재가 아닐까 즐거운 상상도 한단다.

그러지 않으려고 노력은 하지만 형아가 있어 형아를 먼저 맞춰주다 보면 네가 순서상 두 번째가 되고 또 막내는 너무 어리니 개를 또 맞춰주다 보면 우리 제연이가 자꾸 두 번째가 된다. 그래도 그럴 때마다 항상 그 예쁜 눈으로 엄마를 기다려주는 널 보면서 한없이 미안하고 또 엄청 고맙기도 하단다. 무언가를 요구하고 너를 봐달라고 떼 부리지 않고 까맣고 커다란 눈으로 엄마를 쳐다보기만 하는 너. 엄마 마음은 그렇지 않은데 자꾸 네가 형에게 밀리고 동생에게 밀리게 되어서 참 미안하단다. 그래도 항상 네가 먼저 엄마에게 다가와 조용히 뒤에서 안아주는 네게 항상 큰 사랑을 쥐야지 해.

엄마는 너의 행동과 말이 가끔은 어려운 숙제 같아. 그래서 나의 마음이 혹시나 너에게 닿지 않는 건 아닐까 염려되는 순간이 있어. 가끔 너에게도 쉼이 필요한지 엄마를 부르며 와서 안아 달라고 할 때가 있었어. 그럴 때 네가 으스러지도록 안아 주었지만, 어느 날 네가 그랬지. 그날도 엄마를 부르며 안아달라고 그러더라고. 그러면서 하는 말이, "엄만 나에게 관심이 없을 때도 있지?"라고 했었던 거, 기억나니? 그때 엄마의 마음이 덜컥했단다. 내 마음이 너에겐 작았나 보다. 내가 너를 사랑하는 마음이 닿질 않았구나. 무언가 알아 달라는 말이구나. 아니면 너에게 관심이 없었다기보다 형과 동생에 밀려 종종 네가 1순위가 아니었음을 체감하는 순간이 있었나 싶은 거 있지. 이것저것 지레짐작하는 엄마의 마음속 찔림이었을까?

그때부터 너와의 시간을 더 가져야겠다고, 너에게 좀 더 집중해야겠다고 생각했단다. 너를 형보다, 동생보다 먼저, 가끔은 너만 특별하게 대해 주는 것을 꼭 해야겠다 다짐했지. 물론 쉽지만은 않아. 너희 셋 다 다 어리고, 엄마의 손을 잡고 싶어 하고, 엄마 옆에서 자려고 바둥대니까. 또 할 일은 왜 그렇게 많은지 엄마도 헉헉대는데, 너희와 눈 마주치며 한 명씩 꼭 안아주기에 엄마도 버거울 때가 있거든. 하지만 그런 사정을 너희에게 알아달라고 할 순 없다는 것도 잘 알아. 그래서 힘들어도 엄마는 하와이에 가고, 어바인에 가는 게 좋겠다고 생각했어. 엄마가 반드시 해야 할 일들이 없는 그곳에서는 너희에게 재촉할 것도, 다그칠 것도 없이 그저 너희와 뒹굴 수 있으니까 말이야.

유달리 장난도 많이 치고, 호기심이 많아 무엇이든 만져보고 냄새 맡아보고 관찰하는 너라서 거기서도 다치고 아프기도 했지. 그래서 엄마가 걱정도 많이 하고 놀라서 너를 혼을 내기도 했지.

하와이에서 손에 화상 입었었던 거 기억나니? 엄마는 그때 기절할 뻔했어. 당연히 네가 인덕션에 올라갈 거라고는 상상조차 못 했거든. 방금 계란 프라이를 하고 치운 그 자리에 네가 손을 딛고 올라가다니 말이야. 너무 순식간이라 너의 이름조차 부르지 못하고 외마디 비명을 외쳤었지! 너는 아픈 것도 아프고 뜨거운 것도 뜨거운 거지만 엄마의 비명에 얼음이 되었지. 아파서 놀란 건지, 엄마의 외침에 무서웠던 건지 모르겠지만 얼마나 아팠을까. 엄마도 놀라서 우왕좌왕 얼음찜질과 허둥지둥 차가운 물로 응급처치를 했었어. 속으로 온갖 생각을 다 했어. 아빠도 없는데 이거 어떡하나. 이 정도로 해도 되는 건가? 얼마나 아플까 싶어서 솔직히 정말 무섭기까지 했었지. 뜨거운 냄비에 살짝만 닿아도 아프고 쓰라린데 그 뜨거운 인덕션에 너의 연하고 작은 손바닥으로 디뎠으니 오죽했으랴. 그런데도 너는 아프다는 이야기 한마디 안 하고 눈물 한 방울 흘리지 않더라. 그저 앓는 소리만 내는 네가 더 나를 아프게 했단다. 지금 생각하면 너의 그 예쁜 눈은 엄마에게 혼이 날까 봐 제대로 아프다고 못했으리라 생각이 들어. 엄마의 그 외침에 놀라서 말이지.

엄마가 좀 더 엄마답고 어른스럽게 너를 달래며 치료를 못 해줘서 정말 미안해. 엄마가 다친 너보다 더 놀라서 소리친 것. 다친 너를 불안하게 허둥댔던 것. 방금 불을 끈 전기 레인지는 위험하다는 것을 미리 말해주지 못하고 거길 올라간 너를 나무라는 듯한 말을 한 것 모두 미안해. 그 작은 새 같던 너에게 말이지.

유독 너는 아프다고, 다쳤다고, 놀랐다고, 무섭다고 감정을 말 안 하는 아이이지만, 크게 다쳤을 때도 그럴 거라고는 생각 못 했거든. 장난도 잘 치고 잘 웃고 엄마에게 잘 안기고 잘 안아주는 너이기에 자꾸 까먹어. 감정적으로 좀 더 세심하게 다가가야 하는데 말이지.

몸은 쑥쑥 커서 이제는 제법 형아 티가 많이 나는 너이지만 마냥 엄마가 좋다며 안겨 있는 걸 좋아하는 너인데 얼마나 너를 많이 안아주는지는 모르겠다. 머리부터 발끝까지 너의 모든 것이 좋은데, 너의 땀 냄새, 머리 냄새조차도 좋은데 엄마의 마음을 얼마나 네가 아는지 모르겠어.

너의 감정을 엄마에게 충분히 내보이지 않으니, 엄마가 상상력을 발휘해야 하고 더 매의 눈으로 바라봐야 하고 챙겨야 하는데, 도무지 마음의 여유도 없고 시간도 없다는 핑계를 대본다.

그래도 우리 이렇게 하와이도 가고 어바인도 가면 너를 바라보는 시간이 생겨서 참 좋단다. 너를 좀 더 잘 볼 수 있는 이 시간이 엄마에게 꼭 필요한 시간이었어. 일상생활에서 그런 시간이 부족한 만큼 메꿀 수 있는 우리들의 한 달, 두 달간의 그 시간이 얼마나 감사한지 몰라 하와이나 어바인이 아니어도 너와의 찐한 시간을 틈틈이 엄마가 챙길게. 엄만 정말 너와 잘 지내고 싶거든.

엄마가 가끔 너에게 하는 이야기 있지?

"제연아, 세상은 정말 재미있는 곳이야. 우리 제연이는 항상 재미있게 살 거야!"

우리 제연이는 무엇이든 재미있는 것을 기가 막히게 잘 찾아내고 주변 사람들과 함께 즐기려고 하니까 넌 분명히 앞으로도 재미있게 살 거야.

엄마도 꼭 네 옆에 붙어 있으려고! 엄마도 네 덕분에 세상을 더 재미있게 살고 싶거든!

5.

Dear. 반짝반짝 셋째 아이에게

모든 행동과 하는 말이 다 귀여워 엄마, 아빠를 무장해제 시키는 우리 막내. 엄마와 아빠는 늘 말했지. 우리 규연이는 엄마랑 또옥 같다고! 그래서 너의 모든 행동이 이해되고 별말 안 해도 무슨 마음일지 짐작이 가. 그렇지만 이해가 되고 공감이 돼서 더 힘들 때도 있어. 엄마도 똑같은 마음이라서. 웃기지? 그래도 엄마는 네 덕분에 세 아이의 엄마이지만 조금은 여유가 생긴 것 같아. 너를 돌보는데 안달복달하지 않고 육아에 완벽이란 없다는 걸 알았으니까.

밤에 잠을 자지 않고 놀겠다는 너와 놀 때도 재미있었고, 몇 개월쯤엔 밤중 수유를 떼야 한다는 책이나 주변 사람들의 말도 가뿐하게 무시하고 네가 먹고 싶다고 하는 만큼 우유를 줬었지. 형아들 키울 때와는 전혀 다른 너그러운 엄마가 되었더라고. 육아 책에 나온 그 진리 같은 이야기는 너를 키울 때 모두 의미가 없어졌었어. 그저 네가 예뻤거든. 너의 존재 자체가 너무 사랑스러워 위험하고 남을 다치게 하는 일이 아니라면 다 오냐오냐했던 거지.

그렇게 너그럽게 키웠다 하지만 우리가 처음 하와이 갔었을 때 엄마를 제일 힘들게 했던 건 다름 아닌 반짝이는 너였단다. 하와이 숙소에 처음 문을 열고 들어갔을 때 바닥 상태를 보고 기겁했었지. 아기띠에 안겨 있던 너는 내려달라 아우성쳤어. 아기띠에서 내려주면 너는 그 바닥을 신나게 기어다닐 텐데, 그 손으로 장난감도 만지고 이것저것 만지고 손가락도 빨 테지. 앞으로의 일이 눈에 훤해서 널 내려놓지도 못하고 그렇다고 계속 안고 있을 수도 없는 상태였어. 그때 앞으로의 일들을 예감해야 했는데. 하기야 예감했던들 달라졌을까 싶다. 이유식, 분유, 밤에 자는 것, 낮에 노는 것 그 어느 하나 쉬운 것 없었지. 그렇게 이 엄마도 낯선 환경에서 긴장만 했었던 기억이 난다.

매년 갈 때마다 하와이는 익숙해지고 변함이 없는 그곳에서 너의 성장이 부쩍 기억에 남는구나. 처음 하와이 갔을 때 수영장에 들어가지도 못할 만큼 키가 작았던 너는 수영장 내내 엄마가 안고 다녔었지. 깊이가 어느 정도 될지도 모르면서 안고 있는 내 손을 뿌리치겠다고 떼를 쓰던 너를 보며 맛 좀 보게 손을 놔볼까 하는 짓궂은 마음도 들었지.

코올리나 해변에 풀어놨더니 밀려오는 파도에 무서워서 머뭇대던 너의 모습도 기억나는구나. 그래도 모래를 입에 넣는 용감한 너를 보며 깜짝 놀랐지만, 맛이 없었던지 두 번은 안 하더라. 엄마는 땡볕에 너무 더워 숙소로 돌아가고 싶었는데 너와 형아들은 모래놀이가 뭐가 그리 재밌었는지 갈 생각을 안 하더라고. 그땐 제대로 걷지도 못했었는데 그렇게 바다에서 놀고 수영장에서 노는 걸 좋아했더랬지.

형아들이 동물원에서 하는 캠프를 가고 너는 언제나 그랬듯 엄마와 브런치도 먹고 72번 해안 도로 드라이브도 가고 둘이 끌어안고 낮잠도 잤었지. 하와이에서 너는 엄마의 친구였어. 엄마가 집안일할 때면 집안일을 못하게 심술을 부리기도 했지만, 식탁에 앉아 좋알거리며 엄마와 이야기 나누던 그때, 간식을 나눠 먹던 그때가 생각이 많이 나.

그랬던 네가 매년 갈 때마다 부쩍부쩍 크고 하와이를 제대로 즐기는 널 보면서 부럽기도 했어. 엄마도 노는 거 참 좋아하는데 이것저것 재느라 실컷 즐기지 못한 거 같기도 했거든. 앞뒤 생각 안 하고 물에 뛰어들고 초콜릿 머핀 하나를 먹어도 이리 살펴보고 저리 살펴보며 '아~ 맛있다!' 감탄하고 그 순간에 충실한 너였어.

너를 보며 이 아름다운 하와이에서 무엇이 중요하고 무엇이 소중한지 다시 한번 생각해 보게 되더라. 다시 돌아오지 않을 이 시간 속에서 너와 나, 그리고 형들 말이야. 동시에 해야 할 것들, 다음 순서로 할 것들이 머릿속을 뱅뱅 돌았지만 지금, 이 순간 무엇이 중요한 것인지 다시 집중할 수 있게 해줬어.

네가 몇 살 때더라? 정확한 나이는 기억이 안 나지만 암튼, 힐튼 하와이 안 빌리지 내에 있는 라군이었어. 늘 우리가 놀던 곳 말이야. 거기서 의연이가 모래로 물길을 만들고 제연이가 물 주전자 장난감에 물을 한가득 담고, 너는 장난감 삽으로 물을 뜨더니 형아가 만든 물길 위로 물을 붓더라고. 엄마는 그날도 정말 더웠지만 타지 않겠다는 일념으로 어김없이 수건을 뒤집어쓰고 너희를 바라보고 있었지. 세 명이 서로 도와가며 물길을 만들고 물을 채우며 놀고 있는데 그 모습이 정말 기특하고 이 모습을 볼 수 있다는 사실에 행복해서 눈물이 났어. 아무것도 아닌 그 놀이가 말이야. 너희 세 명이 앞으로도 저렇게 서로 도와가며 재미있게 살면 좋겠다 싶더라고.

친구들과 노는 것도 재미있겠지. 또 이제 조금 더 크고 중학생, 고등학생, 대학생이 되면 친구들과 실컷 놀겠지. 형제들과 이리 노는 것도 한때일 듯싶어. 그래서 최대한 가족과 함께 놀 수 있을 때 넘치도록 놀 수 있게 하자는 게 엄마, 아빠의 생각이었거든. 그리고 그게 맞다고 생각했었어. 비록 아빠가 빠졌지만, 아빠는 아빠대로 최선을 다해 너희와 함께 있어 주니 그것도 감사할 일이지.

일상을 살아가는 제주도 집에서 뒹굴뒹굴하다가 네가 문득 이런 말을 했어.

"아, 그때 참 재미있었는데. 또 가고 싶다."라고. 그 말에 짐작은 하였지만, 모르는 척 물었지. 너와 좀 더 이야기하고 싶어서 말이야. 어디를 가고 싶으냐고.

"엄마도 알면서. 하와이 거기 말이야. 바람이 너무 세게 불어서 엄청 추웠던 수영장. 엄마는 거기가 춥다고 하지만 난 괜찮았거든. 형아들이랑 진짜 재밌었는데. 엄마 우리 거기 또 가자! 거기 또 작은 바다도 있잖아. 물고기 많은데. 이번엔 물고기 많이 잡을 수 있을 것 같은데!"

너의 반짝이는 눈도 하와이를 이야기하더라고.

우리는 하와이를 충분히 다녀왔다고 생각했는데, 너는 아닌가 보다. 해변에서 더 높이 모래성을 쌓고 더 많은 물고기를 잡아야 하나보다. 마지막 하와이에서는 우리 강아지가 제법 커서 형아들과 골프도 쳤었지. 그땐 네가 골프채를 휘두르는 건지, 골프채가 널 질질 끌고 다니는지 구별이 안 되었지만. 다음번에 가면, 좀 치려나. 우리 곧 어바인으로 또 떠나겠지만 널 위해서 하와이를 짧게라도 다녀와야겠단 생각이 든다. 아직은 우리 꼬꼬맹인 규연이가 하와이 땡볕에서 더 놀아야 하니, 하와이는 뜨거운 여름으로 예약해 둘게. 엄마가 평소에 생활비를 더 아껴볼게. 우리가 하와이며 어바인을 다니느라 평소엔 많이 아껴야 하지만 그래도 너희와의 그 시간을 위해서니 즐거운 마음으로 기꺼이 아낄 수 있어!

너는 우리가 처음 하와이 갔었던 걸 기억 못 하겠지? 그저 하와이를 다녀온 우리의 사진을 보며 알겠지. 넌 우리의 하와이를 어디서부터 어떻게 기억할까? 몹시도 궁금하지만 괜찮아. 넌 아직 어리고, 엄마, 아빠, 형아들은 널 뜨겁게 사랑하고 우리가 그 꼬꼬마 시절의 너를 기억하니까! 엄마가 차분히 다 이야기 해줄게.

6.

Dear. 나의 보호자이자 슈퍼맨에게

여전히 열심히 사는 오빠. 오빠랑 결혼한 지도 벌써 15년이 다 되어가네. 가끔, 아주 가끔 오빠에게 편지도 쓰고 카드도 쓰고 메모도 썼지만 이렇게 글을 쓴다고 하니 조금은 낯설어. 그리고 가장 어렵기도 하네. 우리 연애할 때, 오빠한테 끄적이는 한 줄이 장난으로 넘쳐 났었는데 말이지. 왜 이렇게 편지의 시작이 어려울까도 생각해 봤는데 오빠를 떠나서 하와이로, 어바인으로 떠난 게 문제였네. 우릴 보내지 말아야 했어.

내가 의연이를 낳고 뭐가 그리 힘들고 어려운지 헤매고 있을 때, 잠도 못 자고 잠을 못 자다 보니 몸도 안 좋고, 몸이 안 좋으니, 감정도 일상생활 조절하는 것도 힘들어할 때였지. 그나마 오빠가 날 데리고 맛있는 것도 먹으러 다니고 틈만 나면 외출하고 또 쉴 수 있게 해줬잖아. 내가 처음 엄마가 된 것처럼 오빠도 처음 아빠가 되어서 우왕좌왕했을 텐데 말이야. 밤에 의연이를 재우고 야식도 먹고 산책도 하고 운동도 같이 다녔었잖아. 아기가 생겨도 우리는 계속 그렇게 같이 놀고 부부만의 시간을 가지려고 둘이 엄청나게 노력했었지. 엄마, 아빠가 되었는데 웃기게도 예전 생활을 계속하겠다고 고집을 부렸었더라고. 그러다가 둘째 제연이가 태어나고 우리의 고집이 녹록지 않다는 것을 알았지. 아니, 그전부터 우린 알고 있었을 거야. 그 모든 게 우리의 그 억지스러운 노력이었음을 말이야.

그때부터 오빠는 육아 따로, 부부의 시간 따로 할 수 없다고, 아이들과 함께하며 육아의 재미를 느껴 보자고 말했었지. 난 이해할 수 없었어. 육아가 재밌어야 재미있다고 느끼지. 물론 아이들을 보면서 한없이 귀엽고 사랑스럽지만 힘든 건 힘든 거였고 도대체 이게 언제 끝날지, 끝이 없을까 봐 무서웠어. 그런데 재미를 느껴보자니. 그리고 내가 생각하는 엄마라는 것과 그저 천방지축이던 나라는 존재가 자꾸 부딪혔었어. 나가 놀고 싶은데 마음대로 못 놀고, 오빠한테 떼쓰고 싶은데 그럴 수 없을 때도 많고 말이야.

말장난 같던 오빠의 말대로, 육아에 빠져보자고 억지로 생각을 바꾸고 육아를 하다 보니, 아이들이 예쁘다는 말의 진짜 의미를 조금씩 이해할 수 있었어. 그 와중에도 가끔 '그래도' 라는 반발은 들었지만 말이야. 그러다 우리 막내 규연이를 낳고부터는 그냥 나는 포기였어. 내 생활은 포기라고 생각했지. 그렇게 하고 보니 마음은 편했지만, 난 표정을 잃어가고 매사에 의욕이 없어졌었지. 자그마한 것에도 팔딱거리던 내가 그 어떤 걸 보아도 무미건조해지더라고. 내가 좋아하는 것이 무슨 의미가 있나 싶더라고. 내가 좋아하는 것보다 아이들 뒤치다꺼리할 것이 훨씬 더 많았으니까.

우리가 처음 하와이로 떠난 것은 큰 뜻이 있어서가 아니었잖아? 그날도 그냥 아이들 태우고 어디 가던 중이었고 여행에 관해 이야기 나눴고, 그때 우리의 대화 중 나의 눈이 정말 반짝였나 봐.

"내가 그렇게 한 달씩 빼려면 한참 동안 기다려야 하니 너랑 아이들이라도 다녀와!"라고 선뜻 보내준 걸 보면 말이야.

내가 신이 나서 하와이 여행을 준비할 때 오빠도 얼마나 가고 싶었을까? 또 얼마나 걱정이 되었을까? 철없던 나와 고작 6살 된 의연이, 아무 생각 없는 4살 제연이, 이제 막 앉고 기는 규연이 이렇게 넷이 하와이로 보낸다는 것이 정말 무모한 계획이었다는 것을 새삼 느껴. 간다고 하는 나나, 보내준 오빠나 둘 다 무모하지 않았다면 실행할 수 없는 계획이었네. 그래도 걱정은 되었는지 가장 안전하게 다녀올 수 있도록 돈을 무지 많이 썼었지. 덕분에 난 하와이에서 "세상에 그렇게 많은 돈을 쓰면서 왔는데 이렇게 힘들다니." 하며 울었었지. 한국에서보다 더 힘든 나날에 얼른 한국으로 돌아가면 좋겠다고 오빠가 있는 한국으로, 오빠가 날 도와줄 수 있는 한국으로 돌아가고 싶다고 이렇게 얼마나 곱씹었는지 몰라. 급기야 나와 아이들을 하와이로 보낸 오빠를 원망하기도 했었으니 난 그때 진짜 힘들었어.

긴 여행을 끝내고 만신창이가 되어서 돌아온 우리를 보더니 오빠가 말했지. 나와 아이들이 뭔가 달라졌다고 말이야. 육아를 버거워했던 내가 아이들을 내 손 위에 놓고 조금 더 편안히 느끼는 것 같다고 했었지. 남의 속도 모르고 뚱딴지같은 소리를 하는 오빠에게 하와이에서 얼마나 힘들었는지 다시는 이런 여행 안 간다고 볼멘소리 했었어. 그런데 하와이를 다녀온 후 서서히 나도 느끼겠더라고. 의연이가 뭘 원하는지, 제연이가 왜 저런 이야기를 하는지, 규연이를 보는 내 마음이 급하지 않더라고. 일을 빨리 해치우고 정리하고 나만의 시간을 가져야지 하는 마음이 아니라 그냥 이 아이들이 내 일상에 함께 있고, 내가 책을 볼 때 옆에서 장난감을 가지고 놀고 있음을 인정하게 되더라고. 내가 집 안 정리를 하는데 한편에서 아이들이 장난감을 뒤엎는 것이 예전같이 나를 억누르진 않더라고. 아이들과 대화가 되고 우리 넷 사이의 암묵적인 규칙이 생겨 서로 안정감을 느끼는 것 같았지. 그제야 나와 아이들 간의 분위기가 변했다고 하는 오빠의 말을 이해했어.

군대의 빡센 훈련이 이런 의미였을까? 외부로부터 고립시켜 오로지 군대에서의 삶과 훈련만이 존재해 군대 생활의 재미를 느끼게 하고 전우애가 샘솟도록 하는 것처럼 나도 육아 전쟁 속에 한 달간 푹 빠져있었지. 덕분에 아이들을 더 잘 이해할 수 있었고, 아이의 울음에, 아이의 떼에 조금은 더 여유 있게 바라볼 수 있는 계기가 되었던 것 같아. 엄마로서 반 단계 업그레이드되었고 그래서 그 힘든 해외 육아시간이 나에게 꼭 필요한 시간이었음을 인정하게 되었어. 물론 아직도 그 많은 돈을 주고 꼭 가야만 하는 거냐고 한다면 자신 있게 답할 수 없지만 오빠의 넘치는 배려에 참 감사해. 그 시간이 아니었으면 난 아직도 엄마로서 헤매고 있었을 거야. 그저 아이들이 빨리 자라길 바라면서 버티는 시간으로 육아의 시간을 메꾸고 있었겠지. 그 이후 우리는 매년 하와이로 떠났고 돌아올 땐 참 일관되게 다시는 안 간다고 외치며 한국으로 돌아왔지만, 아이들과 나는 매번 더 단단해져 돌아오는 것 같아.

그렇게 우리 넷은 똘똘 뭉쳐져 오는 사이 내가 오빠를 놓쳤네. 내 일상이 곧 아이들이었고 아이들과 노는 게 재미있고 아이들과 함께 좋은 곳을 다니고 맛있는 것을 먹는 동안 나의 가장 절친한 친구를 소홀히 했네. 그래서 이렇게 편지 한 줄 쓰는 게 힘들어 온통 아이들 이야기뿐이니.

한 달이라는 시간을 빼서 오빠와 같이하고 싶은데 여전히 바쁜 오빠는 상황이 여의찮네.

그래도 항상 우리의 여행에 동행해 주고 우리가 안전하고 편안하게 다녀올 수 있도록 애를 써주는 당신이 얼마나 든든하고 감사한지 몰라. 감사한 만큼 미안한 마음, 아쉬운 마음도 있지만 나름 우리가 한국에 없는 동안 오빠도 좀 홀가분하게 쉬지? 우리가 없어 집이 썰렁하다고 투덜거리지마. 그때 강제적으로 오빠도 좀 쉬고 친구들도 만나고 운동도 원 없이 하고 그러라고. 나와 아이들에게 필요한 시간인 것처럼 일만 하고 나와 아이들에게만 집중된 오빠의 삶에도 쉼이 필요하니까.

가끔 내가 그런 이야기를 했잖아. 이제 아이들 없이 우리 둘만 여행 가면 재미있을까? 계속 아이들과 같이 오면 잘 놀 텐데, 아이들이 이거 좋아할 텐데 하면서 아이들 생각에 여념 없을 것 같다고 말이야. 그 말에 우리 둘만 가도 재미있을 거라고 단언한 오빠의 말에 피식 웃으며 기대하게 되더라. 아이들이 훌쩍 커서 하나, 둘 자기만의 길을 갈 때 다시 오빠 손을 잡고 삶을 이어 나갈 그때를 말이야.

내가 그때 아이들 사진을 보며 있었던 일들을 또 이야기해 줄게.

사랑하고 존경해. 나의 영원한 슈퍼맨이자 보호자인 오빠!

7.

우리 가족에게 한 달 살기란

"왜 자꾸 갔던 곳을 계속 가는 거야?"

물어보는 사람들이 많았다. 한 달, 두 달이라는 시간을 내는 것도 어려울뿐더러 여행경비에 대한 부담도 있는데 왜 계속 하와이를 고집하느냐는 질문이었다. 하와이만 5년을 다녀왔으니, 그도 그러하다. ESTA 비자로 머물 수 있는 것이 최대 90일이라 80여 일까지는 있어 본 것 같다. 출입국 심사할 때 또 왔냐는 입국 심사원의 인사를 듣기도 했고 그럴 때면 너희의 하와이가 참 좋다고 답해줬다. 그러면 '그렇지. 하와이는 정말 아름다운 곳이야!'라는 자부심 그득한 미소를 지어주는 것도 좋았다. 본인들의 하와이가 좋다는 데는 이견이 없으니까. 최근에는 캘리포니아 쪽으로도 다녀왔지만 나와 우리 가족은 단연코 하와이가 원픽이다. 내년에도 캘리포니아 쪽을 계획하고 있지만 짬을 내서라도 하와이를 다녀오려고 한다. 같은 미국인데도 매우 다른 분위기이다. 어바인은 분당과 같은 계획도시라 편의시설이 다 세련되고 편리하고 깨끗하지만, 하와이처럼 자연이 주는 여유로움과 투박한 정겨움이 덜 한 것 같다. 한 달 살기 또한 여행이지만 삶의 연속이다. 여행이지만 하와이에서는 그 긴장이 덜한 것도 좋다.

숙소는 매년 바뀌지만, 같은 곳을 방문하니, 전년의 하와이가 어렴풋이 기억나면서 아이들의 적응도 매우 빨랐다. 아이들이 그 당시는 힘든 것도 많았지만 하와이라고 하면 좋은 것들만, 재미있었던 것만 생각난다고 이야기한다. 본인들도 힘들긴 힘들었나 보다. 절대적으로 물리적 노동이 많아진 내가 짜증이 늘었고 본인들이 해야 할 일도 늘어서 그랬나 보다. 짧았지만 길었던 우리의 시간이 서울과 제주도가 아닌 곳에서도 이어져갔고 그 변화 덕분에 아이들과 나는 전우애가 생겼다. 여행의 기억이 대화의 주제가 되기도 하니 우리의 이야기는 풍성해져만 갔다. 물론 1년 내내 하와이 이야기하는 것은 아니다. 바람이 세차게 부는 제주에서 걷다가 하와이의 수영장 이야기를 한다. 나는 바람이 너무 세서 춥다고 수건으로 돌돌 말고 있었던 그 수영장. 나를 수건 똥이라 불렀던 그런 막내 아이의 말에 피식 웃기도 했다. 하와이 기억이나 할까 싶은 어린 나이었는데 또 그런 건 아니었나 보다. 거친 제주도 바람이 하와이 수영장을 떠올리게 하고 이렇게 우리는 좋알좋알 대화를 이어 나갈 수 있었다.

우리가 매번 가던 라군에서 물고기를 잡느라 허리를 못 펴던 아이들은 그 물고기들이 그립나 보다. 아이들의 끄적이는 그림에 가끔 등장하니 말이다. 동화책에서만 보던 무지개가 하와이 하늘에 선명하게 있을 거로 생각했는데 생각과 달리 희끄무레하게 나온 무지개를 보고 의아해했다. 무지개를 보고 놀라워하던 아이들이 이제는 쌍무지개쯤 되어야 환호하니 적응이 빠른 아이들이었다.

하와이에서 우리가 늘 다니던 길에 신호 대기 하며 서 있을 때였다. 그때 둘째, 제연이가 무언가 발견했었다. 길가의 전깃줄에 웬 신발이 걸려 있는 게 아니겠는가? 그 사실 하나만으로도 우리의 이야기는 이어져갔다. 누가 던졌는지 왜 던졌는지 어떻게 던지면 저기 걸리냐고 그러면서 그 사람은 한쪽 신발이 없이 집에 갔는지, 엄마한테 혼났겠다며 깔깔거렸다. 그렇게 우리의 이야기는 어이없는 농담들이 그득했다.

하와이에는 버스 차선이 양 끝에 있다. 하와이의 버스는 정류장에서 사람을 태우고 바로 떠나는 것이 아니었다. 버스는 그 버스 정류장에서 무슨 이유인지 한참을 서 있기도 했다. 그것을 몰랐던 나는 버스 뒤에서 덩달아 한참을 서 있었다. 그저 앞에 차가 밀리나 보다고 생각하며 아이들과 농담하면서 기다렸다. 하와이에서는 경적을 누르는 일이 거의 드문 일이다 보니 나도 세월아 네월아 하며 기다렸다. 바로 '4번 버스'였는데 그 이후로 4번 버스만 보면 아이들이 그 이야기를 한다.

"엄마 4번 버스 뒤로 가지 마."

아이들이 어렸을 때부터 수영을 배우게 했다. 수영할 줄 아는 것을 넘어, 영법을 할 줄 아는 단계가 아닌 진짜 물을 탈 줄 알고 수영하도록 말이다. 하와이에서 아이들이 할 수 있는 것은 수영, 물놀이가 단연코 으뜸이다. 하와이에서 이토록 아름다운 날씨와 바다를 빼놓고 어떻게 이야기하겠는가? 다행히 아이들은 어릴 때부터 물이 익숙해서 하와이에서도 실컷 놀 수 있었고 잘 놀 수 있었다. 그런데 바다에 가보면 관광객 아이들은 래쉬가드는 기본이고 장착 아이템이 참 많다. 몸에 끼는 튜브, 팔에 끼는 튜브, 조끼, 모자까지 말이다. 그런데 하와이 아이들은 수영복만 입고 물에 뛰어든다. 간혹 수경도 없이 수영한다. 그 아이들을 자세히 살펴보면 수영을 제대로 배우지도 않았다. 내가 알고 있는 수영 영법과는 거리가 멀고 제멋대로 그저 놀기도 했다. 그래도 온갖 아이템을 가진 관광객 아이들보다 더 재미나고 신나게 놀았다. 잡지에 보면, 서핑과 부기 보드를 끼고 즐기는 멋진 언니, 오빠들이 하와이에서 쉽게 볼 수 있다. 모든 것을 갖추지 않아도 완벽히 준비되지 않아도 삶을 즐길 수 있다는 것을 아이들이 배웠으면 했다. 또 그런 제약에 갇히지 않고 그 너머를 볼 수 있는 여유도 함께 가질 수 있었으면 했다.

한국에서의 삶이 하와이나 어바인에 가게 되면 대부분 잠시 멈추게 된다. 아이들에게는 대표적으로 학교도 멈추고, 학원도 멈추고 학습지도 멈추게 된다. 친구들, 가족들과도 잠시 멈추고 아이들 셋과 나만 나아간다. 아이들과 마찬가지로 나도 친구, 가족들과 잠깐 떨어져 육아에만 온전히 몰입하는 시간을 가진다. 누구의 방해도 받지 않고 아이들과 나만 지내며 분산되었던 내 역할에서 엄마라는 역할로만 살 수 있는 시간이었다. 나는 한 달 살기 여행을 '자발적 유배'라고도 했다. 그만큼 처음에는 예상치 못한 노동 강도와 힘듦에 말도 못 하게 당황스러웠고 도망가고 싶었으나 이제는 안다. 죽을 때까지 나는 엄마로 남을 거다. 내가 죽을 때도 아이들은 내게 엄마라고 할 거다. 그런 엄마의 역할을 잘 해내고 싶다는 욕심이 생겼다. 그 잘 해내고 싶은 엄마의 역할을 위해서는 꼭 필요한 시간이었음을.

아이들은 아침에 학교나 유치원으로 가고 오후에서야 집에 오며 집에 오기 바쁘게 학원으로 간다. 전업 주부라 내내 집에 있으니, 아이들과 함께 할 시간이 많다고 생각했지만, 아이들을 볼 시간이 충분치 않았다. 집에 오면 씻고 밥 먹이고 숙제시키고 책 한 권 읽어주지 못하는 날도 많다. 그러고도 내 아이를 잘 안다고 착각했다. 그리고 육아가 힘들다 했다. 한 달 살기 해보면 정말 24시간 같이 붙어 있다. 처음엔 그것도 힘들었다. 도망갈 곳이 하나도 없고 도와줄 이도 하나 없다는 사실이 무섭기까지 했다. 나는 세 아이의 엄마인데 세 아이와 함께 있는 시간이 정말 없었다는 사실에 당황스럽기도 했다. 힘들었던 만큼, 눈물을 흘렸던 만큼 더 기억에 남고 더 애틋하다고 할까?

치열했던 시간으로 가득 찬 우리의 한 달 살기는 아이들과 나를 더 친하게 만들어주고 아이들을 하나하나 충분하게 안아줄 수 있고 서로의 눈을 바라볼 수 있게 만들어 준 시간이다. 물론 현지에서는 눈물 콧물 흘리며 주름살까지 늘었고 손은 거칠어져서 왔다. 까맣게 탄 피부는 거울을 보기 싫을 정도였지만 한 달 살기의 진가는 여행을 끝내고 한국으로 돌아와서 지내보면 안다. 다녀와 보면 아이들이 훌쩍 커져 있고 우리의 관계는 더 세련되게 한 단계 발전돼 있었다. 원래 어쩌다 한번 보면 대화거리도 없고 대화를 이어져가는 것이 힘들지만, 매일 보고 매일 이야기 나누면 할 말도 더 많고 친밀한 법이다. 마치 전화로 실컷 대화하고 끊을 때면 만나서 더 자세하게 이야기하자고 하듯 말이다. 아이들끼리도 그렇고 나와 아이들과도 그러했다. 서로의 거리를 알아 왔다고 할까? 이쯤에서 아이를 기다려주고 이쯤에서 아이에게 푸시를 해야겠다는 느낌을 해외 육아 경험을 통해서 알게 된 것이다. 아이들은 끊임없이 크고 생각보다 빠르게 커간다. 매년 가도 매년 아이의 새로운 모습을 보고 놀라니 말이다. 한국에서 나도 바쁘고 아이들도 분주하니 놓친 게 많았나 보다. 우리의 한 달 살기 해외 육아는 그 놓친 시간을 보충하는 귀하고도 꼭 필요한 시간인 것이다.

8.

이제 당신이 용기 내 보세요!

그동안 나는 엄마라면 뭐든지 다 잘해야 하고 다 할 수 있어야 한다고 생각했다. 대개 전업주부는 집안 살림을 도맡아 하고 아이를 돌본다. 아이를 돌본다는 한 문장으로 퉁치기 어려울 만큼 많은 일을 한다. 아이가 어릴수록 수면 부족에 시달리며 몸이 고달프다. 혼자 밥도 못 먹고 혼자 걷지도 못하고 혼자 놀지도, 자지도 못하는 아이를 볼 때면 행복한 순간보다 답답한 순간들이 더 많을 때도 있다. 도와주는 사람이 아무리 많아도 몸은 잠깐 편할지언정 엄마라는 생각에 마음으로 마냥 편치만은 않다. 그리고 며느리로서 딸로서 해야 할 일도 없어지지 않고 그대로 있다. 힘들다는 말 이상으로 힘이 든다. 더군다나 나는 20대 뭣 모를 때 엄마가 되었고, 엄마가 될 준비가 되었다는 착각 속에 엄마가 되었다. 무를 수도 없는 엄마가 된 이후에 나는 참 힘들었다. 엄마가 된다는 것을 그저 아이를 예뻐해 주는 이모 정도로 생각했었던 거 같다. 아이가 방긋 웃고 잘 놀 때 옆에서 웃고 있어 주기만 하면 되고 아이가 울면 엄마에게 데려다주면 되는 그런 이모 말이다. 엄마도 버거운데 집안 살림에, 남편에, 양가 집안까지 챙겨야 했고, 그 속엔 나는 없고 나의 시간이 몽땅 사라진 그 느낌. 친구를 만나 놀기만 했던 결혼 전 삶은 전생 같은 느낌도 들었다. 아, 나는 출산 이후 돌아오지 않던 내 몸도 힘들었다. 결혼 전, 아니 그렇게 멀리 가지 않아도 임신하기 전에는 날씬하다는 이야기를 들었다. 그런데 아기는 내 배에서 나왔는데 왜 배는 그대로인지 까닭을 알 수 없는 일이었다. 이런 모든 감정이 뒤섞여 입은 늘 삐죽 나와 있고 뭔가 다 불만이고 누가 툭 건들면 눈물 한 방울 떨어지기 딱 쉬운 상태였다.

세상이 두 쪽이 나도 내가 엄마인 건 변하지 않는다. 직장을 다녔다면 그만두면 되지만 엄마라는 것은 그럴 수도 없다. 그래서 그 단순한 그 사실을 받아들이기로 했다. 더불어 아이들에게 단단하고도 사랑을 듬뿍 주는 엄마가 되기로 했다.

아이들에겐 엄마가 온 세상이고 우주인 까닭으로 나는 멋진 엄마가 되어야 했다. 마냥 나 자신을 잃어버린 듯해서, 나의 시간이 몽땅 사라졌다는 사실에 투덜거리지 말고 아이의 손을 꼭 잡기로 했다. 무엇이 힘든지도 모른 채 매사가 힘들다고 투덜거리던 내가 얼떨결에 도망치듯 떠난 하와이 한 달 살기였다. 그래서 더 호되게 매운맛을 보았지만, 그 덕분에 나는 많은 것을 얻어왔다.

많은 사람들이 한 달 살기를 말하고 있고 떠나고 있다. 하지만 나와 우리 아이들에게는 그저 먹고 놀고 즐기는 한 달 살기가 아니었다. 모든 것으로부터 고립되어 지내며 오직 아이들과 나만의 시간이었다. 오히려 그렇게 지내다 보니 아이들이 보였고 나를 발견하는 시간이었다. 그토록 벗어나고 싶고 졸업하고 싶던 육아의 세계에 도리어 온전히 푹 빠진 시간이었다. 물론 그 시간은 눈물과 한숨이 그득했지만, 그 또한 필요했던 단계였음을 이제는 안다. 매번 한 달 살기의 시간이 끝날 때는 이번이 마지막이라고 다짐한다. 하지만 한국에 돌아오면 아이들과 지내는 것이 그리 감사하고 행복하고 즐거울 수 없다. 그래서 다음 한 달 살기를 계획하며 비행기 항공권을 검색하고 있는 나를 보면 이것 또한 끊을 수 없는 중독 같다.

한 달 살기 할 때 그 장소가 하와이어어야 하냐고 물을 수 있을 텐데 꼭 하와이가 아니더라도 해외를 추천한다. 아이와 내가 하는 한국말을 주변 사람들이 못 알아듣는 해외로. 낯선 환경이 주는 긴장감 속에서 아이들과 나는 더 똘똘 뭉치게 되어 있다. 그리고 익숙하지 않은 곳으로 감으로써 아이와 나의 반응을 차분히 알아보는 것도 한 달 살기 해외 육아의 묘미이다. 나도 내가 그렇게 씩씩한 줄 몰랐다. 낯선 곳이지만 우리의 삶을 지속해야 하다 보니 나도 꽤 많은 일을 할 줄 알게 되고 나서서 해결해 나갈 수밖에 없었다. 그 힘으로 나의 가치관이 유연해지기도 하고 무엇이 더 중요한지 판단하게 되었으며 더 감사함을 갖게 되었다. 어른이 되었고, 엄마가 되었지만, 나는 눈물 젖은 한 달 살기, 해외 육아를 통해서 그렇게 한 뼘씩 계속 자라고 있다.

한 달 살기는 예상하는 것처럼 많은 것을 하고 마냥 행복하며 즐길 수 있는 것만은 아니다. 더 치열하고 고군분투해야 하는 여행이라고 생각한다. 아니, 여행이라고 칭하고 싶지도 않다. 하지만 그 힘듦 이상으로 아이들과의 무언가를 만들어 올 수 있을 거다. 또 여행경비, 그 돈이면 그냥 한국에서 맛있는 음식 사 먹고, 국내 여행 다니며 아이에게 더 좋은 책, 더 좋은 옷, 더 좋은 학원을 보낼 수도 있다. 가성비를 이야기하면서 말이다. 하지만 아이와 엄마가 느꼈던 공감과 감정, 그 *끈끈함이* 그 시절 가장 중요한 사항이 아닐까?

엄마와 아이와의 관계가 좋다면 사실 그 어디에서도 무엇을 하든지 아무 상관없다. 나는 그 관계가 힘들었고 버거웠기에 해외 한 달 살기를 통해 값비싸게 메꾸게 된 것이다.

우리는 내년에도 어딘가로 해외 육아를 떠날 예정이다. 그렇게 떠난 지 벌써 8년째이다. 큰아이가 이제 훌쩍 자라 마음도 몸도 쑥쑥 자라고 있다. 한국에서는 아이가 학교를 가고 학원을 가느라 나와 눈 마주치며 이야기 나눌 시간이 많이 없다. 그래서 떠난다. 아이와 어깨를 나란히 하고 걸으며 이야기 나누려고. 둘째 아이는 가끔 엉뚱한 소리를 하며 나의 마음을 철렁하게 하니 나는 모든 것을 내려놓고 아이를 안고 뒹굴뒹굴하고 싶어 떠난다. 형아들과 노는 게 세상에서 제일 즐거운 막내는 마냥 귀엽기만 하다. 온 가족의 사랑만 먹고 자란 아이는 낯선 환경에서 조금 더 자립심을 키우러 간다.

무엇보다 나는 엄마라는 역할에 더더욱 충실하며, 남편에게 더 큰 감사함을 느끼게 되겠지.

혹여 나처럼 아이들에게 진짜 좋은 엄마가 되고 싶은 마음과 동시에 육아가 버거운 엄마들이 있다면, 어찌할 바 모르는 채 무거운 마음으로 아이를 바라보고 있다면, 좀 더 전투적으로 육아할 수 있는 해외 한 달 살기, 해외 육아를 해보면 어떨까 싶다. 모든 경험은 우리에게 플러스가 될테니.

내가 눈물 콧물 흘리며 그보다 더 값진 경험으로 조금씩 단단해지고 있으니까. 매 순간 자라느라 애쓰고 있는 아이들과 함께 엄마로서 나도 기를 쓰고 크고 있으니까. 결국 우리는 진짜 좋은 엄마가 되려고 하는 것이니까.

우리에게 천만 원이라는 큰돈이 생겼어요. 생각만 해도 흐뭇하네요. 자. 이 돈을 가지고 있다고 가정하고 무엇을 할까요?

번듯한 가방 하나 못 산 지 꽤 된 것 같은데 백화점을 가볼까요? 백화점에 간 김에 예쁜 옷도 좋고요. 구두도 맘에 드네요. 아니면 아이들이 그렇게 갖고 싶어 했던 핸드폰이나 노트북을 사줄까요?

또 곰곰이 생각해 보니 가족들과 여행 간 지 오래된 것 같아요. 여행을 가고 싶기도 합니다.

당신은 어떤 선택을 하셨나요? 답이 쉽지 않죠? 그럼 이렇게 생각해 보겠습니다. 무엇을 하면 더 큰 행복감을 느낄까요? 근사한 옷, 최신 핸드폰을 갖는 것, 가족과 함께 여행을 떠나는 것. 이렇게 생각하면 금방 답이 나옵니다.

8년째 해외 육아로 떠나다 보면 비용적인 문제가 걸립니다. 주변 지인들은 한번 다녀왔으면 됐지, 뭣 하러 또 떠나느냐고 하지요. 그 비용은 다른 곳에 쓰고도 남을 테니까요.

저와 남편의 답은 물건을 사는 것 대신 고생하며 더 큰 행복을 산다고 생각했습니다. 멋진 옷을 사도 한 철이 지나면 유행이 지난 옷이죠. 뾰족한 구두도 한 번 신으면 발이 아파 자주 신지 못합니다. 매년 새로운 핸드폰과 노트북이 출시되니 물건을 구매함으로써 오는 만족감은 한때이네요. 하지만 우리의 해외 육아, 한 달 살기는 다릅니다. 얼마나 고생하는데요. 낯선 곳에서 아빠의 몫까지 하며 아이들을 보호해야 합니다. 익숙하지 않은 문화와 생활환경에 나도, 아이들도 적응하며 지내야 하죠. 너무나 당연했던 모든 것들이 한순간에 사라져 새로운 환경에 적응해야 하는 것이 일종의 스트레스일 수도 있습니다. 그 속에서 사건 사고 없이 안전하게 아이들을 지켜내야 하는 한 달 살기는 마냥 행복하고 즐거운 여행일 수 없지요. 큰돈을 쓰면서 이런 고생을 사서 합니다. 저희는 이렇게 경험 소비에 의미를 두고 매년 한 달 살기를 하고 있습니다. 왜냐하면 물건 구매로 인한 행복은 한때이지만, 경험으로 인한 소비는 두고두고 우리에게 이야깃거리가 되고 그때를 생각하면 더없이 행복하며 그 한 달 살기로 아이들과 저의 관계는 조금씩 발전하기 때문입니다. 이러한 한 달 살기를 더욱 의미를 부여할 수 있는 이유는 바로 시간을 함께하기 때문인데요, 전업주부라 항상 아이들을 돌보고 집안일한다고 생각했는데 따져보면 그렇지 않은 경우가 더 많거든요. 한국에서는 생각보다 훨씬 더 아이들도 바쁘고 저도 바빠 서로를 자세히 들여다볼 시간적 여유가 없습니다. 하지만 한 달 살기 해외 육아를 하는 동안 온전한 시간을 공유함으로써 마음과 정성을 들이니 관계가 발전 할 수밖에 없었죠.

저는 세 아이의 엄마였지만 그만큼의 능력이 안 되어 허덕이고 있었습니다. 완벽한 엄마가 되고 싶은 마음과 내 삶을 즐기는 온전한 나 사이에서 갈등도 있었습니다. 매년 해외 육아를 하면서 느낍니다. 엄마가 꼭 빈틈없이 그리고 백 점 받을 필요는 없더라고요. 엄마라는 역할에 매몰되어 나는 없이 아이들 위주로 하루를 보낼 필요도 없고요. 하지만 시간을 내고 정성을 아이들에게 쏟는다면 그 이상의 가치가 있음을 배웠습니다.

크느라 정신없이 바쁜 아이들을 찬찬히 들여다볼 시간, 아이들의 마음을 어루만지고, 더불어 나도 되돌아볼 수 있는 시간을 가지는 하나의 방법으로 해외 한 달 살기를 하고 있습니다.

여행만큼 일상의 자극이 되는 것은 없죠. 게다가 익숙한 모든 생활을 잠시 멈추고 내가 가는 방향이 맞는지 되돌아볼 수 있는 귀한 시간입니다. 먹고 즐기는 단순한 여행이 아니라 아이와 나에게 집중해서 '우리의' 시간을 만들 수 있는 해외 한 달 살기를 조심스레 권해봅니다. 일상에서의 육아는 가랑비 같은 시간으로 천천히 젖어 들지만, 한 달 살기 해외 육아는 소나기처럼 몰아칠 겁니다. 그렇게 예상과 달리 힘들지라도요.

귀한 시간을 투자해서 저희의 이야기를 재미나게 봐주셨다면, 진짜 좋은 엄마가 될 수 있을 것 같은 기분이 조금이라도 들었다면 더없이 감사하겠습니다.

마지막으로 엉뚱하고 터무니없는 계획을 말해도 늘 응원해 주고 결국엔 제가 하고 싶은 모든 것을 들어주는 남편에게 감사함을 전합니다. 아이들을 키우는 것보다 아내를 돌보는 것이 더 어렵다고 투덜거리는데 그래도 누구보다 남편을 사랑하고 존경한다고 이 자리를 빌려서 전합니다. 한 달살기 해외 육아의 우리 전우들. 세 똥강아지, 함께하는 모든 순간을 사랑하고 몸서리치게 사랑한다. 이번 여름도, 겨울도 이 천방지축 엄마 잘 부탁하고 우리들의 이야기를 계속하여 써 내려가자꾸나.

2024년 언제나 그렇듯 씩씩한 엄마,

조예령